LO QUE N[...]
EL DESIERTO

D1572376

Planeta

LO QUE NO BORRÓ EL DESIERTO

DIANA LÓPEZ ZULETA

Lo que no borró el desierto
© Diana López Zuleta, 2020

© Editorial Planeta Colombiana S. A.
Calle 73 n.º 7-60, Bogotá
www.planetadelibros.com.co

Diseño de portada: Susan Heilbron Luna
Departamento de diseño, Editorial Planeta Colombiana

Primera edición (Colombia): abril de 2020
Segunda edición (Colombia): julio de 2020
Tercera edición (Colombia): septiembre de 2020

ISBN 13: 978-958-42-8743-4
ISBN 10: 958-42-8743-5

Impresión: Editorial Nomos S.A.
Impreso en Colombia – *Printed in Colombia*

Mientras la justicia no logre ser una forma de memoria,
la memoria en sí misma puede ser una forma de justicia.

Ana Blandiana

PRÓLOGO

EL CAMINO DE DIANA

Diana López y yo coincidimos en un taller de escritura que dictaba la escritora y profesora de literatura Carolina Sanín. Llevábamos ya unas cuantas semanas y los participantes habíamos presentado trabajos basados en diferentes ejercicios. Uno de ellos tenía que ser revisado y comentado por un compañero que escogiéramos. Aquella tarde estábamos sentadas la una al lado de la otra y, sin dudarlo, intercambiamos los papeles que habíamos traído a clase. Yo sabía que Diana, a quien no conocía, tenía un proyecto en curso; en algún momento la había oído decir que estaba escribiendo un libro testimonial sobre el asesinato de su padre y que traería fragmentos del relato para revisarlos a lo largo del seminario. Cuando tuve las hojas en la mano no pude evitar ponerme a leer por encima lo escrito en ellas; ya me habían intrigado la presencia noble y silenciosa de la joven periodista y su anuncio sobre el tema de sus aportes.

Dos hombres desconocidos han llegado a Barrancas y juegan billar en uno de los bares del pueblo guajiro. Desde ahí alcanzan a ver la casa a la que en algún momento llegará Luis López Peralta, elegido concejal del mencionado municipio en 1994. Están esperándolo para matarlo, pero "no ha llegado la hembra", la camioneta que usualmente conduce. La narración se detuvo ahí. Solo eran unas pocas páginas. Lo que percibí en aquello —que bien hubiera podido ser un simple ejercicio de escritura— es lo mismo que se mantuvo durante la lectura de todo el manuscrito que Diana compartió generosamente conmigo unos meses después: una sobrecogedora sensación de que esas letras respiraban con la fuerza y hambre de vida de un cuerpo agonizante. A través de un lenguaje sencillo y cotidiano, por instantes sugerente, de la niña que a los diez años no concebía la muerte de nadie, Diana reconstruye en el fondo de su dolor el ansiado lugar paterno con el mismo rigor de la investigación exhaustiva que la conduce a dar con el autor intelectual, no solo de su propia orfandad, sino de la miseria física y emocional de otros cientos de víctimas.

El camino desandado por Diana, desde que el hombre político Luis López Peralta muere desangrado en un hospital de Valledupar con una bala en el cuello, hasta sus comienzos como comerciante y ciudadano sensible ante las injusticias sociales de su comunidad, es la gesta de muchos colombianos que llevan grabada en las vísceras la pisada abyecta de las botas paramilitares y sus incontestables vínculos con narcotraficantes y funcionarios públicos corruptos.

El valiente testimonio de Diana López Zuleta deja el nombre de Francisco Gómez, alias Kiko Gómez, descubierto en toda la vulgaridad y esplendor de su ignominia. Así mismo, encriptada en su historia personal, se revela la realidad política de nuestro país, todavía incapaz de despercudirse de la sangre que, personas como él, no tienen empacho en verter, una y otra vez, en los campos, ríos y ciudades donde solo el terror es la ley.

La relatora de esta historia no es la niña que creyó que "el cielo era un lugar del pueblo al que se podía llegar caminando sola", sino una mujer que se apropia de su infierno y se encarga de rastrearlo dentro y fuera de ella misma impulsada por un deseo incesante de justicia. El camino de Diana es su herida abierta y la de Colombia entera. Una herida medular, impertérrita, insoportable.

MARGARITA ROSA DE FRANCISCO

Manaure

Uribia

Riohacha

Maicao

Dibulla

Albania

Hatonuevo

Distracción • **Barrancas**

San Juan del Cesar   Fonseca

El Molino

Villanueva

Valledupar   Urumita

La Jagua del Pilar

Manaure Balcón del Cesar

Pueblo Bello   **La Paz**

San Diego

El Copey

Bosconia   Agustín Codazzi

El Paso   Becerril

Astrea   La Jagua de Ibirico

Chiriguaná

Chimichagua

Curumaní

Pailitas

Tamalameque

Pelaya

La Gloria

Garrara   González

Aguachica   Río de Oro

San Martín

San Alberto

Mar Caribe

Santa Marta

Barranquilla

Venezuela

Medellín

Océano
Pacífico   Bogotá

Ecuador   Brasil

Perú

1

Año tras año había anhelado encarar al hombre que mató a mi padre. Ahora que iba a tenerlo enfrente, mi plan era hacerle la pregunta que tanto me había atormentado: ¿Por qué lo había mandado asesinar?

Yo tenía veintiséis años y a la sazón trabajaba como periodista. Desde Bogotá me enviaron a cubrir una cumbre de gobernadores. El entonces presidente de la República, Juan Manuel Santos, comprometería a todos los mandatarios regionales en el difícil proceso de paz que se desarrollaba en La Habana con las Fuerzas Armadas Revolucionarias de Colombia (FARC).

El criminal estaría allí, en ese encuentro que se celebraría en el Centro de Convenciones Plaza Mayor de Medellín. Era jueves 15 de agosto de 2013, fecha en que, por coincidencia, el asesino de mi padre cumplía cincuenta y cinco años.

Yo iba vestida con un pantalón blanco, sandalias de tacones y una blusa negra de arandelas que se ajustaba con un cinturón adornado de piedras transparentes. Tenía suelto el cabello negro. En mis entrañas retumbaba el ulular de mis miedos y me sentía perturbada, quizás vulnerable.

De mi cuello colgaba la escarapela de periodista de una institución pública, con mi nombre escrito en esta.

Durante dieciséis años había sentido la ausencia de mi padre. Y aunque parte de mi familia, incluida mi mamá y mis hermanos, me recomendaban que dejara las cosas en manos de Dios, no me resignaba a la impunidad. Desde antes de empezar mi carrera de periodista sentía que debía hacer algo.

Llegué media hora antes de que comenzara el evento que se realizaba en un inmenso salón con capacidad para mil personas. El lugar estaba lleno de ministros, gobernadores, periodistas, comitivas oficiales y hasta el entonces expresidente Belisario Betancur era uno de los asistentes. El aire acondicionado creaba un clima casi benigno. Había mesas rectangulares, largas, decoradas con manteles blancos y sillas negras. En cada una de ellas se habían dispuesto cartulinas blancas marcadas con el nombre y el cargo de los funcionarios.

Recorrí las mesas todavía vacías de la gran *Cumbre de Gobernadores, Preparémonos para la Paz*, y observé los rótulos de cada invitado. Establecí el sitio exacto donde estaría Juan Francisco Gómez Cerchar, gobernador de La Guajira, el hombre que había ordenado la muerte de mi padre.

En medio de la barahúnda de los invitados, lo busqué entre la multitud que iba atiborrando los espacios. Pero él no llegaba.

Pocas horas antes yo había revisado las redes sociales para verificar la participación de Gómez Cerchar en la Cumbre. A través de un trino, él había confirmado su asistencia al evento, de manera que mi encuentro con él se daría tarde o temprano.

Entrevisté a varios de los asistentes, siempre con la cabeza en otra parte. Examinaba a cada persona que entraba por la puerta opuesta a la tarima principal sobre la que se pronunciarían los discursos protocolarios.

La ceremonia de apertura inició. Todos los asistentes entonaron de pie el himno nacional sobre música de fondo que salía por los altoparlantes. Pero el gobernador de La Guajira seguía sin aparecer.

Comencé a sentirme nerviosa y me refugié en la sala de prensa a escribir una noticia. A las 11:05 de la mañana se la envié a mi jefa por correo electrónico y le sugerí dos títulos.

Presa de la ansiedad y la angustia, llamé a Bogotá al periodista Gonzalo Guillén, a quien le había confiado mi secreto. Me recomendó que reprendiera con dureza y severidad al gobernador de La Guajira delante de otros periodistas. Esa sería mi garantía y protección si Gómez Cerchar llegaba a reaccionar con violencia.

Pensé que, si llegaba, primero lo interrogaría sobre alguna generalidad del evento. Mi mente trabajaba a un ritmo vertiginoso.

Durante el almuerzo, repasé una y otra vez la macabra muerte de mi padre, las noches de insomnio. Sabía que cuando enfrentara a Gómez Cerchar no me reconocería como la hija de Luis López Peralta. Pero me sentía insegura, ese torbellino de cavilaciones y sensaciones me abrumaba.

De repente, él apareció presuroso entre la gente. Moreno, barrigón y de mediana estatura, ocupó su puesto en el

13

preciso momento en que el presidente Santos comenzaba a pronunciar su discurso. Eran las tres de la tarde.

Cuando el presidente terminó, me acerqué a la mesa del gobernador. Antes de llegar a su puesto, me pregunté si estaba segura de lo que iba a hacer y si mi impertinencia podría costarme el empleo. Me temblaron las piernas, las palpitaciones retumbaban en mi pecho. Ya estaba frente a él. Suspiré, traté de vencer el miedo y me lancé:

—Señor gobernador, quiero hacerle una pequeña entrevista.

El hombre se levantó de la silla y me saludó sonriente. En la comisura de los labios se le dibujaba una rugosidad. Tan pronto me vio, pensé que su conciencia debía ser tan negra como mi blusa.

—Claro que sí, reina —repuso.

Ningún otro periodista estaba a mi lado. Había olvidado la recomendación de Gonzalo. Hubiera sido más fácil enfrentarlo en una rueda de prensa, amparada por colegas y amigos.

Gómez Cerchar dio unos pasos para alejarse de la mesa, encendí mi grabadora y le hice dos preguntas sobre la perspectiva desde la cual asumía el tema de la paz y el posconflicto, y la propuesta que haría como gobernador de La Guajira. Contestó con frases de cajón diciendo que su departamento había vivido el flagelo de la guerra, que él hacía mucha fuerza para que el proceso de La Habana saliera bien y que había que realizar inversión social sostenible en las regiones.

En medio de su declaración, a veces me miraba fijamente, pero también desviaba su vista y parecía detallar algún punto perdido del salón. Yo no escuchaba sus palabras. Si ahora las recuerdo es porque las grabé. Observé su papada, su gran nariz. Todavía hoy me parece que su tono de voz y sus modales eran amables, tal vez caballerosos.

—Muchas gracias —le dije con voz queda.

Fui incapaz de increparlo. Respiré hondo y traté de sonreír.

Me miró fijamente y clavó sus ojos en mi escarapela invertida, cuyo giro involuntario ocultaba mi nombre. Acercó su mano, de manera invasiva, y con un rápido movimiento volteó mi carné y reparó en mi nombre. Diana Carolina López Zuleta. Tal vez alcanzó a leerlo completo. Tal vez sabía que yo era una de las hijas de López Peralta. No puedo asegurarlo.

Retrocedí y le di la espalda. Quizás él me miró mientras me alejaba. Caminé decepcionada de mí misma hasta la sala de prensa para recoger mi cartera y mi computador. Me sentí cobarde, pero no lloré. Coraje, era lo que necesitaba en aquel momento y quizá yo no lo tenía. Ahora que escribo estas líneas pienso que fue mejor así. Tal vez debía entender que era mejor enfrentarlo de otra manera, con mis armas de periodista, con la investigación que ya estaba haciendo y que al cabo de los años contribuiría a condenar a Kiko Gómez, el asesino de mi padre.

2

En mi pueblo casi nunca había electricidad en las noches, pero en las tinieblas mi tía Martha Cecilia me enseñaba el uso de las tildes y me contaba historias de La Biblia, sentada en el andén de la casa donde crecí. Aprovechábamos la brisa que mecía las hojas del árbol de caucho y nos alumbrábamos con faroles que funcionaban con petróleo.

"¿Cuál es el río más largo del mundo?, ¿cuál es el océano más grande?, ¿quién liberó a Colombia?, ¿cuál es el planeta más cercano al Sol?", interrogaba mi tía entre todos los primos que nos visitaban en las noches. Y lanzaba preguntas tramposas como "¿cuántos animales llevaba Moisés en el arca?", pero no era Moisés, sino Noé, el personaje del diluvio universal.

Martha Cecilia es la tía más joven. Tiene el cabello ensortijado, los ojos negros. Ninguno de los sobrinos le ha dicho *tía*. Estudió arte dramático en Bogotá y era promotora de cultura. En aquellas noches de cielo estrellado, si yo no entendía algo, oía su voz imperativa: "Búscalo en el diccionario". Corría 1993 y yo ya sabía la diferencia entre las palabras graves, agudas y esdrújulas.

Me quedaba dormida en un petate que mi mamá

extendía en el suelo, mientras me abanicaba con un cartón para espantar los zancudos en medio de la penumbra. Después, cuando la noche refrescaba, me pasaba a la cama. A veces llegaba la luz, a veces no.

El clima es cálido y perpetuo, con una estación única, uniforme, unas veces estuosa, otras, más tropical. Llueve muy poco. La Paz, ubicado a quince minutos de Valledupar, la capital del Cesar, es un pueblo conocido por sus almojábanas, por los graves problemas de orden público y el contrabando de gasolina que hubo en el pasado. Tiene cuatro entradas principales y nueve salidas veredales.

Yo tenía seis años, el cuerpo menudo, las manos largas y flacas y los ojos grandes, como los de mi papá. Mis preocupaciones consistían en no pisar las líneas de las baldosas, descubrir figuras en las nubes, contar las estrellas, buscar la luna, sacudir las hormigas, ver cómo caía el sol al atardecer…

Todo el pueblo sacaba sillas de plástico y se sentaba en los andenes a conversar. La calle era la distracción, ahí nos enterábamos de lo que pasaba en el pueblo: quién se murió, a quién llevaban herido o enfermo al hospital, dónde era la fiesta.

Mi tía me compraba cuentos y enciclopedias que pagaba a plazos. En las tardes leía en voz alta en la habitación de mi abuela, *Mamamartha*, mientras ella cosía en la máquina de pedales Singer. De repente se quedaba dormida y yo la regañaba exhortándola a que me hiciera un resumen de lo que había leído. Ella se reía.

Mamamartha era dulce como sus ojos de color miel, de expresión afable, el cabello entrecano y liso. Irradiaba amor puro. Siempre me complacía con exquisiteces en la cocina: arepas, arepuelas, rosquetes de queso, sopas. Sabía preparar de todo y todo le sabía a gloria.

Mi mamá y mi abuela me daban todos los gustos. En las tardes esperaba con avidez la melodía que anunciaba la llegada del carro de helados. Atravesaba corriendo la casa y voceaba al señor.

Mi abuela era experta en remedios caseros que preparaba con hierbas que ella misma sembraba en la casa: manzanilla, cidrón, cilantro, matarratón, albahaca, sábila, achiote.

Estaba cansada de la vida que le había tocado con mi abuelo. Vivió con él desde los catorce años y tuvieron diez hijos, pero él tuvo más de ocho mujeres y quince hijos por fuera del hogar, aunque la gente dice que fueron más. En total, reconoció a veinticinco hijos.

De cuerpo robusto, barriga prominente, ojos aindiados y facciones firmes, mi abuelo criaba vacas, gallinas y cerdos. Eran tiempos de abundancia en los que regalaba leche, huevos y queso a quien llegara a la casa. Era querido por el pueblo y se veía natural que tuviera tantas mujeres, aunque nunca amanecía donde otra que no fuera mi abuela.

Siempre lucía un sombrero de fieltro color habano. Cuando llegaba de la finca, yo corría a quitarle los zapatos y le trepaba los pies en un banquito, recogía una flor del jardín y se la regalaba. Él la lucía en el bolsillo de la camisa.

Papachijo, como cariñosamente lo llamaba, murió en 1990 cuando yo tenía tres años. Empecé a notar su ausencia y mi mamá resolvió explicarme que se había ido para el cielo, que allá iba a estar mejor.

A los seis días de su muerte, me enfilé en la calle derecho hacia el cerro. Un halo de luz me cubría el rostro bañado de lágrimas. Tenía puesto un vestido blanco y eran las nueve de la mañana. Creía que el cielo era un lugar del pueblo al que podía llegar caminando sola. Una vecina me vio y le avisó a mi mamá que yo iba lejos. Ella me alcanzó. Yo no llegué a entender el significado de la muerte hasta muchos años después.

Nuestra casa estaba ubicada en la misma calle del hospital, a media cuadra de la plaza principal y a una del cementerio. Los andenes amplios están arborizados de tal manera que dan sombra a las fachadas con grandes aberturas, antejardines, porches abiertos y aldabas antiguas en las puertas. Allí vivíamos mi abuela, mi bisabuelo, mi tía, dos tíos, mi mamá y Vicente, un señor que ayudaba en los quehaceres diarios como lavar traperos, brillar ollas, afilar cuchillos, abrir cocos, moler el maíz, hacer mandados en la bicicleta.

Vicente era escuálido, de piel rojiza y tostada por el sol. Tenía las manos callosas, curtidas por el trabajo. Se odiaba a muerte con Vitolo, el loro doméstico que vivía en el jardín. Cuando pasaba por el patio, Vitolo le arrebataba la cachucha con el pico y le gritaba: "Marica, dame el culo". Yo escuchaba la pelea desde el corredor de arcadas de la casa mientras jugaba a las muñecas. Un día decidió que el problema debía resolverse como si fueran dos hombres. Entonces, alistó dos cuchillas, una para el loro y otra para él, y se la arrojó al piso:

—¡Vamos, defiéndete! Si voy a ir preso, no me importa, pero nos matamos porque nos matamos —gritaba enfurecido Vicente.

19

—Jajajajajaja —se reía estrepitosamente el loro.

Mamamartha, perturbada porque fuera a haber una tragedia en la familia, intercedía y trataba de calmar a Vicente.

El loro también detestaba a los conservadores. Un día, en una reunión política de un candidato al Senado, voló desde el cohete de hierro en el que permanecía y despedazó los mazos de los materiales didácticos de votación que se iban a repartir. "Arriba La Coco", vociferaba defendiendo a su candidata liberal.

En mi niñez disfrutaba de cosas simples como bañarme en los aguaceros, el aroma del petricor, el trinar de los pájaros, el tamborileo de la lluvia. O sumergirme en la alberca donde almacenábamos el agua. Como en los lugares desérticos de la Alta Guajira donde el líquido siempre ha escaseado, recogemos el agua en baldes de plástico desde tiempos remotos. El agua llegaba de vez en cuando, a veces día de por medio o a determinadas horas.

El patio de la casa estaba rodeado de árboles umbrosos, de follaje espeso. Mangos, cocos, limones, cotoprix, nísperos. Palmas de bambú, trinitarias, rosa lavanda, helechos, lirios, azahares de la india, corales rojos. Era el lugar de encuentro de la familia, el espacio perfecto para jugar a las escondidas con mis primos porque las matas nos servían como guaridas. Y cuando amainaba el sol, las calles eran nuestras para jugar la peregrina, la lleva, el salto de cuerda, el yoyó.

Yo bailaba hasta con el pito que anunciaba la carretilla de frutas. Celebraba en el patio los cumpleaños de las muñecas todos los fines de semana con ponqué Ramo, chitos, refrescos y picadas de mango que hacía *Mamamartha*. Registraba el cuarto de Vicente con mi prima Martha Patricia, comprábamos empanadas, carimañolas y fritos en los tenderetes callejeros. Si el teléfono de disco lo dejaban sin candado, llamábamos a cualquier número, cambiábamos la voz y tomábamos a chacota a algún vecino.

Mi infancia fue sencilla y feliz hasta que pasó lo que pasó.

3

Mi papá era liberal, aunque mi abuelo fue conservador, en una época en que se nacía afiliado a uno u otro partido. Luis López Peralta no conocía el miedo. Nada lo turbaba ni lo hacía recular de sus firmes propósitos en la política. A los treinta y siete años, en octubre de 1994, fue elegido concejal, con 505 votos, de Barrancas, La Guajira, pueblo ubicado a una hora y media de La Paz, Cesar.

Situado en el extremo norte de Colombia, Barrancas es árido, con una temperatura eterna que sobrepasa los treinta grados centígrados y donde se explota carbón a cielo abierto. Fronteriza con el noroeste de Venezuela, es la cuna de Luisa Santiaga, madre del Nobel de Literatura Gabriel García Márquez.

Mi papá era machista y mujeriego, como todos los hombres de la región. De muchacho, su tez era nacarada, pero a veces parecía rojiza. En los últimos años, a causa del sol, su piel se había vuelto trigueña. Sus ojos eran negros y grandes como dos soles espejados. Tenía el pelo negro, lacio, y sus cejas lucían bastante pobladas. De cuerpo grueso, carecía de vello en el pecho y las piernas. Al expresarse, articulaba rápidamente las palabras con cierto dejo de merengue vallenato. A veces se comía sílabas enteras pero su tono era altisonante, con duras inflexiones y el acento propio de los guajiros.

Era tan machista que no le gustaba que mi hermana mayor usara vestido de baño de dos piezas, ni que a mi mamá la abrazaran sus propios hermanos, y se llegó a poner celoso cuando uno de mis primos dijo que yo era bonita. En 1990, en una reunión de amigos discutió con uno de ellos mientras tomaban. El amigo salió a buscar un arma y regresó dándole plomo. Mi papá resultó herido en ambas piernas, pero se defendió y le disparó también. El agresor quedó lesionado.

En 1996, fue vicepresidente del Concejo. Esa labor representaba el preludio para enfilarse hacia la Alcaldía, que con toda seguridad iba a ganar. En su fugaz campaña su lema fue: "Nací, vivo y aquí me quedo".

Nació el 25 de febrero de 1957. Era el cuarto de cinco hermanos: William, Albenis, Álvaro y Gloria. Al principio, se dedicó al comercio, traía mercancía de Venezuela, una actividad habitual entre los lugareños, ya que en el vecino país casi todos los artículos se conseguían a un menor precio. Mi papá, además, vendía repuestos para fumigadoras, carros, tractores, llantas, cadenas para buldóceres y otros materiales.

Un día le escuché decir que uno siempre debía tener dos o tres entradas económicas porque si fallaba alguna, contaba con la otra. A mi padre le iba bien en los negocios. En la familia decían que había heredado el arrojo de Pedro Iguarán, un tío abuelo en cuarto grado que fue un auténtico pionero: llevó el primer carro a Barrancas, construyó el

23

primer teatro del municipio, puso en alquiler la primera casa y llevó un motor de luz cuando nadie conocía lo que era una planta eléctrica.

Mi papá cursó varios semestres de Comercio Exterior y Relaciones Internacionales en la Universidad del Norte de Barranquilla, ciudad donde también ejerció como taxista a principios de los años ochenta. Pero, más interesado en los negocios y deseoso de hacer dinero, abandonó sus estudios y regresó a Barrancas. Fue allí donde se catapultó como empresario.

Tenía un don de gentes muy especial, gracia innata para relacionarse con el pueblo y desinteresada voluntad de servicio. Por eso lo querían. No tenía reparos en ayudar a los necesitados, ofrecía empleos en sus negocios y les colaboraba con fórmulas médicas y platos de comidas. Con nostalgia, mi mamá resume su carácter: "Luis cogía la plata y enseguida se la gastaba. A él no le dolía darle lo que fuera a una persona, era atento, servidor. A él todo el mundo lo llamaba, hasta los locos".

Le gustaba el folclor y le encantaba el vallenato de Jorge Oñate y Rafael Orozco. Cuando algún artista lanzaba su trabajo musical y lo mencionaba, ponía unos parlantes a todo timbal en el andén de la casa. En La Guajira nadie protestaba por escuchar música a alto volumen, hace parte de la tradición. Las noches se amenizaban con bailes, alegría y *whisky* Old Parr. Y mi padre invitaba a beber y a gozar a todo aquel que pasara por la puerta de la casa. Amanecía conversando con los parroquianos.

Tiempo después, sin embargo, su brío parrandero y bebedor se volcó gradualmente hacia su trabajo. Cuando se dedicó a la política, dejó las copas y tomó las cosas con mayor dedicación. En esa época de concejal estaba en su mejor momento.

En uno de los poquísimos videos donde mi papá aparece en el recinto del Concejo, se le nota ligeramente airado, agitando la mano en la que sostiene un bolígrafo. En la mesa reposa un documento que mira de soslayo. Alrededor están los otros doce concejales, también hombres, que conformaban la corporación, y otras personas que asistían a la sesión. López hace énfasis en el maltrato que los señores de una empresa minera les estaban dando a los trabajadores. Con claridad señala: "Alguien que trabaje de una forma amedrentada, intimidada, yo creo que las cosas no van a funcionar bien".

Sentado con la pierna derecha cruzada sobre la izquierda y señalando a los delegados de la empresa, en otro video el concejal también esboza su disgusto por el trato que le dan a los indígenas wayú, la comunidad nativa más grande de Colombia, que está asentada en esa zona. "Son reconocidos los derechos que ellos tienen y los están tratando de una forma inhumana, y no se está haciendo nada por ellos", recalcaba en tono vehemente.

Mi papá vivía preocupado por la mala calidad del servicio de agua en Barrancas. No solo lo exponía en sus intervenciones ante el Concejo, sino que lo manifestó en una entrevista concedida al noticiero matutino de *Ondas del Ranchería*, la única emisora que existía en ese momento en el pueblo y que dejó de funcionar en 1994. Veinticinco años después, las cosas no han cambiado. En algunos barrios el agua llega de día; en otros, de noche; y en muchos, nunca llega.

El periodista Edison de la Hoz lo entrevistó en dos ocasiones. En una de ellas, mi papá se mostró preocupado porque en el municipio algunos alcaldes no ganaban mediante el voto popular, sino por la compra del mismo.

En esa época, Barrancas era el municipio con el voto más caro de todo el departamento. Costaba 20.000 pesos, un alto precio si se tenía en cuenta que el salario mínimo en 1994 era de 98.700 pesos. En tiempo de elecciones, el número de inscritos a sufragar se disparaba. Los políticos corruptos llevaban en camiones, como si fueran animales, y aún hoy lo hacen, a los indígenas del desierto de la Alta Guajira para que votaran por sus listas a cambio de dinero o de botellas de *whisky*.

"Si un candidato compra votos, los primeros dos años va a dedicarse a recuperar esa *inversión* y, el otro año que le queda, va a remendar, por eso nuestro municipio está en deterioro", advertía mi papá en la mencionada entrevista.

Otro de los temas que tocó fue la necesidad de apoyar a la comunidad indígena, sobre todo a las familias que vivían en la periferia del pueblo, pues creía que con la explotación del carbón en las minas se iba a cambiar su cultura. Y no se equivocó: varios asentamientos desaparecieron o se vieron forzados a desplazarse de la zona, debido a las concesiones que se les entregó a las empresas para extraer carbón.

Él abogaba por que sus paisanos tuvieran empleo. En las proposiciones que hacía en el Concejo municipal pedía aprobación de recursos para fomentar la educación superior y propiciar la conformación de microempresas en el pueblo.

En aquellos años, uno de sus amigos y coterráneos era Juan Francisco Gómez Cerchar, alias Kiko, el alcalde que resultó vencedor en el mismo periodo en que mi padre fue elegido concejal. Parrandeaban juntos, se lanzaron por el mismo partido político, el Liberal, y celebraron la victoria con mariachis en la casa de mis abuelos Álvaro y Gala. Nunca discutieron. En los afiches que mi papá mandó hacer cuando aspiraba al Concejo, también promocionaba la candidatura de Kiko Gómez.

Pero las posiciones de mi padre lo fueron convirtiendo en "un enemigo de la administración municipal", tal como se empezó a comentar en algunas oficinas de la Alcaldía. Tal vez allí empezó a fraguarse esa inquina que habría de culminar con su asesinato.

4

Al atardecer solo se veía el contorno de los árboles en los andenes. Neidy caminaba presurosa hacia su casa. Una brisa fresca batía su vestido y su cabello, y la obligaba a cerrar los ojos. Era una tarde apacible de los primeros días de diciembre de 1983. Ya soplaban con ímpetu los vientos alisios, una característica especial del verano en la costa caribeña. Neidy Zuleta, la mujer que cuatro años después sería mi madre, volvía del velorio de una prima. Había gente bulliciosa en las calles como preludio de los festejos de la Navidad y el Año Nuevo.

"La tarde estaba bonita", recuerda ahora mi mamá, que en aquel tiempo tenía treinta años.

Luis López estaba sentado en la terraza de la calle con Eduber Torres, uno de sus amigos del colegio, que vivía frente a la casa de Neidy. Había viajado a La Paz en un Nissan Patrol azul buscando ganado para vender en Barrancas.

Ella cruzó la esquina y descendió por el andén hacia la casa. López la vio caminar con su vestido color crema de rayas negras que le contorneaba la silueta. Se levantó de la silla, como para verla mejor.

—Primo, ¿y esa mujerona quién es? Preséntemela —le pidió a Eduber.

Ambos cruzaron la calle. Eduber hizo un ademán para llamar a Neidy. Luis la miró de arriba abajo, fijo y expectante. Cargaba una mochila terciada. Estaba flaco. Tenía veintiséis años.

—Quiero presentarte a un amigo —le dijo Eduber.

—Amigo no, enamorado —enfatizó Luis.

Ella sonrió nerviosa, le dio la mano, se volvió y atravesó el umbral de la puerta de la casa, que siempre permanecía abierta de par en par.

López quedó hechizado y se propuso conquistar a aquella muchacha. Fue amor a primera vista. Se devolvió para Barrancas y regresó a buscarla a los pocos días, pero no la encontró en la casa. Presumió que estaría en el novenario de la difunta, que él no conocía, y se presentó allá. Tampoco la vio, pero le dejó razón.

Antes de convertirse en la mujer de Luis, mi mamá tuvo muchos enamorados. Pero su primer y único hombre, hasta el sol de hoy, fue mi papá. Ella era una belleza típica de la región: cabello castaño ligeramente ondulado, piel trigueña, ojos negros, pómulos recalcados, curvas en su cuerpo terso.

Siempre fue de su casa, condición obligatoria en aquella región de costumbres patriarcales, donde las mujeres no tenían otro destino que parir hijos y atender al marido. Por lo regular, en Cesar y La Guajira, los hombres se dedicaban a la finca y a los negocios; y las mujeres, a los oficios domésticos. De hecho, todavía hoy algunos consideran que una mujer es buena cuando sabe hacer de todo: cocinar, lavar, barrer, trapear…

Cursó estudios en un internado en Santa Marta, pero como tantas otras mujeres de su generación, no terminó el bachillerato.

Él la cortejó intensamente durante más de un año. Empezó a ir con frecuencia a La Paz. Se situaba frente a la casa a la espera de que ella saliera. Cuando Neidy atravesaba la puerta, se iba lanzado por detrás a piropearla. La perseguía. Era un amor loco. Se presentaba a cualquier hora de la noche, armaba parrandas improvisadas donde su amigo Eduber, quien subía el volumen del equipo de sonido cuando Luis quería dedicarle a su enamorada una canción vallenata. A ella aquellos requiebros le agradaban, pero se mostraba esquiva y titubeante.

Al principio, él no entraba a la casa de Neidy. Mi abuelo *Papachijo* lo miraba con recelo. Él no se rendía. A veces, tocaba la ventana de la habitación de ella que da a la calle, le hablaba desde el andén y ella le respondía detrás de la cortina de muselina.

Siempre llegaba acelerado, pitando el carro y saludando imponente a los vecinos. Era un auténtico "mamador de gallo"[1]. Juanita, la mamá de Eduber, le colgaba una hamaca para que durmiera y le hacía sopa para el guayabo[2].

"A veces se presentaba y no traía una muda de ropa

1. En la región Caribe se emplea para referirse a alguien bromista.
2. Malestar que padece al despertar quien ha bebido alcohol en exceso (RAE).

para cambiarse, pero esta era como su casa", evoca con nostalgia Juanita.

Cuando se ennoviaron, iban a casetas con orquestas y conjuntos vallenatos. En casa de ella no gustaban de él, pero el amor que sentían era abrasador. Pronto, la familia de Neidy se enteró de que tenía una hija: Loli, mi hermana mayor, pero esto era algo normal en toda la región.

Si él se iba a trabajar a Venezuela, le escribía cartas de amor en las que decía que lo esperara, que pronto iría a verla. En esa época él traía semillas, aires acondicionados y otros artículos para la venta; era muy ambicioso, trabajador y hábil para los negocios.

A comienzos de 1986 viajó a La Paz, decidido a llevarse a Neidy para Barrancas.

—Juana María, hoy me la llevo porque me la llevo —le espetó a la vecina.

—Ve, pedazo de loco, déjate de irte a meter en un problema, porque yo no quiero enemistar a Martha conmigo —le advirtió Juanita.

Pero ya todo estaba decidido. Neidy empacó un maletín a hurtadillas de *Mamamartha* y se fue con él. Nunca había estado en Barrancas. Mi abuela lloró cuando se enteró, pero nada podía hacer: su hija ya era una mujer hecha y derecha.

En Barrancas trabajaron juntos. Ella lo ayudaba en la Compraventa Las Flores, un negocio en el que se empeñaban principalmente prendas de oro y electrodomésticos al diez por ciento de interés y a tres meses de plazo. Fue el primero de este tipo que hubo en el pueblo. Con Luis como maestro, ella aprendió a distinguir el oro auténtico del falso.

Unos meses después quedó embarazada. Viajaban constantemente a Valledupar para que ella se hiciera los controles médicos. Él le compró todo lo que necesitaría para el parto: pijamas, camisitas, gorritos, teteros…

En diciembre, cuando el alumbramiento estaba cerca, Neidy se fue para donde *Mamamartha*, en La Paz, a recibir los cuidados requeridos. El parto se complicó y, finalmente, le practicaron una cesárea.

Nací a las 8:30 de la mañana, el 6 de enero de 1987, en la Clínica Valledupar, la misma donde diez años más tarde mi papá moriría.

Por aquella época estaba de moda una canción de Calixto Ochoa, interpretada por Diomedes Díaz, que a mi padre le gustaba. No tuvo dudas de que el nombre que llevaría su hija sería el mismo de la canción: *Diana*. Diana Carolina López Zuleta.

Desde recién nacida ya muchos advertían el parecido con mi padre. El mismo tipo de sangre, B positivo, los ojos redondos, negros y protuberantes. "Parece hija negada", comentaban en el pueblo. Él se sentía orgulloso y feliz.

Por entonces mi mamá ignoraba que antes de que ella quedara encinta, su marido había embarazado por segunda vez a su anterior mujer. Pronto le llegó la noticia, cuando recién me había alumbrado.

A los pocos días de haber dado a luz, mi papá llevó a la mujer a vivir en la misma casa de Barrancas en la que estaba mi mamá. A ella le dio una hemorragia y se adelgazó, como consecuencia de la mala vida y de la humillación que esto le produjo. Se devolvió conmigo en brazos a la casa de mis abuelos.

Él siguió buscándola para que volvieran, pero ella, resoluta y fuerte como un roble, decidió que no iba a aguantarse una vida de infidelidades y humillaciones. Luis, arrepentido y avergonzado, iba a La Paz, pero no se atrevía a llegar a la casa. Llamaba desde la tienda de la esquina, pero mi mamá, herida por la noticia de que ya estaba con otra, desconectaba el teléfono.

Él le ofrecía una casa, pero ella se dio cuenta de que no iba a darle la estabilidad que necesitaba. Mi abuelo *Papachijo* tildó a mi padre de sinvergüenza.

La ira de mi mamá fue menguando y él volvió a entrar a la casa a visitarme. Siempre le pedía que me cuidara. A los seis meses yo dije mi primera palabra: "Papá". Mi mamá conserva aún los regalos que él me dio: una muñeca con patineta, un teléfono en forma de bota, una Barbie con vestido rosado, una casa campera para la Barbie, un papel de regalo que marcó para mí con su puño y letra.

Ella no me lo ha dicho, pero yo creo que nunca dejó de adorar a mi papá.

5

Cuando era un adolescente, mi papá no se tomó en serio el colegio. Pasó y lo padecieron en varios planteles de Riohacha, Fonseca y Barrancas. En Distracción estudió en un internado en el que terminaban los estudiantes más desordenados. Fue a parar a Fundación (Magdalena), pero tampoco le gustó. A principios de los años setenta, su mamá lo mandó a estudiar con su hermano William a Nemocón (Cundinamarca), de donde se voló. En 1977 cursó quinto de bachillerato en el colegio Aurelio Tobón, de la Universidad Libre de Bogotá, ciudad en la que vivió en una pensión con su hermano Álvaro y su gran amigo Eduber Torres.

Viajaba en avión a Bogotá y otras veces en bus, lo que le tomaba dos días, dadas las condiciones de las vías. Hoy día, esa misma distancia desde La Guajira a la capital se recorre en dieciocho horas.

Su carácter era fuerte. Fue travieso, acelerado e inconstante, un picaflor. Mi abuela Gala lo castigaba encerrándolo en un cuarto. Era el dolor de cabeza, el más inquieto de los hijos. Después cedía y lo perdonaba. Le daba todos los gustos, era el más consentido.

En aquella época La Guajira vivía tiempos difíciles por

el auge del tráfico de marihuana hacia los Estados Unidos, periodo conocido como "la bonanza marimbera". El caché era ser "marimbero". Empezaron a llegar carros de lujo, armas. La región se convirtió en una tierra de contrabando, ron y drogas. El Estado prácticamente no hacía presencia.

El control del negocio de la marihuana era disputado por grupos armados ilegales, la mayoría conformados por indígenas wayú que controlaban el paso de la mercancía en los puertos marítimos. El *boom* se mantuvo hasta finales de los setenta y "sentó las bases para el tráfico de cocaína hacia los Estados Unidos"[3], negocio que aún continúa.

"Regresábamos de estudiar en vacaciones y mis amigos, en medio de la parranda, nos preguntaban: '¿Ustedes qué hacen estudiando?'", rememora Álvaro López, el tercero de los hermanos, mientras cenamos en un restaurante en el norte de Bogotá.

Antes de estudiar unos semestres de Comercio Exterior en Barranquilla, mi papá cursó un año de Derecho en la Universidad Libre de Bogotá, pero también se retiró. Después hizo unos cursos de administración en el Servicio Nacional de Aprendizaje (Sena) en Fonseca, en La Guajira.

"Él no sentía que en los estudios pudiera colmar sus metas de vida, decía que eso era muy demorado, que después saldría desempleado. Él era verdaderamente un emprendedor, un ambicioso y visionario", relata Álvaro con total franqueza. Y agrega: "A comienzos de los años ochenta, Luis ya hablaba de algo parecido a un teléfono

---

3. La Guajira en su laberinto. Informe de Fundación Ideas para la Paz. Disponible en http://www.ideaspaz.org/publications/posts/79

celular, pronosticaba que en tal fecha iban a llegar y que él iba a tener uno. Para mí eso era una utopía; él era muy hábil para hacer amigos y conectarse con la gente del negocio".

Mi abuela Gala le prestó un capital para que empezara a comerciar. Con las ganancias que le dejó el negocio de vender mercancías que traía de Venezuela, invirtió en la compra de una volqueta y la puso a trabajar en la pavimentación de la carretera entre Barrancas y Hatonuevo, que por aquella época era una trocha. Tiempo después resolvió cerrar la compraventa y terminó devolviendo algunas de las cosas sin que los acreedores le pagaran las deudas.

Sus primeros pasos como empresario los dio en 1990, cuando decidió comprar cinco mil metros cuadrados de un lote inhóspito a las afueras de Barrancas, en el paraje conocido como La Granja. Allí planeó construir un motel, el primero del sur de La Guajira, que denominó Hawái. Comenzó a transportar piedras, arena y materiales para la construcción en la volqueta. Para entonces, yo tenía tres años.

A nadie se le había ocurrido levantar un motel en esa zona. Mi papá contrató al arquitecto Walter Peralta, un primo suyo en segundo grado, y a siete obreros. Primero construyó tres piezas, después terminó el ala derecha; y luego la izquierda, hasta completar dieciocho habitaciones con sus respectivos garajes y baños, una oficina de administración y un quiosco grande para reuniones.

Con cierto aspecto medieval la fachada semejaba un castillo donde se fusionaba lo antiguo y lo moderno. A su alrededor sembraron palmeras, trinitarias, cactus, corales. La construcción de Hawái tomó más de un año. Y cuando estuvo terminada, la inauguración se hizo con bombos y platillos, y sobre todo con una gran fiesta amenizada por varios conjuntos vallenatos.

El negocio empezó a marchar bien. El dueño estaba pendiente de todos los detalles, era organizado. Mi papá llegaba al motel todos los días a las siete de la mañana, antes de que se hiciera el cambio de turno, y revisaba las paredes, los helechos, que todo estuviera impecable, que no hubiera hormigas, ni polvo. Si era necesario, les llamaba la atención a los trabajadores.

"Era un hombre sencillo, un patrón muy bueno, era el corazón del pueblo", recuerda Ana Felicia Quintero, una de las camareras que trabajó varios años con él en el motel. Mi papá administró Hawái hasta sus últimos días y todavía funciona.

Poco tiempo después, se ganó una licitación como contratista para suministrar la alimentación a los trabajadores de una mina de carbón de la empresa privada Prodeco, cercana a Barrancas. López ya era un reconocido empresario y contratista de la región, tenía más de ochenta empleados y varias fuentes de ingreso.

Se levantaba a las cuatro de la mañana, llegaba donde mis abuelos Álvaro y Gala a tomar café, pesaba los tubérculos en una máquina y arrancaba en una camioneta Ford 350, en dirección a la mina para llevar la carne y los ingredientes con los que se preparaban los alimentos. Aprovechaba para observar el restaurante interno y saludar a los trabajadores.

Todos coinciden en que era responsable, metódico y serio. Unos meses antes de su muerte, consiguió un contrato para el mantenimiento, aseo, jardinería y parte de la vigilancia de la ciudadela donde vivían los jefes de la mina. Las cosas marchaban mejor de lo que pensaba, sobre todo si se tenía en cuenta que no había terminado ninguna carrera profesional.

Pero parecía que haberse catapultado como empresario y contratista no era suficiente. Le picó el bicho de la política. Aspiró a una curul en el Concejo de Barrancas, la ganó y creyó que el siguiente paso era la Alcaldía del municipio.

Uno de sus grandes amigos fue José Soto Berardinelli, alcalde de Barrancas en el periodo 1990-1992, quien lo estimuló para que se lanzara a la Alcaldía, pues consideraba que tenía el talante y el perfil ideales para llegar a ese cargo. Soto Berardinelli y mi padre conversaban durante horas seguidas. "Hay que perder el miedo a hablar en público, tener una buena expresión corporal", le recomendaba Soto cuando lo visitaba en Barranquilla. Mi padre escuchaba aquellas sugerencias y se convencía de que tenía mérito suficiente para ser alcalde, principalmente por su especial sensibilidad y su vocación de servicio hacia las clases menos favorecidas.

Una noche, a finales de septiembre de 2018, me encontré con Soto Berardinelli en Barranquilla. Mientras escuchaba el chirrido de los grillos y sentía la brisa, el amigo recordó a mi padre. "Luis era impulsivo, impetuoso, a veces decía cosas muy rápidas, y ello podía causarle un problema, pero era un hombre maravilloso, trabajador", dijo mirándome con sus brillantes ojos.

Los dos habían hecho negocios. Soto Berardinelli le ofreció a mi padre un hotel que tenía en Barrancas. Luis lo compró a plazos, en 1995, y con una cuota inicial que le prestó mi abuela Gala. Es esquinero, colinda con la Alcaldía y el Concejo, y está frente a la plaza principal José Prudencio Padilla. En ese hotel, de nombre Iparú, mi papá pasó sus últimas noches. Con el contrato de alimentación que obtuvo con la empresa minera, mi padre logró terminar de pagárselo a Soto Berardinelli. Es un edificio de 740 metros cuadrados, tres plantas con pequeñas ventanas, piscina, restaurante y una oficina. El acceso está enmarcado por dos columnas blancas y una bóveda.

Vivía pendiente de sus empresas y ejercía la política con honestidad en una región marcada por la corrupción administrativa e históricamente saqueada por mafias locales. Nadie podía acusar a Luis López Peralta de haber pedido contratos o coimas. De hecho, la independencia de su criterio quedó patente en algunas intervenciones de control político que realizó como concejal de Barrancas. Vituperaba a las empresas carboníferas porque no hacían inversión social en el municipio. "El interés de nosotros es trabajar por la comunidad", enfatizaba en el recinto del Concejo.

Siempre le inquietó que la contaminación de las minas fuera a parar al río Ranchería, el único afluente de la región. "Hay que buscar que a los desechos de los aceites se les dé un tratamiento especial porque eso está acabando con la fauna", protestaba.

A finales de 1996 había fijado anticipadamente varios afiches de su campaña a la Alcaldía. Uno de ellos decía: "No insista, aquí estamos con Luis López".

La gente lo buscaba para entregarle hojas de vida, pues las fuentes de empleo en el pueblo escaseaban. Era

39

desprendido con el dinero y al que le pedía siempre le regalaba. "Él no daba para decir que no, si tú le pedías mil pesos y eso era lo único que tenía, los entregaba", recuerda su hermana Gloria.

Mi papá se sentía tan querido y apreciado por el pueblo que tal vez llegó a pensar que era invulnerable. No sopesó el riesgo, nunca creyó que sus enemigos podían atentar contra su vida. Pero eso fue lo que ocurrió.

No se daba cuenta de que el éxito de uno es la derrota del otro.

6

De niña me veía pálida, era delgada, tenía el cuerpo ente-
co. De repente perdía fuerzas, me desmayaba, desfallecía.
Una vez sucedió bajo el sol sofocante que reverberaba en el
asfalto, durante un desfile escolar en La Paz. Yo era una de
las batuteras de la banda de guerra del colegio. En medio
de ese calor, vestía una camisa blanca de manga larga con
botones dorados, guantes, minifalda, sombrero rojo, medias veladas, botas blancas de caña alta. Mi papá me había
regalado ese atuendo. Cuando me desplomé en plena calle,
mi mamá estaba a mi lado. Tenía cinco años y me puse fría
como un témpano.

Pasábamos de médico en médico, de pediatra en pediatra, y ninguno lograba emitir un diagnóstico claro. Decían
que era un problema psicológico. Pero lo cierto es que nací
con una malformación en la uretra que me impedía orinar
normalmente. Mi uretra estaba cerrada, lo que significa
que orinaba por gotas. Con una aguja en el vientre bajo,
me aplicaban unas inyecciones horribles para sacarme la
orina. Yo gritaba, lloraba y pataleaba. Me sostenían con
fuerza entre varias personas. Ninguno de los seis médicos
que me vio, entendía qué me sucedía.

También me daba fiebre, mucha fiebre. Recuerdo que mi mamá, en medio de la desesperación, me llevó donde un brujo que vivía por un camino destapado en una casa de tablas. El hombre me rezó, me esparció unas matas por la cara y me puso una aseguranza. Nada resultó.

A pesar de ello, yo llevaba una vida normal en el colegio. De hecho, siempre izaba la bandera y me iba bien. Me gustaba participar y presentarme en danzas, teatro, recitales de poesía, desfiles de moda. En el mismo salón donde estudiaba había dos cursos. A la profesora le tocaba ingeniárselas para dar clases a ambos grupos. Entonces, mientras le enseñaba a uno, ponía al otro a desarrollar alguna actividad. Yo me aprendía las lecciones del otro curso también.

Mi papá a veces llegaba entre semana y almorzaba en mi casa. Se acostaba en la cama y empezaba a hojear mis cuadernos mientras zumbaba un ventilador eléctrico de techo. Revisaba el boletín de calificaciones y me felicitaba.

Nunca viví con mi papá, pero lo amaba. Cuando estaba lejos, lo quería; cuando llegaba a visitarme, lo quería aún más. Lo amaba así, con sus luces y sus sombras. Nos complementábamos como el yin y el yang. Él llegaba seguido a visitarme. De vez en cuando se presentaba en el colegio. Algunas veces entraba de carrera en la casa, pero nunca olvidaba colmarme de cariños. Yo atravesaba la sala corriendo a su encuentro. Él extendía sus brazos y me alzaba con ternura.

Cuando caminaba con mi mamá por la carretera y veía los buses que pasaban pitando, me quería ir para Barrancas a ver a mi papá.

Sin embargo, seguía enferma. Mi tía Nancy, hermana de mi madre, logró conseguirme una cita con un médico en Valledupar, quien determinó que debían operarme de inmediato en Bogotá. Yo tenía seis años y cursaba segundo de primaria. Mi mamá llamó con urgencia a mi papá, pero él estaba en Venezuela y le dejó razón con la secretaria. Ella no le dijo nada y mi papá se enfadó tanto que terminó despidiéndola cuando regresó.

Mi abuela *Mamamartha* nos ayudó con un dinero para el viaje mientras mi papá aparecía. Mi mamá me consiguió ropa prestada para el frío y abogó para que la profesora me aplazara los exámenes. Corría octubre de 1993 y ya casi terminaba el año escolar. La profesora me eximió de los exámenes, pero yo no quise y cuando regresé de la capital los presenté sola, sin ninguna compañera a mi lado.

Yo estaba contenta de montar por primera vez en un avión. Viajé con mi mamá en las primeras horas de la mañana en un vuelo de Avianca, la única aerolínea que cubría el trayecto de una hora desde Valledupar hasta Bogotá. Recuerdo que cargaba una muñeca sin pelo que lloraba si le quitaba el chupo, y que desde la silla del avión contemplaba impresionada las nubes blancas, la variedad de sus formas, el cielo más cercano que jamás había visto.

—¿Cómo son las nubes cuando uno las toca? —le pregunté curiosa, con los ojos centelleantes.

—Las nubes son como el algodón —respondió mi mamá, no muy convencida de su explicación.

Me operaron al día siguiente, el viernes 29 de octubre de 1993 en el Hospital Infantil Lorencita Villegas, en el occidente de Bogotá. La cirugía de reconstrucción de uretra salió bien. En el centro hospitalario me llevaron payasos, pues ese día celebraban anticipadamente el Halloween. Mi papá llegó unos días después, pero yo no recuerdo esa visita.

Permanecimos veinte días en la capital. Antes de regresar al pueblo, mi mamá me llevó a un sitio de baratijas en el centro de Bogotá. Compré chucherías, diademas y bisutería que luego revendí. Mi salud mejoró notablemente.

Para esa época ya conocía a tres de mis hermanos paternos: Loli, Jorge y Andrea. Mi papá viajaba con ellos desde Barrancas hasta La Paz para que me acompañaran en cada cumpleaños. Corrían de un lado a otro, comían golosinas, jugábamos. No se querían regresar para Barrancas. Mi mamá, siempre paciente y servicial, los atendía como si fueran sus hijos. Loli me lleva casi cinco años; Jorge, un año, y a Andrea, yo le llevo tres meses.

Los recuerdo como si el tiempo no hubiera transcurrido mientras hojeo uno de los álbumes de fotos que mi mamá guarda con celo. Mi papá siempre se sentaba en el centro del sofá grande, abrazando a sus hijos, atisbando fijamente a la cámara como si con la mirada desbordara su amor. Andrea, con su cabello brillante y rubio como el oro; Loli, con la misma sonrisa, cabello y ojos de mi papá; Jorge, siempre haciendo morisquetas, y yo, sonriente, con flequillo y confeti. Las fotos análogas tenían su magia, su esencia.

Mi papá era muy celoso, sobre todo con Loli, a quien protegía sobremanera por ser la mayor. Si ella iba caminando por la calle con una licra corta, un *body* o algo muy ceñido al cuerpo, él detenía el carro y le ordenaba cambiarse. Cuando ella tenía nueve años, la llamaron para representar al pueblo en el concurso Niña Guajira, en el que se escogía a la niña más bonita de todo el departamento para después competir con las de otras regiones. Mi abuela paterna le compró todos los atavíos: el vestido de baño, el disfraz y el vestido de gala. Cuando mi papá llegó, y vio toda la ropa colgada en la habitación, quedó confundido.

—Loli, ¿y esto qué es? —preguntó.

—Papi, es que voy a desfilar para Niña Guajira —le respondió Loli.

—Si desfilas, hazte el cargo de que estoy muerto —le advirtió con enfado—. Tú eres una niña para que andes por ahí mostrándole el culo a la gente —agregó.

Loli se puso a llorar. No tuvo más remedio que desistir del concurso.

Mi papá no era un hombre de hablar mucho con ella, pero él siempre le recalcaba que no podía tener novio, que los novios los dejara para cuando saliera de la universidad.

***

La tarde antes de la Navidad de 1994, mi papá llegó de improviso. Me cargó en sus brazos y me llenó de besos. Recuerdo que me dio un beso en el oído que me quedó chirriando durante un buen rato. Me sorprendió con un televisor mecánico con antenas y una consola de juegos Atari que venía con dos controles. Yo tenía los ojos relampagueantes y las mejillas encendidas de la alegría.

Mi tío Chino, hermano de mi mamá, me ayudó a armarlo y conectarlo. Eran tiempos de felicidad. Jugaba sin parpadear hasta el alba con mis primos. La videoconsola incluía juegos clásicos como Mario Bros, carreras de motos y carros, caza de patos, Ice Climber, Space Invaders, Tetris, Pac- Man.

El televisor obsoleto de antenas y perillas todavía mi mamá lo guarda como reliquia en su habitación. Nunca lo ha querido regalar.

A principios de noviembre de 1995, apenas salí de vacaciones, mi mamá me puso a tomar clases de guitarra con el profesor de música Jhon Cantillo. Yo soñaba con tocar ese instrumento. En esa misma Navidad, *Mamamartha* me regaló una guitarra que aún conservo. Con mi mamá animándome y Jhon como maestro, aprendí los ritmos del vals y la balada. El profesor me dibujaba en un cuaderno el pentagrama, el brazo y los trastes de la guitarra, y marcaba las notas para que me familiarizara más rápido. Siempre enfatizaba en que ejercitara mis dedos. La mayoría de canciones que aprendí eran mexicanas.

Todos los años viajábamos a Barrancas para el cumpleaños de mi papá. Unos días antes del 25 de febrero de 1996, le escribí una carta de mi puño y letra. El borrador quedó consignado en uno de los cuadernos del nuevo colegio al que entré ese año para cursar quinto de primaria en la jornada vespertina. En este decía:

Papi, te doy mil felicitaciones con esta carta. ¿Sabes por qué? Porque tengo millones deseos de verte. Papi, yo te quiero muchísimo pero lo que pasa es que estoy en un colegio muy pesado (...) Pero tú crees que por esas bobadas yo no te quiero. Eso no es así, yo te quiero, pero si tú quieres ven los sábados, o si no, en las mañanas.

En mensajes separados en la parte posterior de la página escribí:

Te aprecio mucho. Cordial saludo. Feliz cumpleaños. Te quiero papi. No me olvide. (sic)

En el manuscrito, además, me dibujé como una niña con uniforme colegial y a él, con camisa y correa, pero taché la imagen, tal vez al percatarme de lo mal que dibujaba. Nunca aprendí.

Con pocos meses de clases ininterrumpidas, logré aprender a tocar sencillas canciones y me dispuse a ensayar una serenata a dúo con el profesor para el cumpleaños de mi papá.

La carretera que conduce a Barrancas desde La Paz está llena de huecos, desniveles, pocas señalizaciones y, en aquel año, estaba destapado el desvío hacia Villanueva porque lo estaban pavimentando. Nubes de polvo se levantaban en algunos tramos de la vía. Viajamos con mi tío Chino, su esposa Maribeth y mi mamá en una camioneta Ford Ranger, con carrocería, de los años ochenta. El cielo estaba despejado.

Mi mamá tenía los labios pintados color carmesí, usaba gafas de sol, mascaba chicle y meneaba un abanico floreado para el calor. Yo tenía puesto un vestido con un lazo en la cintura, pliegos y volantes ribeteados, y calzaba unos zapatos blancos con una tira de un lado a otro del empeine y cierre con hebilla.

Era domingo. La celebración fue en la inmensa casa de mi abuela paterna, en cuyo corredor abierto se erigen columnatas estriadas. La atmósfera era de regocijo. Mi profesor Jhon cantó y a dúo interpretamos con las guitarras tres canciones: *Nochecitas mexicanas*, del compositor Pedro Infante; *El rey*, de José Alfredo Jiménez, y *Paisaje de sol*, del maestro vallenato Gustavo Gutiérrez.

Mi papá estaba conmovido. Más de veinte años después, rememorando aquel momento, Loli, mi hermana mayor, evocó la expresión nostálgica de mi papá: "Él después se escondió en el cuarto, tenía los ojos aguados". Tal vez lo hizo porque en Cesar y La Guajira, que un hombre llore en público demuestra poca hombría, debilidad.

Después le entregué la cartica doblada en forma de bolsillo, y él me regaló una foto en blanco y negro en la que aparece ladeado con una expresión serena, medio sonriendo y con una gruesa gargantilla de oro que luce en el cuello. Estaba encantado y agradecido con la serenata y la carta.

***

Todos los domingos temprano, durante varios años, *Mamamartha* me llevaba a la finca con Martha Patricia, una prima de mi edad. Junto con el tío Varo, hermano de mi madre, íbamos respirando la polvareda que levantaba el viejo Toyota campero rojo por un camino de piedras que hacía zangolotear el carro. Después de la muerte de mi abuelo *Papachijo*, mi tío Varo se ocupaba de las finanzas de la familia y administraba la finca. Salíamos de La Paz en horas de la mañana y regresábamos en la tarde.

El sol puntilloso se imponía sobre las ramas secas y desvaídas de los árboles y el suelo exhalaba un plácido olor a boñiga. Con mi prima y mi abuela nos bañábamos en un manantial de aguas cristalinas mientras escuchábamos la algazara de las chicharras y vacas y el gorgoteo del agua en la fuente. Después nos divertíamos correteando las gallinas, o en un juego que consistía en tirar piedras, y la que las hiciera llegar más lejos, ganaba. La finca era una tierra árida donde los animales sufrían por las largas sequías del verano.

De ese manantial solo quedan los recuerdos. Hoy es un charco reducido para las vacas y animales del monte. Tuvimos que dejar de ir por la situación de orden público que cercaba la zona. La suerte que corrió mi tío Varo fue dolorosa, tan inesperada como abrumadora.

El 7 de abril de 1996 era Domingo de Resurrección, el último día de Semana Santa. Hacía calor en la noche. Mi mamá había cerrado la ventana de celosías que permanecía abierta durante el día para que corriera el viento. Yo tenía puesta una cómoda pijama de muñequitos. Eran las nueve de la noche y ya casi nos íbamos a dormir. De repente sentimos una explosión que retumbó y cuarteó los vidrios de las ventanas. Quedamos atónitas, mirándonos frente a frente. Este, tal vez, es uno de mis primeros recuerdos donde sentí mi corazón latir desbocado por el miedo. Para rematar, se fue la luz, lo que aumentó mi sensación de vulnerabilidad.

La bomba cargada de dinamita estalló a una cuadra de

mi casa, y destruyó por completo la Caja de Crédito Agrario, el único banco que existía en La Paz. No hubo víctimas. Esa misma noche, la guerrilla del Ejército de Liberación Nacional (ELN) detonó seis petardos simultáneos en distintos municipios del Cesar.

Los delincuentes quitaban la luz, algunas veces, para no dejar huellas cuando iban a cometer un delito. Y ese es un trauma que me persigue ahora que soy adulta. Esté donde esté, si la luz se va siempre pienso que algo malo va a suceder. Le temo a la incertidumbre que provoca la oscuridad.

El departamento era objetivo fácil de los grupos violentos. Todos los días la guerrilla incineraba buses de transporte público, asesinaba gente, extorsionaba, hurtaba ganado, volaba puentes y realizaba "pescas milagrosas", un eufemismo para referirse a los secuestros que los guerrilleros perpetraban en falsos retenes militares montados en las carreteras.

Obreros, conductores, comerciantes, ganaderos: nadie se salvaba de ser víctima. "Un secuestro cada dos días", titulaba el *Diario vallenato* en enero de 1996. De hecho, yo aparezco en una foto de la primera plana del extinto periódico sosteniendo una pancarta en una marcha contra el secuestro, realizada en La Paz el 17 de abril de 1996.

A lo largo de muchos años, mi familia fue víctima de distintos grupos guerrilleros. Mucho antes de la bomba, a principios de los años noventa, el grupo insurgente de las FARC raptó todo el ganado de nuestra finca y lo trasladó a San José de Oriente, corregimiento de La Paz, asolado reiteradamente por la guerrilla. Desde allí, el comandante Dubán (abatido después por el Ejército) llamó a mi familia para extorsionarla y pedir rescate por las reses. A mi familia le tocó pagar, pero los guerrilleros solo devolvieron una parte de los animales.

El frente de las FARC que operaba cerca de Barrancas también le llegó a hacer exigencias económicas a mi papá. Una vez, él reunió a mis hermanos y a mi abuela en el patio trasero de la casa. "Voy a visitar a una gente que me mandó llamar", recuerda mi hermana Andrea que dijo mi papá. Cuando regresó, le trajo de regalo a mis hermanos unos jugos Tanllerín y comentó que todo había salido bien, que no tenía ningún tipo de problemas con la guerrilla.

En las vacaciones de junio de 1996 acompañaba a caminar a mi abuela *Mamamartha*. Ella sufría de presión alta y su cardiólogo le sugirió hacer ejercicio. Todos los días, mientras caminaba con ella y con mi mamá en el barrio Fray Joaquín Orejuela, veíamos la primera luz del amanecer que emergía evanescente por la vía hacia Manaure. Después íbamos al mercado a comprar carne y mi abuela siempre me regalaba unas galletas Festival o una Nucita.

Un día, *Mamamartha* anunció que ya no podíamos caminar por ese barrio y menos a esa hora. Mencionó a "los paracos" en un tono casi inaudible, nervioso, como quien confiesa un delito. Ella había escuchado que ese sector ahora era de ellos, los paramilitares, y al que vieran "mal parqueado" lo mataban.

Esa sensación de miedo constante hizo que ya no volviéramos a salir de madrugada sino después de las seis, cuando el sol se asomaba por San José de Oriente, y solo nos limitábamos a caminar cinco veces en derredor del parque principal Olaya Herrera, que estaba a media cuadra de la casa. Cuando caía la luz y llegaba la noche, todo el mundo se refugiaba en su hogar. Vivíamos alarmados.

Otro día, acompañaba a mi abuela en su habitación. Mientras ella cosía, yo leía cuentos en su cama. De golpe, sentimos una balacera. *Mamamartha* se tiró al piso. No recuerdo a quién mataron, pero sí esa sensación de pavor.

Ese era apenas el preludio de lo que estaba por llegar a los departamentos del norte de Colombia. Y La Paz, mi pueblo, no haría honor a su nombre.

7

Mi mamá cumplía años. Yo había llegado del colegio a las 5:30 de la tarde de aquel viernes 16 de agosto de 1996. Llevaba puesto el uniforme de jardinera, de cuadritos azules y blancos, y una blusa de cuello redondo tipo bebé que me cosió mi abuela.

El apacible bochorno a veces alternaba con una lluvia sostenida que, al cesar, dejaba un vapor aromado. Por eso el clima era fresco cuando mi papá apareció en el umbral de la puerta con su camisa colorida. Corrí a saludarlo y pude sentir entonces esa dulce fragancia que todavía me acompaña.

Él nunca olvidaba felicitar a mi mamá. Era detallista, simpático, efusivo. Como a tantos otros familiares que llegaron a saludarla, mi mamá le sirvió torta y gaseosa con hielo, en un vaso de vidrio. Ambos se fueron a la cocina y desde allí él me mandó llamar. Sacó del bolsillo izquierdo de la camisa dos bolsitas de terciopelo rojo con un lacito dorado: una era para mi mamá y otra para mí. Abrí la mía, deseosa de ver su contenido. Eran dos pares de topos dorados, dos cadenas con sendos dijes en forma de moneda gringa y un anillo. Todas las joyas estaban bañadas en oro y tenían grabada la leyenda *Liberty, 1902*.

—¡Todo eso es para mí! —exclamé sorprendida, con los ojos desorbitados.

—Pero parece que la cumplimentada fuera Diana, no yo —comentó sonriendo mi mamá.

—Guárdalas y cuídalas para que tengas tus cosas buenas —se apresuró a decir mi papá.

Para mi madre, el regalo fue una pulsera, también de oro.

En mayo de ese mismo año, justo el Día de la Madre, él le había traído un juego de aretes y un anillo de piedras azul cian. Siempre tenía detalles con mi mamá, pese a que ella no le pedía nada. Decía que era la única mujer que nunca le exigía.

Esa tarde mi papá entró en la habitación de *Mamamartha*. Ella estaba cosiendo. Me fui detrás y pude escuchar la conversación. Le dijo que el siguiente año quería bautizarme y que, además, ya debía hacer la primera comunión. El bautizo sería en Barrancas y para tal ocasión me compraría un vestido en Bucaramanga. Mi abuela lo escuchaba de espaldas, tenía puestas las gafas de lectura en la punta de la nariz.

—No, yo misma le hago el vestido —advirtió al tiempo que se volvía hacia él.

Mi papá aceptó. Pensaba que el año siguiente iba a ser de festejos pues, además de bautizar a sus hijos, quería celebrar, con todas las de la ley, el quinceañero de Loli, mi hermana mayor.

Ya era de noche cuando Mariela Zuleta, una prima de

mi mamá, se presentó en la casa con un paquete delicadamente envuelto en papel de regalo. Mi mamá lo abrió con sumo cuidado para que no se dañara. Se sorprendió por dos cortes de medio luto, es decir, de colores blanco y negro, que le obsequiaba su prima.

A mi papá no le gustaba el negro, y cuando vio aquel regalo que consideró inapropiado, su gesto no ocultó la extrañeza que sentía.

—¿Y tú por qué le has dado esos cortes de medio luto? —preguntó arqueando las cejas.

—Porque ella siempre va a dar pésames en este pueblo —explicó Mariela.

Ahora pienso que la molestia de mi padre entrañaba una premonición ingenua. Luego de su asesinato, mi mamá mandó a hacer dos blusas con los cortes que le habían regalado. Y se cerró de negro por casi cinco años.

***

Desde el parque principal de La Paz, yo recorría el pueblo en una bicicleta rosada, con insignias de la Barbie, que me regaló mi papá. Veía pasar los carros con maleteros abiertos y escuchaba sus colosales y ruidosos parlantes. Veía también el andar cansino de los transeúntes y esperaba que el sol cayera rendido ante la noche, para entonces regresar a casa.

Sabía que mi papá era político porque yo usaba una camiseta alusiva a su campaña del Concejo Municipal. Esa prenda aún la atesora mi mamá, experta en guardar lo inimaginable. Pero no podía entender, y entonces ni siquiera lo pensaba, que a la gente la pudieran matar por sus convicciones políticas. Todavía hoy continúo sin entender cómo la diferencia de pensamiento o de actitud puede ser motivo de un crimen atroz.

***

Vuelvo a hojear, página por página, el álbum fotográfico que registra el último cumpleaños que pasé con mi papá. Cumplí diez años el 6 de enero de 1997. La reminiscencia es tan clara que puedo sentir el vahaje de aquel lunes festivo.

El último cumpleaños con él. La última vez que lo vi.

Todos los años llegaba un gentío a mi cumpleaños. Previendo aquello, mi mamá compraba hasta tres tortas. La tradición no consistía en cantar el *Happy Birthday to You* antes de partir el pastel, sino que este se iba repartiendo a medida que la gente llegaba.

Mi abuela *Mamamartha* preparaba arroz con pollo y picadas. Mi cumpleaños siempre estuvo asociado a las vacaciones. Mis primos, hermanos, familiares, todos llegaban a visitarme. Hasta el loro, Vitolo, se unía al festejo con su retahíla ininteligible.

En diciembre, mi mamá acostumbraba a comprarme un vestido para que lo usara especialmente en esa fecha. Esa vez fue negro. Tenía una cinta ceñida a la cintura, ornado de pequeñas florecitas *beige* y rojas en el escote redondo, y una chaquetilla blanca y negra tipo torero. Los zapatos eran de charol rojo, como de bailarina.

Mi papá llegó al mediodía con mis hermanas, mi tía, mi prima y mi abuela en un Toyota Burbuja color rojo. En uno de los vidrios, él había pegado un afiche de su campaña a la Alcaldía que rezaba: "Nací, vivo y aquí me quedo. Luis López, Alcalde". En otro de ellos se leía: "Por el derecho al trabajo y el progreso de Barrancas".

Andaba alborotado con la candidatura. Ese año, 1997, serían las elecciones de los gobiernos locales en todo el país. Él ya tenía decidida su aspiración. *Mamamartha* iba a regalarle una vaca como aporte. Su campaña iba cogiendo fuerza, visitaba a los pobres, daba mucho trabajo y se llevaba bien con todo mundo. En síntesis, era popular y muy querido.

Eran casi las tres de la tarde cuando, en medio del festejo, decidió hacer una diligencia en Villanueva, un pueblito de La Guajira localizado a media hora de La Paz. Era cosa de ida y vuelta.

En todos mis cumpleaños, Pello, el fotógrafo del pueblo, cumplía sagradamente una cita conmigo. No obstante, esta vez cuando llegó a tomarme las fotos, mi papá ya había salido.

En una de esas imágenes, estoy frente al arbolito de Navidad. Aparezco en la mitad de la foto con mi abuela Gala, mi tía Gloria, mi prima Karen y mis hermanas Andrea y Loli. En la siguiente, me encuentro sentada en el sofá de la sala, con una pierna cruzada sobre la otra y un gesto de sonrisa de medio lado, con mis primas María Mónica, Anny, María Andrea y Martha Patricia. En otra foto están posando todos mis primos y amigos reunidos, la mayoría desternillados de la risa. Al fondo de la imagen, se puede observar una balanza del bien y del mal y un bodegón de frutas.

A diferencia de *Mamamartha*, que detestaba los *flashes*, a mi papá le encantaban las fotos. Era novelero por naturaleza. Cuando regresó y se dio cuenta de que ya había pasado la sesión, pidió que volvieran a llamar al fotógrafo. Pello llegó volando.

Repaso con nostalgia aquella imagen, nuestras caras próximas, en primer plano. Mi papá me tiene abrazada. Está a mi izquierda, al lado de mi corazón. En la mano derecha luce una pulsera y un anillo. En el cuello lleva una gargantilla gruesa con una estrella de David a manera de dije, y una camisa de tonalidades tierra, azul petróleo y verde con estampados. Esa camisa se la regalamos mi mamá y yo. Nuestra mirada, la sonrisa y hasta el pelo y la piel grasa, son similares.

"Te quiero, te quiero, te quiero". Lo repitió una y otra vez, con prisa y dulzura, como si necesitara que me quedara claro. Su aroma y sus palabras quedaron impregnados en mí. Y me abrazó con sus robustos brazos, con tanta fuerza, como si presintiera que no iba a haber próxima vez.

—Voy a comprar un apartamento en Barranquilla para que vayas a estudiar y a prepararte —dijo esbozando una sonrisa.

—Bueno —atiné a decir, apoyando las manos sobre el mentón.

Mientras estábamos en la sala, mi papá me regaló unas calcomanías alusivas a su campaña. Y entonces sacó de la billetera doscientos mil pesos (195 dólares para la época) y alargó su mano hacia mí para entregármelos. Yo se lo agradecí.

Andrea, mi hermana de nueve años, le lanzó una mirada de reprobación, se cruzó de brazos en señal de enojo y se apostó de espaldas a mi papá.

—A ella sí le diste doscientos mil pesos y a mí no —reclamó Andrea.

—Yo tengo rato sin darle nada a ella, a ustedes les he dado paseo, los llevé a Santa Marta, mientras a Diana no —repuso mi papá.

A continuación, cruzó la calle y se sentó en una silla de plástico en la terraza de tablón de gres de Juanita, la vecina. Una tenue luz centelleaba en el horizonte.

Con Juanita conversó largo rato. Le habló de sus planes en la política, de algunas deudas de las cuales ya se estaba librando, de su decisión de invertir en una casa, y de la necesidad de terminar de pagar el hotel, para asegurar el futuro de sus hijos. "A Diana me la voy a llevar de aquí porque la quiero hacer gente", recuerda la vecina que le dijo mi papá.

A mi mamá también la embulló diciéndole que quería que nos fuéramos para Barranquilla. Él quería que yo culminara los estudios, que estudiara una carrera en la universidad.

Se sentía la brisa vibrante de enero. Yo andaba de un lado a otro, en medio de aquel enjambre de niños que gritaba sin pausa. En el ocaso, le llevé arroz con pollo y gaseosa en una bandeja de electroplata, cubierta con una carpeta de encajes de hilo blanco, que mi mamá dispuso.

Se la entregué en casa de Juanita.

Cuando regresaba, ya de espaldas a él, mi papá se quedó mirándome, fijamente, y me señaló con el vaso de vidrio que tenía en la mano derecha. La vecina después me contó lo que él dijo:

—Comadre, esa es la que me va a defender a mí.

Mi papá se me iba pronto.

Había un plan cuidadosamente diseñado para matarlo. Detener ese plan era como si un águila con sus alas extendidas pudiera atajar la brisa, como intentar apagar las notas de un acordeón en el Festival Vallenato.

Al cabo, cuando él se fue para Barrancas, mi mamá, revestida de entusiasmo, me preguntó qué me había dicho. Por eso traigo a la memoria, diáfano como el agua, el recuerdo de aquel día en que nos despedimos, sin que ni él ni yo lo supiéramos. Le di a guardar el dinero a ella y me sugirió que lo abonara para pagar la primera cuota del tratamiento de los aparatos de ortodoncia que me colocarían a finales de enero.

Recordar a mi papá es revivir sus carcajadas, su voz estentórea y sin pausas, su acento guajiro, su andar imponente, su donaire. Mi papá amaba la vida, amaba a sus hijos, amaba servir. Pero la guerra ya trastocaba nuestras vidas. Pude celebrar en paz mi décimo cumpleaños, pero también recuerdo lo que sucedió el día siguiente.

El 7 de enero de 1997, en horas de la tarde, el pueblo se estremeció con la noticia del asesinato de Hernán Morón, alcalde de La Paz y amigo cercano de la familia. Guerrilleros del ELN irrumpieron en su oficina, le dispararon a quemarropa y mataron también al portero de la edificación.

"Eso desencadenó el terror en el municipio de La Paz. Yo no dormía, porque el problema del año 1997 es que había mucha desinformación de un lado y de otro. Había una polarización armada", relata Antonio María Araujo, concejal en aquel momento.

Tiempo después el Estado fue condenado por haber desprotegido al alcalde asesinado.

A principios de febrero, mi papá regresó al pueblo para comprarme los útiles escolares. Yo no me acuerdo. Es como si un aluvión se hubiera llevado esos días. Si ahora lo relato es porque mi mamá me contó que él vino a buscarme para llevarme a Valledupar. Años después, un psiquiatra me explicaría que, tras un episodio fatal, el ser humano puede olvidar los episodios que antecedieron al hecho doloroso. Lo hace por puro instinto de supervivencia o como mecanismo de defensa. Busca olvidar las cosas malas, pero en ese intento puede también perder los buenos recuerdos. La memoria, eso que nos aferra a lo que amamos, es frágil.

Entonces, para mí, la última vez que vi a mi padre fue en ese cumpleaños del 6 de enero de 1997. Otros momentos se han borrado de mi memoria para siempre.

Por aquellos días de febrero, mi padre le encomendó a mi mamá cobrarle a un señor un dinero que le adeudaba. Sin embargo, esa plata nunca la pagaron, ni siquiera después de su muerte, recuerda mi madre.

Ella solía hacerle diligencias en Valledupar. Los últimos meses, por ejemplo, lo acompañó a tomarse fotos para los afiches de la campaña. Él le preguntaba cuál era la mejor. Ella reía, pero nunca más volvieron a tener un romance. En aquella ocasión, según el relato de mi madre, mi papá le pidió que le comprara unas pastillas para dormir pues a veces no podía conciliar el sueño. Pero si mi padre tenía preocupaciones no las revelaba.

Meses antes de que lo asesinaran, lo que sí le comentó a una de las tantas novias que tuvo, era que debía viajar a Bogotá para presentar, ante la Procuraduría y la Contraloría, unas denuncias relacionadas con un desfalco cometido en Barrancas. Su intención era que los entes de control inspeccionaran las finanzas del municipio y el manejo de sus recursos. No alcanzó a viajar.

8

Con la primera serenata que le di a mi papá, sentí el impulso para seguir aprendiendo guitarra. Jhon, el profesor, era enjuto y tenía bigote. Durante las vacaciones llegaba tres o cuatro veces a la semana a darme clases en el corredor de la casa. A veces, mis lecciones se veían interrumpidas por los gritos del loro Vitolo. Cuando entraba al colegio, él iba dos tardes a la semana y los sábados en la mañana, aunque yo practicaba por mi cuenta casi todos los días. Aprendí a tocar los acordes en do, re, la, y algunos de sol y fa.

Para el cumpleaños de mi papá, el 25 de febrero, Jhon me estaba enseñando a afinar la voz para que pudiéramos cantar a dúo. Ensayábamos la melodía del feliz cumpleaños y la canción *Cuando escuches este vals*. Esta última parecía un presagio. Su letra dice:

Cómo quieres ángel mío
que te olvide si eres mi ilusión
en el cielo, en la tierra, en el mar
en la tumba estaremos los dos

Mi papá cumpliría cuarenta años. Iba a festejarlos. Había comprado todo tipo de mariscos y otros ingredientes para hacer una gran comilona en el hotel. Mi mamá le había apartado una camisa que pagaría a plazos y encargado una torta para regalarle.

Pero en febrero de 1997, el ambiente ya se había enrarecido y no parecía propicio para celebraciones. El jolgorio de los carnavales se entreveró con los planes siniestros del crimen. Él, dedicado a los negocios y a hacer política, no salió a parrandear; tal vez, así pudo evitar que lo asesinaran en esas fechas. Pero lo cierto era que ya lo venían siguiendo.

Como buen guajiro, andaba armado con una pistola semiautomática 7.65, de quince tiros en el proveedor, de fabricación checa. Era malicioso y despabilado. Nunca se sentaba de espaldas a la puerta y siempre acostumbraba a mirar de soslayo, de un lado a otro. Si veía gente rara, precavido, asía el arma. Le gustaba andar acompañado y que las cosas se hicieran rápido. Ángel, uno de sus sobrinos de confianza, le manejaba la camioneta, sobre todo en tiempo de vacaciones.

Durante el día mi padre atendía los negocios, en la noche dormía en el hotel y, a veces, olvidaba el arma. En los últimos años se había engordado. Estaba recogido, menos parrandero, leía la Biblia, se mostraba sereno, conciliador. Casi nunca perdía los estribos.

Algunas mañanas salía a caminar con mi hermana Loli y un mayor de la Policía en Barrancas. Cuando llegaban al parque Romero Gámez, hacían abdominales. Otros días, especialmente en la tarde, pedaleaba en una bicicleta de semicarrera por la vía de Papayal, un corregimiento de Barrancas. Al terminar sus ejercicios, llegaba a una tienda y se comía dos manzanas verdes.

Antes de acostarse, mi papá bebía, para relajarse, una toma de hojas de valeriana o de toronjil que mi abuela Gala cultivaba en su patio. El bebedizo se lo preparaba mi hermana Loli, pero cuando ella no alcanzaba a hacerlo, por andar con sus amigas en el parque, mi abuela lo preparaba a escondidas. Él se daba cuenta y le reclamaba a mi hermana.

—¿Tú dónde andabas? Porque esta toma no la hiciste tú —protestaba.

Una semana antes de que lo mataran se sentía una vaharada densa en el pueblo. Dos forasteros se la pasaban jugando en un salón de billar que quedaba en la esquina de la calle diez con carrera novena, a menos de una cuadra de la casa de mi abuela Gala. Eran los sicarios. Uno, de piel clara y pelo lacio y castaño; el otro, moreno, de cabello ondulado.

El salón de billar tenía exactamente seis mesas: cuatro de buchácara, como se denomina en Colombia a las mesas con troneras; una de carambola y otra de dominó. Era el billar más grande del pueblo. Los hombres se situaron en la mesa más cercana de la puerta. Uno de ellos tomaba el taco y, acto seguido, golpeaba la bola de marfil, mientras el otro asomaba la cabeza a la calle y miraba en dirección a la casa de mi abuela, a unos setenta metros de allí.

—No ha llegado la hembra —decía uno de ellos.

Hablaban de cualquier cosa. Unos minutos después, el hombre que permanecía golpeando las bolas en la mesa levantó la cabeza.

—¿Ya llegó la hembra?

—Nada.

Al rato, repetía el mismo estribillo:

—No ha llegado la hembra.

Mi papá llegaba varias veces al día en su camioneta Ford 350 a la casa de mi abuela Gala. Desayunaba, almorzaba y cenaba ahí. Y esas rutinas ya las conocían los hombres que iban a matarlo. El juego de billar era solo una pantomima para husmear los recorridos de su víctima.

En otra de las mesas jugaba uno de mis primos adolescentes, que sospechó del par de sujetos. De hecho, todo el mundo se conocía en el pueblo y los dos billaristas no parecían naturales de Barrancas.

A los dos días, mi primo encontró nuevamente al misterioso hombre moreno que ya había visto en el billar. Esa vez estaba sentado en el andén de la casa de mi abuela, mientras el otro permanecía en una moto, al frente, en otra casa. Mi papá estaba dentro.

—Oiga, ¿y usted qué hace ahí sentado? —le preguntó.

—Esperando a María que vive allá —replicó el hombre, apartando la mirada y señalando una casa próxima.

En la calle no vivía ninguna mujer con ese nombre. Mi primo entró en la casa y le avisó a su mamá, pero los hombres se fueron enseguida.

Después de la muerte de mi padre, mi primo dedujo que "la hembra" a la que se referían los hombres era la camioneta Ford 350 que mi papá guardaba todos los días en casa de mi abuela.

***

Mi hermana Loli no le hablaba a mi papá desde hacía una semana. Él la había reprendido fuertemente porque peleaba mucho con mis otros hermanos. "Tienes que poner el ejemplo porque eres la mayor, y si te encuentro otra vez peleando, te voy a castigar", le decía.

Dos días antes de que lo mataran, en la noche, ella dejó el orgullo y fue a saludarlo al hotel. Él se contentó, le pidió perdón, juró no volver a hablarle de esa forma tan áspera. Mientras cenaban con mis otros hermanos, mi papá empezó a hablar de la fiesta de quince años de Loli.

—Si Dios me da vida, voy a tirar la casa por la ventana —se jactaba emocionado—. Quiero que toque el Joe Arroyo y que cante Jorge Oñate.

Ahora Loli es abogada y está sentada frente a mí en su apartamento de Bogotá. Es un sábado de diciembre de 2018. Hurgando en su memoria, aclara que aquella noche, dos días antes de que mataran a mi papá, él construía las frases en condicional repitiendo "si Dios me lo permite, si Dios me concede vida", como si de alguna manera dudara de que estaría con vida en octubre, cuando ella cumpliría los quince años y se celebrarían las elecciones en las que él aspiraba a la Alcaldía.

"Eso fue cosa de Dios, porque si no le hubiese hablado, hubiera quedado con remordimiento de conciencia", reflexiona Loli.

En aquellos días de febrero, o tal vez antes, yo soñaba con inmensos edificios que se derrumbaban y se volvían polvo frente a mí. La tierra temblaba y, a veces, veía olas gigantescas que arrasaban el pueblo. Despertaba sobrecogida con esos sueños perturbadores. Esos terremotos simbolizaban el vuelco turbulento que iba a dar toda la vida de mi familia. Pero la muerte de mi padre no fue el único hecho que marcó el cumplimiento de aquellas extrañas premoniciones.

A las cuatro de la madrugada del jueves 20 de febrero de 1997, me desperté sobresaltada por los lamentos de mi abuela *Mamamartha*, cuyos quejidos se debían a un agudo dolor en el pecho. Mi tía Martha la ayudó a sentar en un mecedor de mimbre, en la sala de televisión contigua a su cuarto. Tenía la cabeza desgonzada hacia atrás, el rostro encogido, y clamaba llamando a todos sus hijos. Yo la escuché gritar desesperada: "Ay, me estoy muriendo".

En un santiamén, mi tío Chino y mi mamá lograron subirla apresuradamente en la camioneta para llevarla al hospital, a media cuadra de la casa. Allí logró estabilizarse y horas más tarde le dieron salida, pero mi tía Lilo prefirió trasladarla a una clínica en Valledupar. Hoy, y desde hace mucho tiempo, el hospital de La Paz solo sirve para remitir los pacientes a Valledupar. De hecho, se deterioró tanto que le decían *Servientrega*, como la empresa de servicio postal y envío de encomiendas. A mi abuela la internaron en la Clínica del Cesar para hacerle minuciosos exámenes médicos. Le había dado un infarto, pese a que ella tomaba pastillas para la presión alta. Yo la visité esa misma tarde y al día siguiente, el viernes, después de mi salida del colegio.

En la víspera del asesinato de mi papá, el teléfono timbró pasadas las siete de la noche. Era mi papá. Mi mamá lo había llamado el día anterior para enterarlo del crítico estado de mi abuela. Ella le detalló los pormenores de su salud y me pasó el auricular del teléfono para que hablara con él.

En esa llamada que todavía parece resonar en mi mente, mi padre me dijo que, a la mañana siguiente, sábado 22 de febrero, pasaría a buscarnos para visitar a mi abuela en la clínica. Prometió que luego me llevaría al Vivero, una cadena de almacenes que había abierto hacía pocos meses en Valledupar, y era la sensación del momento.

Esas fueron las últimas palabras que escuché de él.

9

Aquel sábado 22 de febrero de 1997, el último de sus días, el viento susurraba misterioso entre las ramas de los árboles. Era de madrugada, pero el cielo todavía estaba oscuro y aún brillaban las estrellas. Mi papá salió del Hotel Iparú, abordó la camioneta y llegó a casa de mi abuela a tomarse, como siempre, un café fresco y humeante.

Saludó a mi abuelo Álvaro y a mi abuela Gala, y luego se sentó en un mecedor tapizado en *jacquard*. Mi tío William solía llegar también a esas primeras horas. Él trabajaba conduciendo un autobús en una mina cercana que se llamaba Caypa, aunque ese día descansaba.

Bebió un sorbo de café y fijó la vista en William.

—Oiga, hermano, si me sale un contrato en Cerrejón, usted va a ser el administrador, y entonces le tocaría llevar a los trabajadores en el bus y traérmelos de nuevo —propuso.

William se mostró animado con la idea. Mi papá había licitado en aquella empresa y su propósito era darle trabajo a mucha gente. Los dos hermanos conversaron un buen rato y se despidieron.

Ahora que ya no está, evoco a mi papá sentado en uno de esos mecedores solitarios que aún permanecen donde mi abuela Gala, lo veo en ese corredor tan largo y vacío, como su propia ausencia. El eco de su voz firme, la luz del alba que se expandía desde el jardín, el retumbar de sus pasos yéndose hacia el ocaso de la vida, la candidez de no saber que le quedaban pocas horas.

Alrededor de las seis y media de la mañana llegó a la planta purificadora de agua que quedaba en la calle diez con carrera sexta. Allí se saludó con el dueño del negocio, su amigo William Berardinelli. Le compró varios botellones de agua, pero no se los llevó, y le dijo: "Ahora vuelvo, voy a la pollería".

En el camino detuvo el carro en la avenida para saludar a Beto Torres, otro de sus grandes amigos.

—¿Qué vas a hacer ahora? —le preguntó.

—No, nada —replicó Beto.

—Entonces, ahora te recojo para que me acompañes a la mina a llevar unas comidas, pero tienes que ponerte pantalón porque allá no te dejan entrar en pantaloneta —le explicó mi papá.

—Bueno, listo —asintió Beto.

Y arrancó hacia el Hotel Iparú, donde vivía desde hacía más de un año. En el último mes se había llevado a vivir a Carolina Gámez, una de sus últimas novias, recientemente conocida. Iba vestido con una camiseta tipo polo verde militar y *jeans*.

En el recorrido hacia el hotel pasó por la casa de mi tía Gloria, tocó la bocina, batió la mano y la llamó por el nombre, en señal de saludo, sonriente.

El reloj marcaba las nueve de la mañana de un día soleado. El hotel está frente a la arborizada plaza José

Prudencio Padilla, diagonal a la única iglesia del pueblo, un templo neocolonial con campanario, cúpula y crucero.

Sobre la plaza crecían árboles de roble, higuito, acacia, mamón, carreto y corazón fino. Algunos de estos tenían escaso follaje debido al fuerte verano que acecha desde diciembre hasta abril en la costa norte colombiana. En la plaza había una tarima en concreto que sirve como escenario para diversos eventos, como el Festival del Carbón que se celebra en octubre. Al lado del hotel quedaba una tienda donde vendían pollo, confites, leche, gaseosas y todo tipo de víveres. En el andén se levanta todavía un árbol de almendros.

Los sicarios no solo habían identificado las rutinas de mi papá, sino que también conocían el pueblo y sus más recónditas callejuelas. Los hombres eran jóvenes, no parecían pasar los veinticinco años. El moreno era de contextura gruesa. Vestía una camisa de cuadros blancos y negros y el de piel más clara, una camisa blanca. Se acercaron a la tienda, compraron pan y gaseosa, y se sentaron al borde de una jardinera, en plena plaza, diagonal a la puerta del hotel que estaba a menos de diez metros. Allí llevaban cerca de una hora, bajo la sombra de un árbol.

Después del asesinato, los dueños de la tienda, una pareja cuya edad superaba los sesenta y cinco años, dijeron que si los hubiesen visto armados habrían avisado.

A las diez de la mañana, mi papá había citado a los empleados del motel Hawái para pagarles el sueldo. Llegó un poco después de las nueve. Parqueó la camioneta con el parachoques delantero hacia el hotel.

Al bajarse, lo interceptó El Neco Carrillo, un conocido. Lo saludó mencionándolo por el nombre completo y al despedirse, en un tono innecesariamente alto, le dijo: "Bueno, Luis López, hablamos".

El Neco atravesó el parque para llegar a la siguiente esquina de la carrera sexta con calle novena. Entró en una taberna y pidió una cerveza. Entonces, como si supiera lo que iba a ocurrir, se dirigió a dos hombres que estaban bebiendo tragos y anunció:

—No demora en haber un muerto en Barrancas.

Mi papá abrió la puerta de vidrio del hotel, entró, saludó a la recepcionista y se devolvió para ingresar a su oficina. Mis hermanos Jorge, Andrea y Loli también vivían en el hotel desde hacía poco. Corrieron a saludarlo. Andrea, de nueve años, esperaba a una amiga para bañarse en la piscina. Mi papá le preguntó a Jorge si se había bañado y él le respondió que no, que en un rato entraría a la ducha.

En el escritorio reposaban decenas de hojas de vida. Junto a ellas, mi papá dejó la pistola. Al respaldo, encima de la pared, estaban colgados los retratos de mi abuelo Álvaro y de mi abuela Gala. Al lado izquierdo, daba vueltas un ventilador. La silla en la que se sentó mi papá estaba frente a la puerta.

Mi hermana Andrea lucía un vestido de florecitas escotado en la espalda y Loli, un *short* y una blusa de cuadritos rojos. Ambas entraron en la oficina con Carolina Gámez. Jorge, de diez años, se fue a ver *Winnie the Pooh* en la sala de televisión del primer piso del hotel.

Una señora embarazada apareció en la barra de recepción. Desde allí podía ver a mi papá pues una puerta comunicaba su oficina con la entrada. La mujer se llamaba Nancy Márquez, vendía ropa interior y quería que mi papá les comprara a sus hijas. A Loli le gustaron unos brasieres tipo top.

—Luis, a ella le gustaron estos tops —dijo Nancy.

—¡Cuáles tops, si ella es una niña! —exclamó mi papá.

—Pero las niñas ahora usan esto —replicó la vendedora.

—Mejor que ande sin nada —dijo mi papá.

—Ve, Luis, tú eres más duro que un sancocho de tuer-
cas —bromeó Nancy.

Mi papá soltó una carcajada y se paró a abrir la caja fuerte gris que estaba a su derecha, al lado del escritorio, pues se disponía a comprar la ropa interior de la que había renegado.

Carolina Gámez y Loli estaban de espaldas a la puerta de la oficina.

Andrea estaba ladeada sobre las piernas de Carolina y miraba hacia afuera.

Súbitamente apareció el sicario moreno con una pistola grande y negra en la mano.

—¡Papi, te matan! —gritó Andrea llena de pavor.

—Luis —sentenció el sicario, apuntándole con el arma.

Mi papá no alcanzó a mirar. Fue demasiado tarde. Todo ocurrió en un segundo. Le dispararon.

Cayó.

El disparo fue ensordecedor.

Mis hermanas cerraron los ojos y se tiraron al piso. En sus oídos siguió retumbando el eco del disparo.

"Dicen que la mente olvida el momento más feo de la vida. Yo no recuerdo nunca haber visto caer a mi papá. Yo quedé desorientada", relata mi hermana Andrea, con la voz entrecortada y los ojos empañados.

Lo primero que pensó Loli fue que había explotado una bomba. En enero de ese mismo año las FARC habían detonado un petardo en el Banco Ganadero, diagonal al hotel, que destruyó los vidrios de las ventanas de la edificación de mi papá. El estallido había quedado grabado en la mente de Loli.

Frente al mostrador de la recepción había un espejo. De refilón, la recepcionista alcanzó a ver al sicario, reflejado en el cristal. El otro esperaba afuera, en la puerta, con un revólver calibre treinta y ocho. Los dos huyeron a pie. Nadie los detuvo.

La bala entró del lado izquierdo, a la altura del cuello. Salió y se incrustó en una calculadora que reposaba en el escritorio.

Andrea tenía las mandíbulas apretadas y las mejillas de Loli se habían encendido por el espanto. Ninguna de las dos quería mirar. Cuando abrieron los ojos se resignaron a la escena: mi papá estaba tendido en el suelo. Un charco de sangre crecía a su alrededor.

—Loli, ayúdame, ayúdame —gritó desesperada Carolina, la novia de mi papá.

Pero mis hermanas permanecieron inmóviles, perplejas. Sus corazones se estremecían como rieles de un tren en movimiento y a alta velocidad.

Jorge, pensando que el disparo había sonado afuera, salió corriendo a la calle.

—¿Qué pasó? ¿Qué pasó? —gritó angustiado.

Entonces, regresó y vio a mi papá ensangrentado.

—Papi, no te vayas a morir, por favor, que yo te quiero

—le suplicaba Jorge, apretándole la mano, arrodillado frente al cuerpo herido.

Mi papá tenía los ojos abiertos, miraba a mis hermanos, pero no podía hablar. La recepcionista y la vendedora Nancy Márquez gritaban pidiendo auxilio. Inmediatamente, llegó un señor que trabajaba haciendo mantenimiento en el hotel y, entre Carolina y él, sacaron a mi papá a rastras para montarlo en la camioneta.

Cuando Andrea y Loli lograron levantarse del piso, se abrazaron. Por primera vez sintieron la vida rota en pedazos. Mis hermanos miraron aturdidos el carro donde lo llevaban moribundo.

Mi papá iba sentado, con la cabeza hacia un lado. Carolina dio bandazos en la camioneta, cruzó a la derecha, pisó el acelerador sin pensar en obligaciones de tránsito y llegó al hospital.

A pocas calles estaba William, el hermano de mi papá, a quien ya le habían dado la noticia.

—Acaban de matar a Luis López —anunció un vecino.

Los sicarios se fueron caminando en línea recta por la carrera séptima hacia el barrio El Prado y, avanzando a toda prisa por la mitad de la calle, llegaron a un camino destapado, a cuatro cuadras del hotel.

Cuando escuchó la noticia, mi tío William se puso rápidamente la camisa y corrió al hotel, pero ya se habían llevado a mi papá. Se devolvió, pidió ayuda y buscó armas para perseguir a los sicarios. Emprendió la búsqueda, corriendo con tres personas más.

—Van por allá —gritaba la gente refiriéndose a los sicarios.

—Va uno de camisa de cuadros y bermuda, y otro de camisa blanca y bluyín —voceaba otro vecino.

Los asesinos se internaron en un terreno polvoriento, pedregoso, cubierto de maleza y vegetación tupida. Vadearon el río y salieron a la carretera que va para San Pedro, corregimiento de Barrancas.

Mi tío y los otros hombres intentaron seguirlos por el monte, pero no los encontraron. Se devolvieron para buscar un carro y arrancaron nuevamente para recorrer a toda prisa las afueras del pueblo. Uno de los acompañantes no sabía manejar armas y se le disparó un tiro de escopeta calibre doce que rompió el piso del carro.

La ruta que tomaron los sicarios los debía conducir a las vías de Oreganal, Carretalito o San Pedro. Después supimos que los recogieron en una camioneta.

La estación de Policía queda a 500 metros del Hotel Iparú, pero ningún agente apareció para socorrer.

Mientras tanto, mi papá estaba agonizando en el hospital de Barrancas. Con sus ojos quería hablar. Abría las pupilas de par en par moviéndolas de un lado al otro, como buscando una respuesta, y agitaba las manos desesperado.

Lo dejarían morir, poco a poco, lenta y prolongadamente: yo misma lo descubriría como periodista años después.

¡Ay, papá, si hubieses vivido, si hubieras hablado!

10

El teléfono rojo de disco timbró cerca de las 9:30 de la mañana. Yo acababa de bañarme. A las diez tenía clase de
guitarra con Jhon. Mi papá pasaría por nosotras cerca del
mediodía.

—¡Cómo va a ser, cómo va a ser! —exclamaba mi mamá
con los hombros encogidos.

Detuve el paso y me paré frente a ella con las manos en
jarra para escucharla. Ella me miró y luego bajó los ojos
hacia el piso. Su rostro se tornó lívido. Un amigo de mi
papá la había llamado para darle la noticia.

—A Luis lo hirieron, lo llevan en una ambulancia para
Valledupar —balbuceó mi mamá tras una larga pausa—.
Cámbiate rápido —añadió con angustia.

Abrí el clóset y saqué la última ropa colorida que me
pondría en año y medio: una blusa ombliguera color naranja, un *short* de *jeans* y unas sandalias.

Anticipando su duelo, mi mamá eligió un pantalón negro y una blusa blanca.

Cuando iba saliendo de la casa me percaté de que había
citado a la misma hora a Jhon y a un profesor particular de
matemáticas. A mis diez años cursaba sexto, pero siempre

había tenido que reforzar esta última materia, porque se me dificultaban los números.

Ambos maestros llegaron al tiempo y tuve que despacharlos.

Mi tío Varo había llegado a La Paz desde la finca de la familia, ubicada a veinte minutos del municipio. Inmediatamente salimos con él para Valledupar. En quince minutos llegamos a la clínica, adonde ya habían trasladado a mi papá.

Presurosas, con el corazón en la mano, subimos los peldaños, caminamos por los amplios pasillos perimetrales al jardín de la clínica. Familiares y conocidos ya estaban allí, una tía rezaba una oración. Mi mamá y yo permanecimos de pie, con los brazos cruzados.

Yo tenía la mirada fija en una fuente seca de piedra.

A mi papá lo estaban operando de urgencia en la sala de cirugía.

Yo no había desayunado. Al percatarse de ello, mi mamá sugirió que saliéramos a comprar alguna cosa. Eran más de las doce del día. Nos dirigimos al frente de la clínica. Cruzamos la calle bullente. La luz refulgía sobre el asfalto, el cielo era azul y el aire caliente, irrespirable. En el andén se apostaban quioscos callejeros de venta de jugos naturales. Mi mamá me compró uno.

Regresábamos del puesto ambulante con el vaso de plástico en la mano cuando un hombre moreno, a pocos metros de la clínica, realizó un gesto terrible, tal vez cruel y sentencioso: se llevó la mano al cuello, de canto, presionándolo dos o tres veces, y luego articuló una sola palabra que no pronunció pero que podía leerse en sus labios. Nos dio a entender que mi papá había muerto.

No hubo tiempo para abrazarnos ni llorar. Seguí a mi mamá cuando atravesó la puerta de la clínica. Aunque caminaba, mi cuerpo estaba paralizado. Tenía los huesos congelados y la cara perlada en sudor.

Palidecí.

En momentos de *shock*, algunas veces, suelo actuar como un espectador que no se inmuta. Esa sensación de inalterabilidad se manifestó también dos años después, cuando un compañero del colegio, jugando, me empujó y caí sobre unas hojalatas que me hicieron cortes en la mano izquierda. Inexplicablemente, no lloré. Al contrario, en aquella ocasión, tuve una risa nerviosa incontrolable.

Cuando supe que mi padre había muerto, me sumí en un profundo silencio. Hasta mis entrañas estaban siendo quebrantadas por esa misma bala que acabó con mi infancia. Esa bala también quebró la confianza en mí misma. Esa misma bala me convirtió en una niña insegura y huidiza.

La clínica empezó a llenarse de gente.

Me abrazaban.

—Nena, sentido pésame.

—Lo siento mucho.

—Lo lamento.

—Sintiéndolo mucho.

Yo escuchaba las manidas frases de pésame. Pero nadie sabía cómo me sentía. Un estilete puntiagudo me traspasaba el pecho, lacerándolo. Como el fragor que se oye cuando un cristal se rompe en mil pedazos, así era mi corazón.

Mi mamá sollozaba, pero no se quebraba totalmente frente a mí. Acudió a un coraje telúrico, sacó fuerzas y pensó que lo primero que debía hacer era quitarme la ropa colorida que traía puesta.

El cuerpo de mi papá iba a ser trasladado a la morgue para la necropsia. Mi tío Varo sugirió que no me llevaran a ese lugar.

Abandonamos la clínica. Esa clínica donde diez años atrás mi mamá me había traído al mundo fue escenario de alegría y ahora era testigo del desconsuelo que causaba la muerte de mi papá.

Nos sentíamos desvalidas.

Mi tío nos llevó al Vivero, el almacén al que iba a ir ese sábado con mi papá. Era el más cercano a la clínica. Llegamos a la sección de niñas y mi mamá escogió una blusa negra sin probármela. Se acercó a la caja registradora, la pagó y me la puse.

En los pueblos de mi región solo las mujeres se visten con ropa oscura en señal de duelo. Pero si el luto sirviera para aliviar la pena, seguiría vestida de negro.

El vacío era insondable, pero yo no derramaba ni una lágrima.

Como si lo hubiéramos convenido, entre mi mamá y yo había un largo silencio que no se disipaba con las horas. Llegamos a donde mi tía Lilo a comer algo. Solo habíamos tomado un jugo en todo el día. Eran las dos de la tarde. Mi tía le mostró ropa de luto para que mi mamá se midiera. Se llevó algunas mudas y arrancamos para la clínica en la que estaba internada mi abuela.

Recorrí con la mirada la habitación de paredes blancas. El aspecto de *Mamamartha* era sombrío. Tenía la mirada perdida, como atisbando el pasado, y los ojos encapotados de nostalgia.

El médico sugirió no enterarla de la noticia de mi papá. Y aunque no le dijimos, ella no se alegró de vernos. Estaba ida, como en otro mundo, miraba fijamente hacia la pared, con las manos en el mentón y la cabeza gacha. Esa expresión mustia nunca la he olvidado.

Sin embargo, no estaba conectada a ningún aparato y tuvo fuerzas para llamar a mi mamá y entregarle las prendas de oro que llevaba puestas. Lucía un vestido negro. Jamás se quitó el luto de mi abuelo *Papachijo*.

Cuando regresamos a La Paz, la casa estaba llena de gente del pueblo que quería darnos el sentido pésame. La noticia ya se había extendido por toda la región. Vicente, mis tíos, los vecinos, todos estaban adoloridos.

El cadáver de mi papá fue preparado en el Hospital Rosario Pumarejo, de Valledupar. Desde ahí fue conducido en una carroza fúnebre negra hasta Barrancas. Decenas de carros se desplazaron en solidaridad para acompañar el cuerpo. Algunos esperaron en pueblos cercanos y lo siguieron en caravana.

El asesinato rompió la tranquilidad no solo de Barrancas, sino de los pueblos vecinos. El cadáver llegó al anochecer, seguido de una treintena de carros.

El hombre que había ordenado el crimen, el asesino de mi papá, estaba esperando los despojos mortales de su víctima, cínicamente sentado debajo de unos arbustos de maíz tostado en la casa de mi abuela Gala. En ese momento, ningún miembro de mi familia sabía que ese sujeto había sido el autor intelectual del asesinato.

Estaba rodeado de sus aduladores. De repente, él, Juan Francisco Gómez Cerchar, el alcalde del pueblo, se levantó a recibir el féretro.

—Mataron a mi mejor amigo —dijo Gómez Cerchar como si estuviera compungido. Él amaneció en el velorio.

Desde La Paz, mi mamá y yo salimos para Barrancas, sobre las seis de la tarde, con varios carros que nos acompañaron. No recuerdo haber vivido una noche más larga e inquieta que esa.

Permanecí alejada del ataúd. Sentía que el miedo me devoraba. Me negaba a constatar que estaba muerto. La fragancia amorosa de su cuerpo viviente había sido trocada por el penetrante y lúgubre formol.

"Ese cajón era demasiado grande, él quedaba hondo ahí metido, era una tristeza horrible", recuerda mi mamá.

Juanita, la vecina, contó un sueño revelador que tuvo la noche anterior al crimen: lo veía acostado en la hamaca donde siempre dormía cuando se hospedaba en La Paz, pero su cara era grandota. Y concluyó diciendo: "Así como lo vi en el sueño, así está ahora en la urna".

Otros contaban que, debido al disparo, su cara se había transformado, que parecía otro. Tal vez por eso temí verlo, encontrarlo diferente y que su imagen de muerto me persiguiera por el resto de la vida.

La escena era espantosa: se oía el lamento incesante de mi abuela Gala, el murmullo de la gente agolpada en la sala alrededor del ataúd, el eco de la voz de mi papá que se quebró para siempre.

Tres mujeres indígenas lloraban arrodilladas a los pies

del ataúd, con la cabeza tapada. "¿Quién va a dar ahora los uniformes de los niños?", clamaban.

De repente, mi abuela me jaló con fuerza por el brazo para obligarme a ver a mi papá en la caja fúnebre, color bronce, con herrajes dorados. Como pude, me resistí. No era capaz. Me negaba a ver su rostro entre la luz trémula de los velones y los santos. Entonces, mi mamá intervino:

—Mejor que no lo vea, que se quede con el recuerdo que tenía de él.

Luego mi abuela, gritando desesperadamente, se dirigió a uno de los jefes de la mina con quien mi papá tenía contrato:

—¡Mire cómo me trajeron a mi hijo! ¡Ahora cómo le va a responder a usted! —decía lamentándose.

Unas mujeres rezaban con un rosario en sus manos y repetían un responso. "Concédele, Señor, el descanso eterno, y brille para él la luz perpetua. Concédele, Señor, el descanso eterno, y brille para él la luz perpetua".

Aquella noche me mostraron a una hermana que no conocía. Era una niña de tres años llamada Linda. Mi papá tuvo ocho hijos de cinco mujeres, pero hasta ese momento yo solo conocía a Loli, a Jorge, a Andrea y a Marlon, de ocho años. Los otros, además de Linda, eran José Félix, de dos años, y Ángel David, de un año.

Mientras mis hermanos, mis abuelos y mis tíos lloraban desconsolados, algunos de sus amigos contaban anécdotas de su juventud y se carcajeaban en la terraza. Otros tomaban tinto y aromática y expresaban gratitud hacia él por las ayudas que les había dado. Tanta gente llegó a acompañarnos que la calle donde vivía mi abuela tuvo que cerrarse.

—Si no se atraviesa ese tiro, él hubiera sido el próximo alcalde de Barrancas —se oyó comentar esa noche.

A las dos de la madrugada, rendida por el cansancio, le dije a mi mamá: "Ya, mami, vámonos".

A veces veo la imagen difusa de mi papá, como cuando hay neblina y no se logra divisar el paisaje. Lo veo caminando rápidamente hacia mí, extendiendo los brazos para cargarme. El recuerdo de la última vez que lo vi me carcome todavía, como una herida que no se ha acabado de cerrar. Esos "te quiero" se esfumaron de golpe.

Me quedé con las manos vacías.

Tu vida yacía marchita, papá. Ya no estabas.

11

Domingo 23 de febrero de 1997. Con el ceño fruncido, mi mamá apareció en la habitación. La angustia se advertía en su rostro. Minutos antes la habían llamado por teléfono para comunicarle que mi abuela había sufrido un nuevo infarto. A *Mamamartha* iban a darla de alta el día anterior pero el asesinato de mi padre, que ella ignoraba, obligó a los médicos a aplazar la orden. El domingo en la mañana le sobrevino el síncope.

Mientras me bañaba, mi mamá alistó la ropa que me iba a poner esa tarde para asistir al funeral de mi papá: el vestido negro que había usado en enero cuando cumplí diez años. Una tía le descosió las florecitas rojas que adornaban el escote y le zurció unas de color crema. Con aquel atuendo que usé la última vez que vi vivo a mi papá, un mes y dieciséis días antes de que lo mataran, asistiría a su entierro esa tarde.

Pero antes debíamos averiguar por la salud de *Mamamartha* en la Clínica del Cesar, en Valledupar. De La Paz a la capital solo hay quince minutos. De manera que a las nueve de la mañana ya estábamos en el centro hospitalario, donde mi abuela estaba internada desde el jueves. Lo primero que escuchamos fueron sus gritos de angustia y dolor.

Dos horas antes se había levantado de la cama. Ya parecía recuperada de sus quebrantos. Luego de tomarse un trago largo de café, se dispuso a entrar al baño. Fue entonces cuando se desmayó. Quedó pálida e inconsciente. Mi tía Yadira, que la acompañaba en ese momento, pidió auxilio. Médicos y enfermos de todas las habitaciones corrieron a socorrerla.

Todavía recuerdo los lamentos de mi abuela. "Ay, mi madre", se quejaba. La clínica se llenó de familiares y amigos que la apreciaban. Pero yo no pude verla. Solo escuchábamos sus quejidos. En una sala especial, un médico trataba de estabilizarla con un desfibrilador que descargaba corriente eléctrica en el corazón. El cuerpo saltaba con los corrientazos en el pecho. Ella trataba de responder. A veces se estabilizaba, pero nunca dejaba de lamentarse.

Se hacía tarde. Abandonamos la clínica con la esperanza de que mi abuela mejorara y pudiera escapar de la muerte. Mi mamá y yo teníamos que asistir al entierro de mi papá, en Barrancas, a una hora y media de distancia de Valledupar.

Yo solo había asistido entonces a un entierro, pero no recuerdo de quién. Solo tengo una vaga imagen de haber recorrido con mi mamá una calle polvorienta y de gentes vestidas de negro cuando era más pequeña.

El sepelio de mi papá quedó registrado en un video de aficionado de baja resolución, captado con una vieja cámara de casete Betamax. El camarógrafo tenía el pulso tembloroso, la imagen parpadeaba y los colores eran pálidos.

El cortejo, tumultuoso y desconcertado, silencioso y acongojado, caminó bajo el tórrido sol de las tres de la tarde. El féretro de mi papá fue llevado en andas, con pasos cadenciosos, desde la casa de mi abuela hasta las oficinas del Concejo municipal, donde le rindieron un homenaje.

Antes de que el féretro saliera de la casa, Juan Francisco Gómez, alias Kiko, había colocado sobre el ataúd una bandera de Colombia y otra del pueblo de Barrancas, con bandas horizontales verde y negra. Ese pequeño acto simbólico todavía se les tributa a los difuntos ilustres.

Al principio de la procesión se veían niños caminando, cargados de coronas y arreglos fúnebres. Algunos más pequeños vestían uniformes de colegio. De repente, se detuvieron en la avenida para esperar a que los carros pasaran. Solo se oían pasos, murmullos y el ruido de la combustión humeante de un bus que transitaba en ese momento.

Crisantemos amarillos, rosas blancas, claveles, azucenas, lirios de agua… Sobre el ataúd, las banderas intentaban elevarse sacudidas por el viento. En el horizonte, el cielo era azul pálido, cubierto de nubes que brillaban bajo los rayos del sol.

Kiko Gómez caminaba al lado del ataúd. Se mantenía recio, inmutable hasta con la calorina que estallaba sobre el pavimento, mientras mis hermanas, Andrea, de nueve años, y Loli, de catorce, cargaban arreglos funerarios y lloraban sin consuelo.

(Para escribir este capítulo, he visto —segundo a segundo, cuadro a cuadro— varias veces el video del sepelio de mi papá y, por primera vez, observé su cuerpo muerto en el ataúd. Entre párrafo y párrafo he tenido que hacer pausas larguísimas de dolor para poder escribir con calma y lucidez, pero evocando aquel momento).

Los niños detuvieron el paso en el Concejo, a pocos metros del hotel donde mi papá fue herido. Subieron los peldaños y entraron al recinto. Mi hermana Andrea encabezaba la marcha. Kiko Gómez era uno de los hombres que cargaba el ataúd. Llevaba unas gafas negras y con la mano izquierda agarraba la manija del cajón. El otro brazo se bamboleaba. Un fotógrafo disparaba *flashes*. Mis hermanas y los niños dejaron los arreglos florales sobre el piso, alrededor del féretro, previamente colocado sobre pedestales. Gómez se sentó en el centro de la sala, detrás del ataúd y frente al público.

El lugar estaba atestado: unos sentados en sillas de distintas clases, otros permanecían de pie. Se oían cuchicheos y el chirrido de los asientos. De repente la sala quedó en silencio y todos miraban atónitos el féretro de mi papá. Todavía hoy me sorprende la reciedumbre de mi abuelo Álvaro que permaneció aplomado y sereno. Mi tía Gloria, en cambio, sollozaba en silencio, agarrándose con fuerza de las manijas de la silla. Se secaba las lágrimas con un pañuelo. Es angustiante verla vestida de negro, tratando de contener los gritos de dolor.

Mi hermana Andrea vestía de blanco: traje, zapatos, medias. Tenía los labios contraídos y los brazos cruzados. Loli llevaba un vestido blanco con negro y su rostro estaba enrojecido por el llanto. Mi hermano Jorge tenía unas flores amarillas entre las manos y Marlon, de ocho años, estaba cruzado de brazos.

La capilla ardiente comenzó con las notas del himno nacional a las tres y doce minutos de la tarde. Todos se pusieron de pie. El asesino permanecía imperturbable con su panza prominente, los brazos detrás de la espalda, la mirada fría. Miraba al cielorraso y otras veces, al piso. Nunca había visto un acto parecido: un verdugo pavoneándose en el velorio del muerto que acababa de mandar matar. ¿Qué estaría pensando en aquel momento? ¿Con qué agallas encaraba a la familia de la víctima? ¿No habría pensado en los huérfanos que quedarían antes de ordenar el asesinato de mi papá? ¿Fingía también ante sí mismo o solo ante los demás? ¿Qué puede hacer que alguien tenga tanta sangre fría?

El acto prosiguió con la lectura de un decreto de la Alcaldía y una resolución del Concejo que declaraba el homenaje póstumo, y varios panegíricos; entre ellos, el del mismo Kiko Gómez, el de una chica nerviosa de un colegio y también los de algunos sujetos que decían ser amigos de mi padre —y que hasta lloraron durante las honras fúnebres—, pero que después traicionaron su memoria.

El presentador del acto leyó la resolución del Concejo municipal tras un atril de madera: "Luis López fue distinguido por su espíritu altruista, manifiesto en su permanente deseo de sacar adelante su colectividad a través de la inversión privada y la generación de empleo. Su presencia como concejal fue visible, mostrada en sus participaciones (…) para defender las clases menos favorecidas".

El decreto, firmado por el alcalde, exaltó a Luis López —hipócritamente— como hijo ilustre y gran servidor de la comunidad.

A continuación, Juan Francisco Gómez se levantó de su puesto. Tenía una expresión abotagada y seria, y su cabello lucía despeinado. Quería hacer alarde de un sentimiento genuino, pero su rostro no denotaba ningún signo de pesar. Apoyaba las manos sobre un papel dispuesto en el atril y leía un discurso que parecía chispeante, pero que en realidad era impostado. Con los años, yo misma descubriría que se trataba de un plagio retorcido y amañado de dos de las piezas oratorias más recordadas de Jorge Eliécer Gaitán, el líder político asesinado en 1948.

—Bajo el peso de una honda emoción me dirijo a ustedes, interpretando el querer y la voluntad de nuestro compañero de luchas Luis López Peralta, el que bajo su pecho escondía un ardiente corazón lacerado por tanta injusticia y bajo un silencio clamoroso que pedía a diario paz, trabajo y piedad por la gente de este pueblo… —empezó a declamar, con retórica impostada y variando algunas palabras, la emblemática Oración por la Paz de Gaitán.

Luego, plagió otro texto perteneciente a la Oración Fúnebre que Jorge Eliécer Gaitán pronunció durante el funeral de Rafael Uribe Uribe, y lo leyó sin siquiera citar su procedencia.

—La historia será la encargada de cantar tu marcha y sobre tu melena ensangrentada revolotearon las águilas como temerosas de dejar tu cabeza colosal. Incapaz hoy de bosquejar siquiera tu figura. Lo harán los tiempos. Ellos son el trono perteneciente al héroe, como el cielo es el trono perteneciente a Dios (…) —leyó imperturbable—. Pero una bala asesina te convirtió en mártir (…) —continuó la Oración Fúnebre mientras omitía algunos enunciados.

Luego, retomó otra vez la Oración de Paz:

—Pido desde aquí en honor a la memoria de nuestro amigo Luis López que quienes anegan en sangre el territorio de nuestra patria chica cesen en sus ciegas perfidias. Amamos hondamente a este pueblo y no queremos que nuestra barca victoriosa tenga que navegar sobre ríos de sangre hacia el puerto de su destino inexorable (...). Y que el alma de nuestro hermano Luis López nos ilumine desde el cielo —dijo para terminar, sin apartar la mirada del papel. Esta última frase fue la única que no copió de Gaitán.

En ningún momento de su intervención ni pidió justicia ni ofreció recompensa alguna por la captura de los sicarios.

El discurso completo del asesino —que pude escucharlo por primera vez en 2018— me estremeció. Mi cuerpo quedó petrificado y la garganta, seca. No pude volver a dormir las siguientes dos noches. Sentí el miedo galopante, la fragilidad de un cristal que se rompe, el aguijón que traspasa el alma.

Las últimas dos intervenciones fueron pesarosas. La primera de ellas estuvo a cargo de Alcibiades Pinto, el hombre que sucedería a mi papá en sus aspiraciones a la Alcaldía de Barrancas. Habló en un tono lacrimoso y sinuoso. La segunda fue la de Juan Luis Rangel, quien heredaría la curul de mi padre en el Concejo. Rangel también lloró incansablemente y con voz entrecortada recordó cómo mi papá lo había auxiliado cuando su hijo murió tras ser atropellado por un auto. "Gracias", le dijo a mi papá. En ese momento, la cámara enfocó al público.

Algunos asistentes, conmovidos, se desataron en llantos y lamentos.

Los niños volvieron a tomar las coronas para seguir la marcha hacia la iglesia. Antes de cargar nuevamente el cajón, alguien corrió la bandera de Colombia y abrió la tapa de madera. Kiko Gómez miraba fijamente el ataúd. Al fondo del recinto, se escuchaban alaridos.

Es entonces cuando detengo el video y puedo ver a través del vidrio el rostro de mi papá. La piel ya no es rojiza. Su expresión alegre se ha marchitado. Su tez es tan blanca como el yeso. Su rostro luce hinchado. No es él: es su despojo solamente.

No solo volví a ver el video una y otra vez, sino que recorrí las calles por donde anduvo mi papá en Barrancas en los momentos previos de su muerte. También rehíce la peregrinación de su cuerpo herido, queriendo encontrar una respuesta.

Las campanas de la iglesia tañeron con varios golpes en señal de anuncio de las exequias. El sacerdote, ataviado con una casulla morada, abrió los brazos, impartió la bendición y roció agua bendita con el hisopo sobre el cajón. El sol brillaba encima del ataúd, que seguía cubierto con las banderas.

Mientras tanto, a toda prisa, mi mamá y yo apenas llegábamos al pueblo, con mi tía Nancy, su esposo Jorge Oñate, y otros tíos que nos acompañaron en caravana. A las tres y cincuenta y seis de la tarde, cuando el cura se disponía a comenzar la ceremonia religiosa, atravesamos la iglesia, entre la canícula y el llanto del gentío que nos rodeaba. Nos ubicamos en las bancas del lado derecho. La gente se volvió para vernos.

Un coro de mujeres entonaba el famoso cántico de los funerales:

Más allá del sol
más allá del sol
yo tengo un hogar, hogar
bello hogar
más allá de sol

A mi hermana Andrea le pareció ver a uno de los sicarios en el recorrido del entierro.

Ahora, lo que más me duele de ese video es cuando veo la cara de mi hermana, contraída por el llanto desaforado, los labios curvados, los ojos empapados.

—¡Ay, papi! ¡Ay, papi! ¡Ay, papi! —imploraba Andrea destrozada.

Mi abuela Gala y mi hermanito Jorge se recostaron apesadumbrados sobre el ataúd.

Yo seguía sumida en un profundo silencio. Hubiera querido que las lágrimas se desbordaran, pero, en cambio, vagaba por recovecos oscuros de la mente que me impedían concentrarme en el momento que estaba viviendo. Sentía una garra en la garganta que me cortaba la respiración.

En medio de ese maremágnum, los gemidos de dolor se escuchaban intensos, sobresaltados por la inminencia del vacío de la muerte. Porque la muerte no es en sí lo que duele, sino el vértigo que deja, la soledad que oscurece el alma, la certidumbre de que algo se ha ido para no volver. Ni los cánticos cristianos, ni los pésames, ni los padrenuestros, ni la certeza de que mi papá iba a estar en el cielo podían apaciguar el dolor.

Con la inclemencia del calor, el sudor se me deslizaba por la frente y la melena pegajosa se me fijaba en la cara. La mirada, opaca y sombría. El cuerpo, rígido y tenso como el de mi papá muerto. El alma, encogida como un resorte que ha perdido su capacidad elástica. El dolor, espeso e irremediable, nunca se evaporó.

El párroco Jesús Darío Vega batió el incensario durante la homilía y recordó que ese era el segundo domingo de Cuaresma. Habló del sacrificio de Abraham, fundador del judaísmo, a quien, según la Biblia, Dios le pidió que matara a su hijo para probar su obediencia. Con esa historia como antesala, concluyó entonces que la muerte de mi papá era la voluntad de Dios, que Dios permitió el sacrificio para probar la fe de la familia López Peralta.

Aquella interpretación todavía hoy me parece retorcida y manipuladora.

Al tiempo que invitaba a no odiar y perdonar, el cura vociferaba en tono de regaño:

—Hoy la comunidad tiene tristeza e indignación, pero hermanos, no le preguntemos a Dios el porqué de la muerte. Dios no tiene la respuesta, la tiene el hombre. (…) No descubramos quién lo hizo. Perdonad aún con el dolor que tenéis al frente. Solo Dios sabe juzgar. No nos manchemos las manos con la sangre de tu hermano (…) Que se cumpla la voluntad de Dios, no nuestra voluntad.

Y mientras decía eso, Loli reanudó el llanto y apartó la mirada.

Analizando el video, me pregunto si el discurso del cura también no habría sido manipulado para culpar a los familiares y liberar las cargas al asesino.

Al funeral acudieron personas de pueblos y ciudades vecinas. Las amigas y conocidas de mi papá, que pronunciaron palabras en la iglesia, resaltaron su carácter abierto, su don de servicio, su espíritu trabajador, su bondad, su risa, su mano amiga. María Pérez, una de ellas, pidió justicia.

Hoy, veintitrés años después de su muerte y yo con treintaitrés cumplidos, no tengo ninguna duda de quién era y a dónde iba a llegar mi papá.

Después de la misa, la muchedumbre volvió a la procesión: los niños enarbolaban las coronas, los hombres cargaban el ataúd, el cortejo fúnebre caminaba hacia el cementerio para enterrar lo que había quedado de mi padre. Kiko Gómez iba contoneándose, algunas veces delante del ataúd, y otras, al lado, pero sin cargarlo.

Mi mamá —desgarrada y abatida por las lágrimas— me apretaba fuerte, incapaz de explicarme por qué habían matado a mi papá, incapaz de consolarme.

A las cinco y doce de la tarde, el gentío había crecido. El sol atemperaba y las nubes dibujaban grises bajo el cielo azul. Decenas y decenas de personas se encaramaron sobre los techos de las bóvedas del cementerio, mientras los hombres que sostenían el ataúd para enterrarlo decían en un runrún confuso: "Aquí está la cabeza. Allá están los pies. Bájenlo, bájenlo". Los hombres abrieron nuevamente el ataúd y todos observaron pasmados el cuerpo de mi papá.

—¡Ay, papi, por qué te mataron! —gritó Andrea.

***

Ese día fue terrible de principio a fin. Casi en estampida salimos hacia La Paz, alrededor de las seis de la tarde. Desde la ventanilla, durante el viaje, veía los árboles secos como pinceladas difuminadas. Sentía los saltos del automóvil, los huecos de la carretera. Regresábamos a alta velocidad porque mi abuela se estaba muriendo. En su desespero, mi tía Nancy y mi mamá pronunciaban oraciones pidiéndole a Dios que *Mamamartha* se salvara.

A la vía que une al Cesar con La Guajira le llaman "la carretera de la muerte" porque todavía hoy está repleta de baches que han causado innumerables y trágicos accidentes.

De repente, cuando pasábamos por Varas Blancas, muy cerca de La Paz, el carro viró inesperadamente y frenó en seco al tratar de esquivar un zorro que se atravesó en la carretera. Mi cuerpo se estremeció.

La camioneta que venía acompañándonos detrás también se detuvo. Mi tío Juan José corrió a revisar la parte delantera. El impacto abolló el parachoques del carro. Aunque sentimos alivio cuando llegamos a la casa, yo seguía asustada.

No entendería, sino muchos años después, que había perdido a mi papá, que no lo volvería a ver nunca.

Pienso en aquel día del entierro a través de la ventana

del tiempo inexorable y lo siento extraño y tan cercano,
como si fuera ayer.

12

La muerte de mi papá fue noticia en medios nacionales y regionales. *El Tiempo*, el principal periódico colombiano, se refirió al recrudecimiento de la violencia en la zona y reseñó los asesinatos que habían ocurrido el fin de semana.

"Las autoridades ignoraban ayer el paradero e identidad de los dos individuos que el sábado mataron en su oficina del hotel Iparú, a Luis López Peralta, concejal y aspirante a la Alcaldía de Barrancas (La Guajira)", informó el diario bogotano.

Por su parte, *El Heraldo*, diario regional de la costa Caribe, decía que las autoridades policivas de La Guajira "expresaron que este hecho es materia de una investigación para dar captura con los responsables".

"Que su muerte, como muchas otras, no quede en la impunidad", señalaba otra de las necrológicas.

Al día siguiente del entierro, el lunes 24 de febrero, yo no fui al colegio. Mi mamá se fue temprano para Valledupar porque mi abuela seguía mal.

Me vestí con una licra negra y un blusón de rayas. Yo estaba en el corredor de la casa cuando timbró el teléfono al mediodía. Me acompañaba Nury, una hermana de mi mamá por parte de padre. Ella era muy querida y bondadosa conmigo. Después de contestar el teléfono, volvió al corredor y me miró con una expresión cabalística.

—Diana, se murió tu abuela *Mamamartha* —dijo Nury, clavando la mirada en el piso.

—¡No puede ser! —exclamé.

Buscando en mi memoria la sensación de aquel día, sentí cómo la marea se precipitaba sobre mí y las olas se rompían contra mi ser, como cuando días antes tuve esos sueños intensos y premonitorios.

Salí corriendo a la calle, presa del desespero, confundida, alterada, con una nube húmeda y gris sobre los ojos.

Ener, la madre de mi prima Martha Patricia, que había llegado en ese momento, se fue detrás mío.

—Espérame, espérame —vociferaba.

Corriendo, cruzamos la esquina bajo el sol sofocante. Mi expresión templada de hacía dos días se había quebrado con el llanto. Con punzadas en el pecho y las piernas tambaleantes, seguía huyéndole al dolor, corriendo. Y mientras andábamos, Ener les informaba a los vecinos: "Se murió la señora Martha, se murió la señora Martha".

Fuimos a casa de Ener. Ella me consoló sobre su pecho. Me pidió que no me fuera, que esperara a mis primas, que ya estaban por llegar del colegio. No recuerdo si las vi después.

Cuando regresé, la casa había sido desocupada: las paredes sin los cuadros, la sala sin los muebles, la vida sin la presencia de *Mamamartha*. Ya vacía, aquella morada fue dispuesta para la velación del cuerpo y se fue atiborrando de sillas plásticas. Y poco a poco la gente empezó a llegar.

La muerte de mi abuela me pulverizó. Entendí, como escribió Mario Benedetti, que "el dolor es una desértica provincia donde no cabe nadie más".

Hasta muerta, ella se veía hermosa. Parecía que estuviera dormida. Tenía una mortaja blanca y el ataúd fue adornado alrededor con un jardín de flores blancas. Tenía solo sesenta y tres años.

Mamamartha, la que me contaba cuentos para dormir.

Mamamartha, la que me cosía trajes de tutú para que los luciera en las fiestas patronales del pueblo.

Mamamartha, quien regaba cada mañana sus rosas, musaendas y buganvilias.

Mamamartha, la que me alcahueteaba mis caprichos.

Mamamartha, la que me confeccionaba vestidos, uniformes y cubrecamas para las Barbies.

Mamamartha, la que sonreía cuando —al despertar de una siesta— veía su cama llena de barquitos de papel hechos por mí.

Los veinte nietos que tenía mi abuela llorábamos frente al ataúd. También sus hijos, mis primos, mi bisabuelo Lino, familiares, amigos, vecinos. Qué nobleza la de ella. Qué amor tan grande se nos fue.

A través de la niebla de la memoria me traslado al momento en que empecé a cuestionar a Dios. En el velorio me acerqué a una pareja de líderes cristianos que siempre oraba por nuestra familia. Les pregunté dónde estaba Dios, por qué no nos escuchó. Bañada en llanto, les propuse que, si ellos eran los mensajeros de Dios, por qué entonces no resucitaban a mi abuela, así como Jesús lo había hecho con Lázaro, el personaje de la Biblia.

Después vino el entierro, el 25 de febrero, el mismo día en que mi papá cumpliría sus cuarenta años y yo le daría una serenata.

Ya no estaba mi papá.

Ya no estaba mi abuela materna.

Cada nieto llevaba una corona fúnebre.

Dos días después del entierro de mi papá estaba otra vez ante la misma escena: los pasos, el gentío, los discursos religiosos, los terrones de tierra que taponaban el agujero con el ataúd dentro.

Después, las flores se marchitarían, la gente dejaría de venir y las citas bíblicas tampoco llenarían el alma.

La muerte se había impuesto sobre la vida.

Durante el sepelio tuve que hacer una pausa en una de las bancas del cementerio: se me bajó la presión y tuve que ir al hospital para que me examinaran.

El velorio fue un acontecimiento en el pueblo. Llegó tanta gente que mi familia tuvo que contratar meseros para repartir comidas de distinta clase, jugos y cigarrillos. En las noches, mis primas se apropiaban de los ritmos de canciones célebres y cambiaban las letras por luctuosas palabras en honor a mi abuela.

Yo falté tres días al colegio y el jueves 26 de febrero regresé con los ojos hinchados por el llanto: en ese lapso había perdido dos de los seres que más he querido.

Estudiaba en Valledupar. En su interior, el colegio Santa Fe es un claustro de tres pisos, con mampostería de anchos ladrillos y pórticos en concreto. El salón de clase solo tenía dos ventiladores para más de cuarenta alumnos y quedaba en el primer piso.

Yo no quería estar allí. Vivía ida. Quería que las campanas sonaran pronto para salir al recreo.

Por aquella época estaba de moda que las niñas usaran unas diademas en forma de gafas. Carolina Calderón, una de mis mejores amigas del colegio, usaba una. No sé si estaba desvariando, pero un día vi, en cada lente negro, sendos ataúdes luminosos. Desvié la mirada buscando el horizonte. Volví a mirar y los volví a ver. Volví a mirar y los volví a ver.

La psicorientadora del colegio, Lorena Pontón, siempre me buscaba para hablar. Se aparecía en el salón o en los recreos. Sabía que, aunque yo era callada y tímida, estaba confundida y desgarrada. Ella era morena, tenía el cabello ondulado y estaba embarazada. En sus disertaciones hacía una analogía de la vida con el mar.

"El mar se ha visto con tanta turbulencia que da miedo llegar a él, pero también tiene periodos en que es sereno. Así es nuestra vida. Hay épocas en que todo sale mal, que tenemos mucha marea, muchos fracasos. Nuestra vida se asemeja al mar. No es fácil, pero hay que perseverar y seguir adelante", reflexionaba.

Aquellas sesiones de terapia me sirvieron, así como los cariños y el aliento de Amalfi Galindo, la directora de nuestro curso.

Yo atravesaba por un trance de miedo. Me daba pánico quedarme sola. En mi cuarto había dos camas sencillas, una para mi mamá y otra para mí, pero yo prefería dormir con ella en su cama.

De noche, entre los árboles del patio veía imágenes de cuerpos que desaparecían cuando el viento mecía las ramas. Pensaba que todo el mundo se iba a morir. Pensaba, ¿quién sigue ahora? ¿Será mi mamá?

Volvimos a Barrancas a los nueve días del asesinato de mi papá para asistir a la misa. Después regresábamos cada mes. Y después del año, volvíamos cada aniversario. Mi abuela paterna lloraba y lloraba sin parar.

¿Quién y por qué habían matado a mi papá? Desde siempre me agobió esa pregunta.

Nunca pude volver a estar tranquila.

Nunca es tarde para la verdad.

Aunque esas dos muertes marcaron el fin de mi infancia feliz, mi fuga era seguir jugando muñecas y, sobre todo, Barbies. Espiaba a mi mamá y a mi tío Varo cuando se ponían a conversar. Con Martha Belisa, otra de mis primas, nos escondíamos detrás de la pared de la cocina que conduce a un pasadizo.

—Ajá, ¿qué te han dicho? ¿Qué has sabido de lo de Luis? —le preguntaba tío Varo a mi mamá.

—No, nada —respondía ella.

Martha Belisa es hija de mi tío Varo y es cuatro años mayor que yo. Ella evoca aquel momento: "Tú querías saber por qué lo mataron. Desde ahí cambiaste. Cambiaste porque eras más alegre. Te volviste distante. Tú no sacaste el dolor. Tú lo interiorizaste".

En mi casa las cosas cambiaron abruptamente. El televisor no podía prenderse. La música no podía sonar. La ropa de color estaba vedada.

Con los días, también cambiaron los trazos en mi forma de escribir. Repujaba con rabia las hojas siguientes, y la letra se volvió grande y firme. La comida no sabía igual. Las fechas especiales dejaron de serlo.

Mi mamá lloraba mucho, pero frente a mí se guardaba las emociones. La encontraba llorando mientras trataba de hacer el almuerzo en la cocina y seguir con la vida. Fue una época muy dura para nosotras. Ella y mi abuela hacían todo juntas: iban al mercado, caminaban, se repartían los oficios, iban a velorios…

Mi mamá se adelgazó. Sacó del clóset toda su ropa de color y la cambió por el negro. Mi primo Eddie me trajo del extranjero varias mudas para guardar luto y mi tía Nancy me llevó a la playa en Semana Santa. Hasta mi vestido de baño era negro.

(Mientras escribo este capítulo, en junio de 2019, he soñado que mi papá había regresado de su mundo. Lo veía hablando de política, manoteando, diciendo "voy a hacer esto y lo otro". En el sueño, ya no soy una niña y me muestro preocupada por su seguridad. Entonces, le digo: "Papi, esta vez no se vaya a dejar matar". Es como si —inconscientemente— le reclamara a la vida una segunda oportunidad. Después, he tenido que parar de escribir varios días para reponerme de la tristeza).

En la clínica donde murió mi papá nunca devolvieron las prendas que llevaba puestas, cuyo valor para una parte de la familia resultaba muy alto porque, de acuerdo con una creencia wayú, es necesario someter las ropas de los difuntos a un antiquísimo ritual por medio del cual se reza para invocar la muerte de los asesinos.

—Si hubiera conseguido la ropa o los zapatos ensangrentados, no hubiera ni uno vivo —me confiesa ahora mi tío William, que está sentado en un mecedor frente a mí en Barrancas—. Aquí vino una indígena desde Manaure (Alta Guajira) y trajo todo para prepararlo, pero no surtió efecto.

Mi papá no era wayú ni nadie de mi familia lo es, pero en todo el departamento existe una gran influencia y mucha fe en los ritos y las creencias indígenas. En el ritual participa una *piache*, como es conocida la médica ancestral de los wayú. La *piache* saca las vísceras del muerto y las envuelve con los trapos sangrientos para que caigan todos los que hayan tenido que ver con el asesinato.

***

Uno de los sicarios que iba a matar a mi papá desistió de hacerlo días antes. Le decían El Veneco. Llegó a Barrancas, con dos hombres más, desde Santa Marta a principios de febrero de 1997. Los tres sujetos recorrieron el pueblo y husmearon con cautela quién era mi papá. No se sabe con exactitud dónde se hospedaron, pero algunos dijeron que había sido en casas de familia.

El Veneco era originario de Venezuela. Negociaba los asesinatos por teléfono y determinaba las tarifas. Por matar a mi papá les ofrecieron cuatro millones de pesos (unos tres mil ochocientos dólares de la época) y un revólver.

Cuando El Veneco se dio cuenta de que mi papá era un tipo muy conocido, de buen nombre en el pueblo y, además, concejal y dueño de un hotel, renunció a su propósito.

—No, nosotros no vamos a matar a ese tipo por cuatro millones de pesos solamente. Eso es muy poca plata para un tipo tan importante —dijo molesto.

Los hombres discutieron y El Veneco decidió regresar a Santa Marta. Pero los otros dos sicarios, uno de ellos oriundo de Ciénaga (Magdalena), se quedaron en Barrancas y continuaron con la terrible empresa, tal como la habían trazado.

Sin embargo, antes de separarse de sus compinches, El Veneco adelantó detalles de la operación a un habitante de Barrancas. Días después del crimen, algunos pormenores del asunto llegaron al oído de un pariente cercano cuyo nombre, por razones de seguridad, prefiero reservarme.

Mi familiar, siguiendo la pista que le había indicado el lugareño, logró contactarlo. Acordaron una cita en Santa Marta para que el sicario arrepentido delatara a los verdaderos matones. Entonces, mi familia buscaría, carearía y presionaría a los otros dos gatilleros para que le dijeran quién había mandado matar a mi papá. Tres semanas después del asesinato fue a encontrarse con él a Santa Marta, pero El Veneco nunca apareció. Mi pariente esperó una semana más y finalmente abandonó la ciudad.

Meses después se comentaría en Barrancas que los sicarios fueron asesinados. Y nunca más se volvió a saber de El Veneco.

—¿Quieres saber quiénes mataron a tu hermano? —le preguntó una mujer cincuentona a mi tía Gloria, hermana de mi papá.

La señora llegó proveniente de Fonseca, un pueblo ubicado a diez minutos de Barrancas. Se apareció un mes después del crimen en la tienda de mi tía. Ella nunca la había visto. Las manos y las piernas le temblaban.

—Ellos (los sicarios) se hospedaron en mi casa, porque yo tengo un hostal. Llegaba gente de Barrancas a recogerlos, pero yo no tenía ni idea que era para matar a Luis. Ese sábado comieron pescado frito —narró la mujer—. Uno de ellos está en Maicao. Si quieres vamos en un carro de vidrios polarizados —le propuso.

Siguió hablando mientras mi tía se quedó en silencio, con los ojos desorbitados, pasmada del miedo. No supo qué responderle. Después, la mujer dio media vuelta y se fue. Nunca más la volvió a ver.

Para mi tía Gloria, de treinta y ocho años en ese momento, la muerte de mi papá fue devastadora. No le provocaba la comida. Se tumbaba en la cama y era incapaz de conciliar el sueño.

"Con la muerte de Luis, se fueron muchas cosas mías. Se acabó mi matrimonio. Se fue todo porque yo no tuve que ver con más nada", me dice mi tía Gloria, evocando aquellos años.

Pocos días después de la aparición de esta mujer, mi familia en Barrancas supo quién fue el autor intelectual del asesinato.

Hay una situación que siempre me ha impresionado: que las matanzas las preparen y las celebren departiendo en fiestas. Como si fuera un triunfo quitar vidas. El asesinato de mi papá, por ejemplo, fue festejado en la casa del alcalde, Juan Francisco Gómez Cerchar, alias Kiko.

—Yo maté a ese hijo de puta por sapo[4] —dijo Gómez Cerchar jactándose mientras bebía sus tragos.

La revelación —como en todo pueblo pequeño— no demoró en propagarse. Algunos habitantes ya sabían el rumor desde el primer día de la muerte, pero nadie se atrevía a contarle a la familia.

Un día, hicieron una llamada anónima a la casa de mi abuela en la que contaban quién había sido.

Álvaro, mi abuelo paterno, también se enteró por otra fuente de confianza.

Mi abuelo era un hombre tranquilo, noble y circunspecto. Se sentaba en el corredor a leer libros de Álvaro Gómez Hurtado, el líder conservador. Usaba audífonos para mitigar sus problemas de audición. Si veía llorando a mi abuela se retiraba para evitar que el llanto de su mujer lo contagiara. A veces iba al traspatio, se quedaba mirando a

---

4. Soplón, delator.

lo lejos algún punto en el horizonte o jugaba con las gallinas. En las tardes, salía en su carro Trooper a distraerse. Pasaba a saludar a su hijo William, que empezó a administrar el hotel desde que mi papá murió. Un día, había una fiesta en el salón de eventos y allí estaba bebiendo Kiko Gómez.

—Venga acá: tenga cuidado con ese tipo. Use su arma en la pretina y sin seguro. No se vaya a dejar matar —le dijo mi abuelo a William.

—Papá, ¿y usted por qué me dice eso? —inquirió William.

—Porque el comentario que hay en Barrancas es que él fue quien mandó a matar a Luis —respondió mi abuelo—. Pero no se vaya a meter en líos porque nosotros somos indefensos. Déjeselo a aquel —agregó apuntando con el dedo al techo, refiriéndose a Dios.

La muerte de mi papá fue también devastadora para mi abuela Gala, no obstante, ella siguió trabajando en su tienda, al lado de la casa. Siempre había demostrado una inteligencia innata y gran vocación de trabajo. Ahora no pasaba un día sin llorar. La cara se le veía apesadumbrada. Los trajes negros, largos y sofocantes, la hacían ver delgada y apagada. Decía que la vida ya no tenía sentido sin su hijo.

Mi familia decidió dejar las cosas así. Desde lo legal, la Fiscalía no buscaba pruebas ni investigaba, pese a que todo el pueblo lo comentaba. Y desde lo personal, mi familia nunca tuvo intenciones de venganza o de hacer guerra.

No teníamos cómo enfrentar un andamiaje tan poderoso comandado por Kiko Gómez, que en ese año, 1997, facilitaría la llegada de los paramilitares a La Guajira. Ya en el Cesar, donde yo vivía, se estaba produciendo la transición de la violencia guerrillera a la paramilitar.

El Bloque Norte de los paramilitares (Autodefensas Unidas de Colombia —AUC) entró primero por el sur del Cesar y se fue extendiendo por todo el departamento a principios de 1996. Su supuesta intención de acabar con la guerrilla fue mutando hasta convertirse en "la nueva ley", aquella que imponía cuotas extorsivas, señalaba lugares por donde se debía transitar y determinaba los horarios y toques de queda en los pueblos. Los ejércitos de paramilitares fueron enviados por los hermanos Castaño[5] y Salvatore Mancuso. En el Cesar eran comandados por Rodrigo Tovar Pupo, alias Jorge 40. Años después, Mancuso y Jorge 40 fueron apresados y extraditados a Estados Unidos.

Los políticos de la región se sirvieron de las llamadas Autodefensas para ganar elecciones y controlar municipios y corregimientos. Imponiendo la fuerza de las armas e intimidando a la población, los gamonales y caciques de la región borraron a sus escasos detractores, cobraron venganzas contra sus rivales y, además, desplazaron a innumerables campesinos de cuyas tierras se apropiarían en pocos años. El conflicto armado ha dejado más de 300.000 personas desplazadas en el Cesar, de acuerdo con el reporte del Registro Único de Víctimas. La cifra incluye todo tipo de actores armados y es alarmante si se tiene en cuenta que la población del departamento es de un millón de habitantes.

5. Carlos, Vicente y Fidel Castaño fueron los máximos líderes de las AUC.

Los paramilitares mataban, torturaban, enviaban amenazas y atemorizaban a la población. Las masacres y los asesinatos se volvieron parte del paisaje. Todo el mundo se quejaba, pero nadie denunciaba. Quien lo hacía terminaba muerto. Entonces, era "preferible" someterse a las demandas extorsivas —llamadas "vacunas"— y mantener la boca cerrada.

Pese a que legalmente los paramilitares dejaron de existir con la desmovilización en 2006, todavía hoy se percibe un gran temor al hablar de este tema, que es de conocimiento público. En agosto de 2018, por ejemplo, una fuente anónima aceptó conversar conmigo bajo total reserva. Fue víctima de un atentado por sus denuncias a los escuadrones de la muerte. Sin embargo, cuando observó que iba a encender mi grabadora, alargó su brazo y me lo impidió.

—Yo no quiero hablar porque los financiadores del paramilitarismo están libres —aclaró.

Y tiene razón. Han sido pocas las condenas. La mayoría de paramilitares que operaron en la región han salido de la cárcel. Sus financiadores y jefes mantienen su influencia y poder.

Dirigentes políticos, empresarios y ganaderos respaldaron económicamente a los paramilitares con la premisa de acabar con la subversión guerrillera que los azotaba con extorsiones, secuestros, abigeato y asesinatos. Las autodenominadas Autodefensas decían que habían llegado a "restablecer el orden en la región". Pero, en realidad, los pobladores solo cambiaron de victimarios. El resultado fue que, hasta los conflictos de pareja, las deudas y los problemas familiares eran dirimidos —muchas veces a sangre y fuego— por los paramilitares.

El paramilitarismo nunca se hubiera fortalecido sin la connivencia y el apoyo de la fuerza pública, que los encubrió y les prestó sus servicios. Es decir, trabajaban de la mano. Si mataban a alguien, la Policía no socorría y tampoco buscaba a los asesinos. Deliberadamente, los llamados agentes del orden se demoraban en llegar al lugar de los hechos. Por ejemplo, una vez mataron a un muchacho en el mercado de La Paz y, pese a que el cuartel de la policía quedaba a una cuadra, los agentes solo aparecieron cuarenta minutos después. El muchacho vendía pollo y se había negado a dar la respectiva cuota extorsiva.

La justicia se doblegó tanto que denunciar ante la Fiscalía era una sentencia de muerte. Los fiscales de la región trabajaban para la causa paramilitar, ocultaban las evidencias y dejaban desamparados a los ciudadanos.

Un periodista —que me pide no revelar su nombre por razones de seguridad— cubrió parte del conflicto en la región. En una entrevista que le hice en agosto de 2018 me dijo lo siguiente:

"Usted iba a cualquier pueblo, a cualquier municipio del departamento, y veía que el comandante de la Policía sabía dónde vivía el comandante paramilitar, pero no lo abatía ni lo buscaba. Era una convivencia cómplice. Entonces, cuando ocurría una masacre o un homicidio y estaba claro que había sido un actor paramilitar, había un silencio cómplice porque la fuerza pública sabía quiénes eran, pero en aras de la alianza que tenían, se sustraía y pecaban por omisión. Eso era evidente".

La mayoría de víctimas que dejaron los paramilitares no eran de la guerrilla. Eran inocentes que nada tuvieron que ver con el conflicto. En La Paz se tomaron varias zonas rurales, mataron a plena luz del día y sembraron el pánico. A uno de los pocos atractivos turísticos del pueblo, el balneario natural El Chorro, no se podía ir porque la gente podía terminar muerta o secuestrada. Quienes abastecieran a la guerrilla, es decir, los tenderos, también eran asesinados.

Una diferencia sustancial entre la guerrilla y los paramilitares es que mientras las FARC o el ELN extorsionaban y atacaban generalmente a los grandes hacendados, ganaderos y comerciantes, los paramilitares no discriminaban entre grandes y pequeños empresarios: pedían cuotas a los vendedores informales de almojábanas, jugos, fritos... nadie se libraba, ni siquiera los vendedores de llamadas de celulares.

Una clara muestra de ello sucedió en Valledupar. Un día metieron a la fuerza, en la parte trasera de un camión, a los limpiabotas y todos los vendedores ambulantes de café, frutas, verduras y *raspao*[6]. Les hicieron dejar sus carretillas en el estadio de fútbol y los llevaron hasta La Mesa, el corregimiento donde los paramilitares tenían una base. Allí les informaron que desde ese momento debían pagar semanalmente la famosa cuota a los recaudadores.

6. Refresco granizado.

En el colegio se volvió habitual que a los estudiantes nos sacaran de clase para darnos malas noticias.

El 12 de agosto de 1997, seis meses después de la muerte de mi padre, a las once de la mañana, la coordinadora de disciplina entró al salón y llamó a mi amiga Carolina Calderón, prima en segundo grado. Tenía once años y fue enviada a la rectoría. En su ausencia, la coordinadora de disciplina nos anunció que el padre de Carolina acababa de ser asesinado.

Cuando iba conduciendo el carro, los matones se arrimaron en la moto y lo balearon en repetidas veces. Se bajó agonizante, pidiendo auxilio. Los sicarios lo remataron y él quedó tendido en el asfalto. Hasta el sol de hoy, el asesinato sigue en la impunidad.

"Nunca se me olvidará. Fue un martes. Yo creo que el problema era que éramos muy niñas y no alcanzábamos a asimilar. A raíz de eso, yo estudié psicología", me dice ahora Carolina, de treinta y tres años.

En 1997, el Cesar era el departamento más violento de la costa Atlántica. La tasa de homicidio estaba por encima del promedio nacional y el delito del secuestro se había triplicado, según señalaba, en una de sus ediciones, el periódico *El Tiempo*.

Los titulares en los medios locales evidenciaban lo que estaba pasando:

"Cuatro muertos por sapos". (*Diario Vallenato*, 1996)

"Secuestro, el drama diario del vallenato". (*El Heraldo*, 1997)

"Llorar a los muertos se vuelve peligroso". (*Diario Vallenato*, 1997)

"La muerte toca puerta a puerta". (*El Heraldo*, 1997)

"Violencia se apoderó de La Paz". (*El Heraldo*, 1997)

Las páginas interiores ampliaban las macabras noticias:

"En los pueblos y caseríos cesarenses nadie duerme tranquilo, pues esperan que a cualquier hora de la madrugada se sientan los ruidos de los vehículos en los que se desplazan hombres vestidos de civil o de militares, con los rostros cubiertos, derribando las puertas de las viviendas donde saben que se encuentran las víctimas que llevan en su lista". (*El Heraldo*, 1997)

"El temor se ha generalizado, las calles se encuentran solas y la gente siente miedo de hablar y comentar lo sucedido". (*El Heraldo*, 1997)

Amparo Jiménez fue una de las intrépidas periodistas que se atrevió a denunciar con nombre propio a los paramilitares. Trabajaba para los noticieros de difusión nacional *QAP* y *En vivo*. En febrero de 1996, denunció el desplazamiento, la violación de mujeres, la arremetida a golpes y quema de parcelas de seiscientos campesinos de la hacienda Bellacruz, en Pelaya, ubicado en el sur del Cesar. La hacienda, propiedad del exministro y terrateniente Carlos Arturo Marulanda, llegó a acumular veinticinco mil hectáreas, repartidas entre los municipios de Pelaya, La Gloria y Tamalameque. A los campesinos les correspondían dos mil hectáreas. Los paramilitares permanecieron en la hacienda después del desplazamiento de los labriegos.

Años más tarde, en 2018, ese desplazamiento fue declarado crimen de lesa humanidad por la Fiscalía.

El jefe paramilitar del sur del Cesar alias Juancho Prada habría ordenado el destierro.

La Policía trató de impedir que Amparo hiciera su trabajo de reportería diciendo que no tenía permiso para entrar en la zona, pero ella continuó su camino. Cuando iba de regreso a Valledupar, la interceptaron dos vehículos. La obligaron a bajarse del carro, le quitaron los casetes, la cámara, la agenda de trabajo y el micrófono.

El atropello contra ella y su camarógrafo no le impidió denunciar, en medios locales y regionales, los abusos cometidos contra los campesinos. Desde entonces empezaron las amenazas y los hostigamientos. "Cuídate, que te vamos a joder", le anunciaban desconocidos por teléfono.

Amparo, de treinta y siete años, era la madre de uno de mis compañeros de clase. El 11 de agosto de 1998, dos años después del hecho que denunció, dejó a su hijo único en el colegio, tal como lo hacía todos los días. Eran las seis de la mañana. Se devolvió a su casa, ubicada en el barrio El Cerrito, en Valledupar. Cuando llegó, abrió la puerta de su carro y puso un pie afuera para bajarse. Entonces un sicario apareció y le disparó tres veces. Los impactos le destrozaron el cráneo. Ella no sobrevivió.

Como a Carolina Calderón, mi amiga de entonces, a mi compañero, de doce años, también lo sacaron del salón en plena clase.

—Coja sus útiles que llegaron por usted —le ordenó la coordinadora.

Él se levantó y caminó hacia la oficina de Coordinación. Entonces, la prima que fue a buscarlo le informó que su mamá había sufrido un accidente. Salieron a la calle y se subieron al primer taxi que pasó.

—Por favor, llévenos al Cerrito —le pidió la prima al taxista.

—¿Vamos para donde mataron a la periodista? —preguntó el hombre.

El niño quedó petrificado. Pero, como si quisiera eludir la triste realidad que se avecinaba, recordó que su madre se quejaba cuando algunos de sus colegas, a veces, presentaban mal las noticias. Pensó que el taxista se había equivocado, que aquello que decía era falso. Pero la prima le confirmó el hecho:

—Esa era la noticia que te quería dar. A tu mamá la mataron.

El asesinato de Amparo Jiménez conmocionó al Cesar.

Ella había dejado su trabajo de reportera hacía dos meses, pero los asesinos no le perdonaron sus denuncias. En el momento de su muerte, Amparo era la coordinadora de la Red Nacional de Iniciativas por la Paz (Redepaz) y delegada del programa de reinserción en el Cesar.

Libardo Prada Bayona, el sicario que le disparó, fue capturado quince días después. Tenía nexos con los paramilitares y debía estar en la cárcel de Santa Marta pagando una condena, pero el Instituto Nacional Penitenciario y Carcelario (Inpec) lo había dejado libre. En 2012, el Inpec pidió perdón a la familia de la víctima y reconoció su responsabilidad por este hecho.

Para cometer el crimen, Prada Bayona se había mudado cerca de la casa de la periodista y le hacía seguimiento a diario. Un juez lo condenó a treinta y siete años de cárcel, pena que todavía purga en una cárcel de Barranquilla.

Sin embargo, jamás se reveló de dónde salió la orden de silenciar a la valiente periodista Amparo Jiménez.

Nelly Jiménez, hermana de Amparo, fue mi profesora de español en mis últimos años de bachillerato. Nelly me llegó a prestar libros de su hermana para estimular mi curiosidad por el periodismo, pero siempre me recalcó que era una profesión peligrosa. De alguna manera, ellas influyeron en mi decisión de convertirme en periodista y de ejercer este oficio con valentía y responsabilidad.

14

Mi bisabuelo Lino tenía noventa y nueve años y no usaba bastón ni anteojos. Era el papá de *Mamamartha* y vivía con nosotros en la casa. Trabajaba sentado bajo las sombras de los árboles de coco, mango y cotoprix. Allí tenía una gran mesa de madera rectangular, donde amontonaba cuero, martillos, metros, clavos, lápices y marcadores. Era guarnicionero. Con el cuero forraba taburetes y mecedores y confeccionaba bolsitos y vainas para machetes. Su vista era tan prodigiosa que podía ensartar, sin dificultad, un hilo en una aguja.

Era de estatura mediana, pelo blanco, cejas pobladas, piel trigueña. En ocasiones, se reía solo. Se le formaban unos finos surcos en la comisura de los labios. De noche, solía dejar en un recipiente el agua en sereno, y, al día siguiente, se lavaba la cara con esa agua. Se bañaba, pero no se secaba. Cuando alguna de las primas le preguntaba por qué se dejaba escurrir el agua, respondía que si se secaba era como si se estuviera quitando el baño. Vestía siempre de pantalón de lino, camisa de manga larga y unas sandalias de cuero que él mismo había elaborado. Se tomaba un café, desayunaba y empezaba a trabajar. Todos los días mi mamá le cocinaba una sopa que él se tomaba con gusto. Cuando salía en las tardes, lucía un sombrero color caqui y se terciaba una mochila tejida en lana de ovejo.

El patio, lleno de verdor y flores, perfumaba de aire fresco su lugar de trabajo. El gato y el perro se sentaban a su lado. Los pajaritos volaban y el loro hablaba disparates. Lino decía que no creía en Dios, que nunca el Niño Dios le había dado juguetes. Su vida había sido solo trabajar. No le gustaba que lo interrumpieran mientras lo hacía.

El primer regalo que recibí en mi primer año fue un asientico de vaqueta que Lino me hizo. Todavía lo conservo.

A veces, Lino se subía en un taburete y recogía gajos de cotoprix, un tipo de mamoncillo, de cáscara amarilla, que había en el patio. Al caer la tarde, yo me le acercaba. Se quejaba de algunos clientes que le encargaban trabajos y después no se los querían pagar.

—Ve a traer el aparatico ese —decía Lino, refiriéndose a la calculadora.

Tenía un cuaderno donde anotaba quiénes le debían. Entonces, me dictaba las cantidades y nombres de sus deudores. Yo sacaba la cuenta y le decía el total.

—Anda a cobrarles a esos pícaros —me ordenaba.

Yo salía en la bicicleta y, a la vuelta, le traía la razón o la plata. Él me recompensaba con monedas que guardaba en un envase de Redoxon. Me gastaba ese dinero en bolas de chicles que extraía de una máquina dispensadora de la tienda de la esquina.

Con la muerte de mi abuela materna, Lino se volvió taciturno. Ya no le animaba trabajar el cuero. En las tardes se sentaba en el borde de la terraza. Sacaba una foto de

121

Mamamartha que guardaba envuelta en un pañuelo. La observaba sosteniéndola en las manos. Resollaba y soltaba el llanto. Entonces, acercaba la foto al corazón y la apretaba con fuerza.

Conturbado, dejó de trabajar y enfermó en agosto de 1997. Lo internaron en una clínica de Valledupar. En sus últimos días, decía que *Mamamartha* lo estaba esperando para irse con ella. Él ya no quería vivir.

El martes 23 de septiembre, alrededor de las diez y media de la mañana, la psicorientadora Lorena Pontón me sacó del curso. Me llevó a su oficina y me informó que mi bisabuelo se había puesto malo. Enseguida pensé: seguro se murió, pero no sabe cómo decírmelo.

Volví al salón a buscar el maletín.

Mi tía Yadira, hermana de mi mamá, fue quien me recogió en el colegio. Estaba vestida de negro. No era raro, porque ella también guardaba el luto. No me llevó a la clínica donde mi bisabuelo estaba internado. Enfiló el carro hacia la carretera de La Paz. No me atreví a preguntarle por qué había tomado esa vía, pero aquello confirmaba que tal vez no había nada que hacer.

No hablamos durante el camino. Yo miraba los árboles. El sol refulgía en los vidrios del carro. Pasamos por la laguna de oxidación y un olor emético se filtró por la ventana. Antes de llegar al puente Salguero, mi tía se volvió hacia mí.

—Diana, Lino se murió —dijo tras el largo silencio.

Vi descolgarse una lágrima. Intentaba no arrugar los labios por el llanto. Seguí mirando la ventana y no respondí nada.

Tres muertes en menos de un año. Dos largos velorios en mi casa.

Rememorando aquel tiempo, me impresiona el estoicismo con que mi mamá afrontó esas muertes. Aunque sus ojos se vieran apagados, no se rendía.

No quebrarse. No quejarse. Levantarse temprano. Seguir la vida.

La muerte irrumpió en mi vida para cambiar todas las ocasiones especiales. El 25 de septiembre, dos días después del deceso de mi bisabuelo, fue mi bautizo. Mi tío Varo y su mujer Ener hicieron el almuerzo: guiso, arroz, gallina, ensalada. Pero en la sala de la casa aún se respiraba el aire fúnebre por la reciente muerte de Lino. Había una mesa con dos candelabros, un vaso de agua y un santo. Durante nueve noches se rezó el rosario y se repartió tinto y aromática.

El 3 de octubre hice la primera comunión. Las fotografías de aquella época reflejan la ausencia y el abatimiento en nuestros rostros. Mi mamá está vestida de negro eterno, de pies a cabeza. Yo tengo puesto un vestido de tul bordado blanco y una corona de flores naturales en la cabeza. Sostengo en la mano derecha un cirio decorado con margaritas; en la izquierda, un misal. Mi mamá me compró estampas y yo las repartí ese día. Cuando llegué a la casa, me acosté en la cama y me abracé a una muñeca.

El patio se veía vacío sin mi bisabuelo. Y después el vacío creció cuando, en junio de 1999, Vitolo, el loro, desapareció inexplicablemente. Pensamos que Vicente, el señor que hacía oficios en la casa, tuvo algo que ver debido a las rencillas que constantemente mantenía con el loro.

Yo me volví retraída. El miedo cerval de perder a mi mamá se tornó implacable con la muerte de Lino.

Una tarde, conteniendo el aliento por la nostalgia, le dije a mi mamá que no quería ir al colegio, que me provocaba gritar. Estaba desgajada.

—Entonces, no vayas —me respondió ella.

***

De vez en cuando llamaba al teléfono fijo de mi abuela Gala, en Barrancas. Ella me decía cosas que me hacían llorar, pero no las recuerdo con exactitud. Lo que sí evoco es que hablaba de "esos asesinos acabaron con mi vida" y "ya sabemos quién lo mató".

Eso quedó retumbando en mi memoria.

Días después, una pariente me revelaría quién mató a mi papá:

—A él lo mató un amigo, Kiko Gómez, el alcalde. Lo mataron por política. Le veían mucha fuerza para ser alcalde.

El nombre, que nunca antes había escuchado, se me quedó grabado.

¿Qué significa que asesinen a alguien por política? ¿Cómo así que lo mató uno de sus amigos? ¿Quién era aquel hombre?

Yo no entendía nada.

El miedo me habitaba. La aflicción me desgarraba. La ausencia me trocó en una niña inestable emocionalmente.

Si todo el mundo sabía, ¿por qué no lo apresaban?

Mientras estaba en estas cavilaciones, a una hora de La Paz, en San Juan del Cesar, Guajira, el fiscal Rodrigo Daza

Bermúdez tenía a su cargo la investigación correspondiente por el asesinato de mi papá.

Desde la asignación del reparto del proceso se hizo patente la corrupción y el interés en paralizar la investigación, tal como sucede casi siempre en La Guajira y el Cesar.

El fiscal simplemente recogió los testimonios de Osiris Brito, secretaria del hotel; de Carolina Gámez, la novia de mi papá, y de mi tío William. No trazó una línea de investigación. No buscó indicios. No reconstruyó los hechos. No fue al sitio del crimen. No definió el móvil del asesinato. No recaudó pruebas. No pidió más declaraciones. No verificó los actores armados que había en la zona. No investigó si mi papá tenía enemigos políticos. No mandó hacer pruebas de balística. No buscó el rastro de los asesinos.

"No hay crimen perfecto", reza el viejo aforismo. Pero en este caso parecía que sí.

Como era de esperarse, el 24 de octubre de 1997, el fiscal emitió una resolución en la que concluyó que no lograron identificar a los autores de los hechos. "A pesar de haberse hecho las investigaciones del caso para identificar al responsable, los resultados han sido totalmente negativos", señala la resolución firmada por el fiscal Daza Bermúdez. De modo que ordenó suspender las diligencias "investigativas". Es decir, archivó el expediente.

El señor Rodrigo Daza Bermúdez no usó las facultades que le concede como fiscal el Código de Procedimiento Penal. Bajo el mencionado código, incluso, tenía autonomía de dictar orden de captura. No obstante, él no realizó los esfuerzos necesarios en aras de identificar a los autores intelectuales.

Veintiún años después, en enero de 2019, lo contacté para que me diera su versión sobre por qué no investigó. Lo llamé en varias oportunidades, pero siempre me decía que no estaba en San Juan del Cesar. En mis múltiples visitas a la zona, le dije que estaba dispuesta a ir donde se encontraba, pero nunca recibí respuesta.

El 14 de noviembre de 1997, el año en que ordenó matar a mi padre, Kiko Gómez fue galardonado por el Congreso de la República con la distinción Orden a la Democracia Simón Bolívar en el grado Oficial, como mejor alcalde del país. La condecoración fue promovida por el representante guajiro Antenor Durán y concedida por la Cámara de Representantes.

Una burla para las víctimas, mayor aun cuando era de conocimiento público que él había mandado matar a mi papá. En aquel año, él escogió a su sucesor en las elecciones que se celebraron en octubre y, de ahí en adelante, siempre ganó la Alcaldía a través de terceros. De 2001 a 2003 volvió a ser alcalde de Barrancas, y en 2011 salió electo gobernador del departamento de La Guajira.

A finales de 2011, la Universidad de La Guajira, asombrosamente, le dio el título Administrador de Empresas *Honoris Causa*, argumentando que Gómez Cerchar "era un hombre de reconocida honorabilidad y respeto" y porque había demostrado "una actitud innegable de servir a los demás ciudadanos".

Lo condecoraron en una veintena de oportunidades. El Ejército, a través del Grupo de Caballería Mecanizado No. 2 Juan José Rondón, Acantonado en Buenavista, La Guajira, le dio una distinción en 1999. Recibió también una mención honorífica en 1997 de la Diócesis de Riohacha y en 1998 —cuando había dejado su cargo— la Alcaldía de Barrancas le entregó la "Orden del Carbón" como mejor alcalde. La Asamblea de La Guajira, la Federación de Ganaderos, el Concejo de Barrancas y hasta los medios de comunicación se prestaron para hacerle homenajes y darle méritos como "Cerrejón de Oro", "Ejecutivo del año" y distintas "menciones honoríficas".

A medida que su actividad criminal se extendía por la región, a Gómez Cerchar lo homenajeaban las instituciones del país y el departamento.

Las víctimas eran humilladas y olvidadas. Y el victimario, distinguido, aplaudido y celebrado.

15

De niño, mi hermano Jorge era lenguaraz. Tenía trece años y vivía en Barrancas. Por esa época solía decir que cuando fuera adulto iba a enfrentar y matar al asesino de mi papá. Una vez le escuché aquella amenaza nacida de la rabia y la impotencia.

—Eso no se va a quedar así —anunciaba.

Con frecuencia comentaba aquellos planes con la familia, los compañeros del colegio y sus amigos. Mi familia se preocupó tanto que decidió mandarlo a Bucaramanga, a nueve horas del pueblo, a estudiar séptimo de bachillerato.

Físicamente, Jorge es quien más se parece a mi papá. Muy apegados el uno al otro, mi papá lo levantaba a las cuatro de la mañana para que lo acompañara a llevar el mercado a la mina.

"Teníamos una relación muy bonita. Nos queríamos mucho. Él fue un buen padre. Querernos más no pudo porque le faltó tiempo", rememora Jorge, quien hoy es un abogado de treinta y tres años.

Pero, en realidad, quien primero se enfrentó al asesino fue una de mis hermanas. Ella y Kiko Gómez coincidieron como invitados a una fiesta de primera comunión en el

Hotel Iparú. A la celebración él llegó con su catadura de hombre sociable, pasando por cada mesa, sonriente, saludando a todo el mundo. Cuando se acercó a la mesa en la que estaba mi hermana, él se disponía a estamparle un beso, pero ella lo atajó.

—A mí no me saludes porque tú eres Judas. Tú mataste a mi papá —le dijo reprendiéndolo.

En aquel momento había dejado de tocar la papayera y los demás invitados escucharon estupefactos el reclamo de mi hermana.

—Yo no fui —dijo él sobresaltado.

Mi hermana salió corriendo alterada. Se cayó y se raspó las rodillas.

Andrea, otra hermana de mi misma edad, sufría de pesadillas todo el tiempo. En los sueños lograba evitar el asesinato. Se levantaba en medio de la penumbra, y lloraba al constatar que ya no había nada que hacer.

Ella no recuerda el grito que lanzó —"Papi, te matan"— segundos antes de que el sicario le disparara. Pero nunca borrará de su memoria la cara del pistolero. Mi hermana aún conserva un estuche de la Barbie y un lápiz de Mickey Mouse —al que nunca le sacó punta— que le regaló mi papá, quien días antes de su muerte, la había llevado a comprar la lista de los útiles escolares. También guarda la ropa que tenía puesta el día que lo mataron.

"Para mí todos los 31 de diciembre eran terribles porque mi papá siempre nos recogía y nos llevaba donde mi abuela a dar el feliz año. Yo siempre me echaba a llorar a media noche hasta hace como unos cinco años. Yo prometí que no iba a llorar más porque sentí que tampoco era bueno, porque no descansaba mi papá y nosotros tampoco", evoca Andrea con nostalgia.

A mi hermana Loli también la turbaban los sueños. En ellos, mi papá estaba vivo y su muerte había sido una pesadilla.

"Yo me acuerdo que él era un buen papá. Conmigo era celosísimo, me cuidaba hasta con la sombra y para todos lados nos llevaba", me dice ahora Loli, de treinta y siete años.

A mi hermano Marlon, de treinta y un años, lo que más le ha impactado en la vida es haber visto el cuerpo ensangrentado de mi papá, cuando lo sacaron muerto de la sala de cirugía y lo dejaron en un pasillo contiguo en la Clínica Valledupar. Él lo abrazó llorando.

Mi papá y él eran muy apegados. Marlon también tiene sus mismos ojos. Es moreno y de cuerpo robusto.

"Si mi papá viviera, todo sería distinto. Seríamos más unidos", reflexiona Marlon, en una mañana de diciembre de 2018, en Cuestecitas, La Guajira.

Ángel David tiene veinticuatro años y es el menor de los hermanos. Fue criado en El Molino, La Guajira, donde nos reencontramos. Tomó conciencia de que mi papá había sido asesinado cuando creció. No guarda ningún recuerdo de él, pues apenas tenía un año cuando todo pasó.

Durante la campaña a la Gobernación de La Guajira, en 2011, él veía los afiches con el logotipo "KG". Los *jingles* que emitían los carros publicitarios a través de altavoces, las vallas y las emisoras se referían a Kiko Gómez.

—Mami, si "KG" es el que va a ganar, ¿tú por qué no votas por él? —le preguntó Ángel David a su mamá.

Fue ahí cuando se enteró de todo. Lloró. Él nunca supo lo que es la figura paterna. Anhelaba que mi papá se le apareciera para conocerlo.

A mi hermano José Félix lo embargaba un sentimiento de frustración y de rabia al notar que en el pueblo todos apoyaban a Gómez Cerchar. Cuando veía los afiches señalaba: "Ese fue el que mató a mi papá".

"Me hizo falta todo el tiempo, porque uno ve a los demás con sus papás y yo no tenía el mío", dice apenado José Félix, de veintiséis años, nacido en Barrancas.

Cuando mi hermana Linda estudiaba primero de primaria no podía pasar por el cuartel de la Policía, ubicado en la avenida, en Barrancas, porque se echaba a llorar. Iba sentada al lado de la ventana, en el transporte escolar y, cuando circulaba por ahí, decía que ellos, los policías, habían matado a mi papá. La dueña del carro tuvo que cambiarla de puesto. Paradójicamente, y pese a que también estudió Salud Ocupacional, Linda ahora trabaja como patrullera de la Policía en Antioquia, en el noroccidente del país.

Ella tampoco guarda recuerdo alguno de mi papá. Pero un día antes del fatídico 22 de febrero de 1997, Linda estaba con él. Tenía tres años. Ella se cayó en el hotel y se golpeó la cabeza. Eran las seis de la tarde. Cuando mi papá iba saliendo para llevarla al hospital, los sicarios estaban sentados en la jardinera de la plaza. Linda aún tiene la cicatriz que le dejó el golpe en la frente.

En las verbenas, uno de mis parientes solía beber hasta el amanecer con Kiko Gómez. Un día, con tragos encima pero todavía lúcidos, conversaron de manera más profunda, con algo de camaradería.

—¿Tú por qué mataste a Luis? —preguntó mi pariente.

—Sí, yo la cagué. Eso fue un error —respondió Kiko.

***

Nunca volví a tocar guitarra, ni siquiera año y medio después de las muertes de mi papá y mi abuela, cuando ya me había quitado el luto.

Mi único refugio eran los diarios personales que pasaba horas escribiendo. Vivía enconchada en mi mundo, replegada, escondida de la realidad exterior. Escribía cartas que no entregaba y poemas que nadie leía. Mi *leitmotiv* era la muerte.

Esto lo escribí a mano cuando tenía catorce años:

Qué frío he sentido. La oscuridad invade mi alma. Y aunque parezca inverosímil, aquí encuentro la paz que he estado buscando desde el día en que caminaba incierta, indecisa por las calles vacías de mi mente. Calles como laberintos sin salida...

En las tardes, mientras mi mamá lavaba ropa en el patio, yo me acostaba bocabajo en la cama y lloraba con la jardinera del colegio puesta. Sentía abulia por la vida. No soñaba con llegar a ser nadie. Quería morirme y planeaba que eso iba a ocurrir antes de los treinta años.

Asesinaron a un hombre, pero se fueron dos almas.

Cuando no hay justicia, el sufrimiento se prolonga más y más.

En mis diarios plasmaba sentimientos y situaciones cotidianas del colegio. Por ejemplo, el 19 de julio de 1999, lamentaba no haber sido capaz de demostrar más amor hacia mi papá:

Muchas personas tienen a sus seres queridos y nunca le han dicho te quiero o te extraño. Yo, con apenas doce años, no dejo de pensar en que lo quise como un gran amigo, pero nunca se lo dije.

Con el tiempo, mi mamá y yo nos distanciamos de mi familia paterna. O ellos se distanciaron de nosotras. En todo caso, la relación nunca volvió a ser igual.

Los años también se llevaron buenos recuerdos del colegio. Algunos se perdieron y otros vagan confusamente en mi memoria. Mi cuerpo estaba presente en el salón, pero mi mente habitaba mundos oscuros y sepulcrales. De ello me di cuenta hace pocos meses cuando me reuní con algunos de los compañeros de clase y me fue imposible rememorar anécdotas concretas del colegio que ellos sí recordaban.

Julieth Fragozo, una de mis compañeras de clase, me recuerda como una chica que siempre estaba enojada recién llegada al colegio, en las mañanas, aunque también tenía estados de alegría con mis amigas de curso. Iba a fiestas. Me gustaba bailar.

Rebeca Herrera, una entrañable amiga hasta el último año del curso, analiza esa actitud:

133

"Tú antes de la muerte mostrabas los sentimientos, pero después cambiaste. Te volviste reservada. Se te notaba la tristeza".

Jaisy Caro, otra de ellas, vio un cambio en la mirada: "Era una mirada fuerte, intimidatoria, cargada, penetrante".

Mi compañera Dayana Walter recuerda que yo siempre estaba pensativa en las clases: "Siempre te hacías en la parte de atrás del salón. Eras muy callada, pero conmigo eras cariñosa. Cuando me contaste lo que pasó con tu papá, entendí lo que pasaba. Siempre hablabas de la intención de contar la historia y conocer la verdad de lo que pasó".

Mi forma de expulsar aquella confusión mental que me devoraba fue a través del teatro. El teatro transforma porque al encarnar un personaje yo podía olvidarme de quién era y de todo lo que me había sucedido. En la casa de la cultura de La Paz tomé talleres de actuación y con el grupo al que pertenecía llegamos, incluso, a hacer presentaciones. En el colegio interpreté el monólogo de una mujer esquizofrénica. A veces improvisaba escenas graciosas para mis amigas. Quizás quería evadir mi dolor haciendo reír a los demás. Pensé en estudiar Arte Dramático hasta el último año del bachillerato. En ese entonces era una muchacha en busca de mi propia identidad.

Mi familia era de clase media, acomodada. Yo crecí sin ningún tipo de ostentación: sin viajes al exterior, sin ropa de marca, sin glotonerías; pero siempre tuvimos lo necesario para vivir de una manera decente. Mis únicos lujos eran ir a la playa, cuando mi tía Nancy me invitaba, y tener juguetes.

Mi mamá se sacrificaba y hacía hasta lo imposible para que yo tuviera mis cosas. De hecho, ahorró durante varios años, en una cuenta que abrió exclusivamente en la Caja Agraria, para poder celebrar mis quince años.

—Sonríe, nena, sonríe, que es tu cumpleaños —decía aquel día mi madrina, en la fiesta que me hicieron en la casa.

Ese 6 de enero de 2002, vestí toda de lila, una falda a la cadera con unas aplicaciones de flores en la pretina y un top asimétrico de una manga estilo romana. La casa estaba decorada con flores moradas, dulces de todos los colores y globos. Hubo un bufet y me llevaron una serenata con mariachi. Pero muy pronto mi mamá y yo comenzamos a llorar. Aquella noche, unas horas después, logré mejorar mi ánimo y disfrutar de la fiesta que con tanto empeño ella había pagado.

Vicente, el señor que tenía incesantes altercados con el loro, murió de cáncer en agosto de 2001. Vicente era como de la familia. Era honrado y me cuidaba. Falleció a los sesenta y seis años, cuarenta de ellos los vivió en mi casa.

El último año del colegio decidí que iba a ser periodista. Estaba sedienta de verdad. Todas las preguntas que me hice durante la adolescencia y que tanto me atormentaron las resolvería como reportera. Mi mamá pensaba que esa profesión no era para mí. Pero finalmente se impusieron mis aspiraciones. Lo que me hace rebelde, lo que me hace ser fuerte, lo que me da coraje, es la ausencia de mi papá.

Me gradué de bachiller en diciembre de 2002. Mi tío Varo, hermano de mi mamá, me llevó de ganchete en el auditorio del colegio. Yo lucía toga y birrete azul. A prin-

135

cipios de 2003 me fui a estudiar Comunicación Social y Periodismo en la Universidad del Norte, de Barranquilla. Tenía dieciséis años.

Antes de iniciar la carrera, decidí incinerar casi todos mis diarios. Me angustiaba que mi mamá, cualquier día en la tarde, revisando entre mis cosas, pudiera leer las insolencias que escribí de adolescente. Curiosamente ella aún conserva algunos diarios que se salvaron del fuego.

Había intentado escribir esta historia varias veces. La primera vez cuando estaba en el grado once, en 2002. La trabajé a manera de cuento y fue publicada en una antología, en la que seleccionaron los mejores escritos del bachillerato. La segunda fue en la universidad, en 2005, cuando recibía clases de Crónica y Reportaje. La historia quedó inconclusa pero aún la guardo entre mis archivos.

En uno de los escritos que no leyó nadie escribía con nostalgia:

¿Sabes? Desde que te fuiste dejaste un vacío en mi corazón y han pasado exactamente siete años de sufrimiento porque sin ti no veo el mundo igual (…) Papi, ya no soy una niña. Ya cumplí mis quince años. Ya me gradué del colegio. Esas fechas las pasé sin ti.

Ahora, han pasado veintitrés años y ese vacío nadie lo ha podido llenar.

16

Por su cercanía con Venezuela, el Cesar y La Guajira se convirtieron en zonas estratégicas de distintos grupos criminales que todavía hoy se disputan el control de las rutas de narcotráfico. Con el paso de los años, las múltiples violencias que azotaban la región se exacerbaron. El clima de zozobra y de inseguridad se sentía en todas partes. Era entonces normal que mi mamá se preocupara cuando yo salía a la calle. En esa época, además, La Paz se inundó de gasolina venezolana de contrabando y esa actividad también era controlada por redes criminales al servicio del paramilitarismo.

Cuando iba de vacaciones al pueblo yo me encerraba en la casa. Vivía replegada, desconectada, aislada. Llevaba ropa en la maleta, pero solo me ponía pijamas. Me tumbaba en la cama para leer o dormir. A veces se veían unidades móviles del Ejército para supuestamente reforzar la vigilancia. Todo era una pantomima. Lejos de ser enemigos, el Ejército era un aliado confiable de los paramilitares y ambos intercambiaban información de inteligencia en la zona.

El monto de la cuota que cobraban los paramilitares dependía del número de hectáreas de cada finca. En 2003, mi familia llegó a pagar entre trescientos y quinientos mil pesos, de manera consuetudinaria. Los hombres armados entregaban un recibo de paz y salvo.

La guerrilla del ELN también era exigente en aquellos tiempos. El 12 de marzo de 2004, en una de las cartas que le envió a mi tío Varo el frente de guerra norte del ELN, los guerrilleros pidieron cinco millones de pesos, una caja de baterías doble A y diez tarjetas para llamar a celular.

Aunque la guerrilla había sido duramente diezmada, en toda la región se sentía el abandono total del Estado, algo que aprovecharon los paramilitares para apoderarse de la administración pública. En realidad, lo que existía era un para-Estado.

"Hubo alcaldías en las que prácticamente los paramilitares decidían el gabinete, concejos municipales en los que ellos imponían la coalición mayoritaria. Determinaban a quién se contrataba y a quién no", reveló un viejo periodista de Valledupar. Por supuesto, ese control absoluto era mirado con bastante complacencia por el gobierno central, en cabeza de Álvaro Uribe Vélez.

Los paramilitares, además, deseaban que los medios periodísticos se pusieran a sus servicios. Pretendían que les publicaran, al pie de la letra, sus panfletos y comunicados y que adoptaran su propio lenguaje. "Eso hizo que el periodismo en esa época creara una cultura de sometimiento, conformismo y caminara en el filo de la navaja", afirma Dickson Quiroz, fundador en 1994 del periódico *El Pilón*.

Debido al secuestro de varios periodistas del diario y a las constantes amenazas, Dickson Quiroz tuvo que salir de

Valledupar en varias oportunidades. Lo más doloroso que padeció fue el asesinato de Guzmán Quintero Torres, jefe de redacción del periódico, ocurrido el 16 de septiembre de 1999. En 2019, la Fiscalía declaró el crimen como de lesa humanidad, pero aún continúa impune.

Según el registro de la Unidad de Víctimas, el conflicto armado en el Cesar dejó 328.914 afectados, más del treinta y tres por ciento de la población. En La Guajira fueron 129.402 víctimas y el departamento tiene 985.498 habitantes.

***

Tío Varo estaba pendiente de que a mi mamá no le faltara nada. Él administraba la finca. Llegaba a la casa varias veces al día y revisaba si teníamos comida. Hacía el mercado de la casa, llevaba recipientes con agua potable y preguntaba qué nos hacía falta. Era un gran apoyo para la familia. Cada semestre, vendía una parte del ganado perteneciente a mi mamá, para así completar la matrícula de mi universidad.

Era apodado Varo porque fue el primer varón que tuvieron mis abuelos, pero su nombre de pila era Armando Zuleta. De carácter fuerte, cariñoso a su manera, alzaba una ceja cuando algo le molestaba. En mi familia fue educado para trabajar, aunque alcanzó a estudiar cuatro semestres de Medicina. Tuvo que retirarse cuando mi abuelo *Papachijo* se enfermó y debió ocuparse de la finca. Vestía de manera impecable y en el bolsillo de la camisa siempre llevaba un lapicero. Anotaba todo en un cuaderno. Era estricto y organizado.

Llegó a ser concejal de La Paz durante cinco periodos. Le gustaba la política y vivía pendiente de la situación de orden público del pueblo. En los últimos años de su vida entró a hacer parte de una iglesia cristiana.

Cuando estaba en el colegio, yo solía consultarle tareas y él siempre tenía una respuesta. Si me veía con ropa muy corta o ajustada, me reconvenía.

Era moreno, de ojos café, narizón. Una pequeña franja de canas blanqueaba su cabello en la parte delantera. Se vestía con camisas de manga corta, a cuadros y colores tierra.

Su mayor alegría era cuando llovía en la finca. Llegaba sonriendo, como si se le hubiera cumplido un sueño. Y cómo no estarlo, si en tiempos de intenso verano los animales se enfermaban y morían por falta de agua.

Le fascinaban las sopas porque decía que le quitaban el calor. Mi mamá lo complacía cocinándole. Le gustaba leer la Biblia y resolver crucigramas. En 2005, había cumplido cuarenta y siete años y tenía seis hijos con distintas mujeres: Armandito, José Óscar, Martha Belisa, Anny, Martha Patricia y Víctor. Él se esmeraba para que todos ellos disfrutaran por igual.

Era él quien me consignaba dinero en la cuenta de ahorros cuando yo estaba en la universidad. De hecho, la última vez que conversamos fue para contarme que ya lo había hecho. Esa vez estaba bravo conmigo porque me había llamado varias veces y no le había alcanzado a contestar. Le expliqué que estaba en clase.

En enero de 2005, comenzaron a comentar en el pueblo que iban a matar a un ganadero. "La muerte va a doler", murmuraban. Un día, tío Varo llegó a la casa contando el rumor. Pero mi mamá y toda la familia, incluido él, pensaban que se trataba de otra persona, pues en el pueblo había ganaderos con fincas más extensas y con más cabezas de ganado. Además, nosotros siempre cumplíamos con la respectiva cuota extorsiva que cobraban los paramilitares.

Una mañana, a mediados de febrero, mi mamá se levantó a las cinco de la mañana. Se dirigió a la cocina para preparar café y luego fue a la sala, todavía en penumbras. Entonces, de sopetón, observó una sombra en la ventana, como de una persona. Trató de ver quién era. Al acercarse, la sombra desapareció y ella sintió un estropicio, como si se hubieran quebrado todos los adornos de la sala. Encendió los bombillos, pero no había nada roto. Todo estaba en su puesto. Mi mamá quedó petrificada del susto. Cuando llegó tío Varo, ella le contó lo que había sucedido. Él le sugirió que tuviera cuidado, que no le abriera la puerta a cualquier persona.

—Ahora hay mucho bandido. Uno nunca sabe —le advirtió a mi mamá.

Aquello era un presagio. Yo también sentía el pálpito de la muerte desde hacía semanas. Sabía que alguien cercano se iba a morir y lloraba anticipadamente. El presentimiento me desvelaba. Sentía una presión en el pecho.

Todos los días, antes de irse para la finca, tío Varo llegaba a tomar café a mi casa. Aquel viernes, 18 de febrero de 2005, atravesó el portón del garaje y entró en la cocina a las seis de la mañana. Se tomó un café caliente y recogió los recipientes para moldear los quesos que preparaban en la finca. Vestía camisa azul de manga corta, pantalón café y zapatos de color vinotinto. No andaba de buen humor y arrancó con apuro para la finca. Armandito, el hijo mayor, de veintinueve años, lo acompañaba. Tío Varo olvidó avisarle a mi tío Chino, uno de sus hermanos, quien lo estaba esperando para acompañarlo.

El camino que conduce a la finca es una carretera polvorienta, flanqueada por fincas ganaderas donde pastan vacas y terneros y se crían cerdos, gallinas y otras aves de corral. La finca de mi familia está ubicada en la vereda Manantial, a veinte minutos de La Paz. En la región es común pedir autostop. En el trayecto, mi tío Varo recogió a varios trabajadores. Antes de llegar, una pareja y dos niños se apearon para ir a trabajar a campos cercanos. En el campero, otras cinco personas continuaron el recorrido.

El carro transitaba por el lado derecho de la vía, levantando nubes de polvo. Oían en la radio Los cuentos de Pepe, una sección humorística del noticiero de *Radio Guatapurí*. Alrededor de las siete de la mañana se aparecieron, a la vera del camino, dos hombres que batían sus manos como pidiendo un aventón. Mi tío detuvo su viejo Toyota rojo de lona impermeable, pensando que tal vez ellos necesitaban ayuda.

Los hombres lo escrutaron y les pidieron a todos que se identificaran.

—Bájense del carro —les exigieron.

Tío Varo no opuso resistencia. Se bajó del carro con los brazos extendidos hacia arriba.

—Arrodíllese —ordenaron los sicarios y desenfundaron sus armas niqueladas Magnum .357.

A tío Varo le quitaron las llaves del carro y a todos los demás los despojaron de sus celulares.

Él se arrodilló. Pensó que era un atraco y comenzó a orar.

Mi primo Armandito y los otros acompañantes se tumbaron boca abajo al lado izquierdo de la vía.

—Al que levante la cabeza le pegamos un tiro —les sentenciaron.

Uno de los sicarios era moreno. El otro, blanco y de cabello negro. Ambos eran jóvenes.

En segundos, el hombre moreno le disparó a mi tío dos veces en la cabeza. Tío Varo cayó tendido en el suelo. Falleció orando.

Uno de los acompañantes que estaba boca abajo se orinó en los pantalones.

A Armandito le chispearon gotas de sangre. Quedó horripilado.

Los hombres hicieron otro disparo al aire y advirtieron que nadie podía levantarse hasta después de media hora.

Tras el estallido, el ambiente quedó en silencio. Armandito se levantó y corrió sin rumbo, monte adentro, jadeante. Vadeó una acequia. Corrió más o menos dos kilómetros. Se escondió entre los árboles y siguió huyendo, tembloroso, hasta que se refugió en una finca vecina. Al cabo de un rato, se asomó para ver si los hombres seguían por allí y, como no los vio, salió a pedir ayuda.

Un hombre que pasaba en un carro se negó a prestarle el teléfono. Armandito quería avisar. Siguió caminando y poco después logró llamar a la línea de emergencias.

Meño, el menor de los hermanos de tío Varo, también había salido en su camioneta de platón hacia la finca familiar. Ignoraba lo que había sucedido. En el trayecto, encontró el carro de tío Varo, detenido, con las puertas abiertas. Pensó que se trataba de un asalto pues no hacía mucho a él le habían robado otra camioneta. Cuando dirigió la vista hacia abajo, descubrió la escena: tío Varo yacía en el suelo en un charco de sangre. "¿Qué pasó aquí?", se preguntó. Bajó de la camioneta y se precipitó sobre el cuerpo. Un trabajador de la finca consiguió una sábana blanca. Envolvieron el cadáver y lo montaron en el platón de la camioneta.

El sol había empezado a calentar. Meño condujo a toda prisa, a ochenta kilómetros por hora, levantando la polvareda, angustiado. Bajó la velocidad llegando a la casa. Mi mamá estaba barriendo la terraza. Él se quedó mirándola.

—Te voy a dar una mala noticia —anunció el Meño.

—Ve, ¿qué pasó? —le preguntó mi mamá asustada.

—Al Varo lo mataron.

Mi mamá cayó al piso. Ella no sabía que traían el cuerpo de tío Varo en la camioneta. Pensó que aquello era una pesadilla. Cuando se levantó, mi mamá tenía un aspecto fantasmal y la impresión le produjo vómito. Mi tía Martha Cecilia estaba en la sala y escuchó la noticia. Cuando salió a la puerta de la calle, constató la desgracia. Meño metió el carro al garaje y después trasladó el cuerpo al cementerio, a una cuadra de la casa, para que le hicieran la necropsia. Desconcertados por la noticia, mucha gente se acercó a la casa y al cementerio. Había conmoción en el pueblo.

La Policía llegó al lugar de los hechos dos horas después.

A las ocho de la mañana, mi prima Delfina me llamó al celular para darme la noticia. Yo estaba en Barranquilla, a cuatro horas y media de carretera. No creí lo que me dijo y empecé a llamar a todo el mundo. Ni mi mamá ni nadie contestaba el teléfono. Mi primera reacción fue correr al baño para tratar de retirarme el fucsia del pelo que me había teñido días atrás, en plenos carnavales. Comencé a llorar con la ducha abierta.

Martha Patricia, la prima de mi edad (dieciocho años), Anny (de diecinueve) y su mamá Ener llegaron desde Cartagena a Barranquilla, y desde ahí partimos para La Paz junto con otros primos.

"Yo miraba a mi papá en el cajón y no entendía nada porque yo lo veía igual. Él era el ejemplo de nosotros", explica Martha Patricia con los ojos entreverados de llanto.

"Mi papá tenía un temperamento fuerte, pero en el fondo era muy dócil. Era de saber hablarle", recuerda otra de sus hijas, Martha Belisa, de treinta y siete años.

"Él era el hombre de la casa. Con su muerte parece que se hubiese acabado todo", expresa apenada mi mamá.

Todavía recuerdo su expresión de júbilo en tiempos de invierno, cuando anunciaba que en la finca había llovido, como aquella sonrisa que esbozó —y está grabada en un video— cuando bailó conmigo aires de porros en mis quince años. No olvidaré su semblante alegre y simpático.

Nunca supimos por qué lo mataron, pero sí quienes fueron. La orden fue dada por el jefe paramilitar de la zona, alias Miguel Cartagena, y ejecutada por el comandante Leonel. Algunos lugareños de La Paz me dijeron que a tío Varo "lo mataron por sapo, por haber denunciado a los paramilitares y echarles el Ejército", algo que pudo haber surgido de una información errada que llegó a oídos de los criminales.

En todo caso, tío Varo no tenía enemigos. El personero del pueblo, a través de un certificado, declaró que el asesinato había sido por "motivos ideológicos y políticos en el marco del conflicto armado interno".

El crimen aún continúa en la impunidad.

Los sicarios que mataron a tío Varo fueron asesinados meses después en un combate con el Ejército en el que murieron alrededor de quince paramilitares que supuestamente se opusieron a la desmovilización.

En enero de 2019, reconstruyendo la escena, recorrí los últimos pasos de tío Varo y volví a la finca después de veintidós años. El viento me evocó el espíritu altruista de mi tío: su deseo de unidad familiar, su corazón puro, su capacidad de entrega al trabajo, su vocación de servir. En el lugar exacto donde murió grabaron una cruz con la fecha y su nombre: 18 02 05. Armando Zuleta.

Después del asesinato de tío Varo, los paramilitares nos siguieron pidiendo plata y otros dos tíos tuvieron que salir huyendo temporalmente del pueblo porque también los querían matar. En casa de mi madre tuvimos que cambiar de número de teléfono debido a las amenazas. La economía de la familia, y la administración de la finca, se fueron al piso sin las riendas de mi tío.

Cada semestre, cuando terminaban las vacaciones y yo tenía que regresar a estudiar a Barranquilla, mi mamá me llevaba a Valledupar para comprarme las cosas de aseo personal que necesitaba. A finales de julio de 2005, cinco meses después del asesinato de tío Varo, fuimos al almacén

Vivero, en Valledupar, y regresamos al pueblo a las cuatro de la tarde. La puerta de la calle estaba abierta. Una muchacha de catorce años, negra y de cabello ondulado, había entrado en mi habitación y se había escondido detrás de un estante. Yo entré, dejé las cosas y no me percaté de nada. En la noche, mi mamá se acercó al estante para buscar algo. Cuando vio el rastro negro, pegó un grito.

La muchacha estaba agachada, intentando conectar un teléfono fijo que estaba dañado. Llevaba un bolso pequeño y dentro de él, un atomizador. Mi tía Martha Cecilia entró al cuarto y la jaló de un brazo.

—¡Dime! ¿Quién te mandó? ¿Quién te mandó? —le preguntó enfurecida.

La muchacha se puso nerviosa, pero confesó: la habían mandado los paramilitares y el líquido que cargaba dentro de la botella nos lo iba a echar a mi mamá y a mí en la noche. Nunca supimos qué contenía el frasco ni qué fines tuvo aquel asalto. La Policía se la llevó detenida, pero al día siguiente la liberó porque no tenía antecedentes judiciales y era menor de edad.

La desmovilización de los paramilitares, en 2006, no acabó con la criminalidad en la región, aunque el número de asesinatos y masacres descendió sustancialmente. Algunos hombres se rearmaron y conformaron nuevas bandas criminales que siguieron delinquiendo en actividades relacionadas con el contrabando y el tráfico de drogas y armas de fuego.

No obstante, desde antes del fenómeno paramilitar existían estructuras ilegales, como la banda Los Curicheros, comandada por Marquitos Figueroa, al servicio de

Kiko Gómez, que asesinaban gente por encargos, secuestraban, cobraban un impuesto a los contrabandistas de gasolina y controlaban los corredores del Cesar y La Guajira, aunque también operaban en Magdalena y Atlántico.

***

En la universidad me destaqué como estudiante. En febrero de 2007 recibí una carta en la que me incluían en la "Lista del Decano", un reconocimiento que exaltaba a los estudiantes que obtuvieran calificación en el rango de excelencia. Recibí el grado en septiembre, a los veinte años. Cuando me gradué, mi mamá llevaba luto, esta vez por la muerte de tío Varo.

El asesinato de mi papá marcó todos los aspectos de mi vida, incluso mis relaciones de pareja. La temprana partida de tío Varo también perturbó la vida de sus hijos y sus hermanos, en especial la de mi mamá, quien nunca se repuso de esa pérdida.

Cuando presenté mi tesis de grado, escribí esta dedicatoria:

Aunque la insensatez haya silenciado sus voces,
la esencia vive en mí.

Aunque el silencio y la soledad me invadan
desde aquí, me estremezco y los llamo.

Una vez más la fuerza de mi aflicción abre paso
sin dar tregua,

mientras albergo la esperanza, otra vez dudo
no sé si ustedes vuelven o si soy yo quien se va.

Comienzo a encontrarme a mí misma,
tras muchos intentos para desenterrar lo que
hay en mí.

Descubro y aprendo de los que vienen y se van,
de ustedes, mis razones de búsqueda,
quienes observan e interiorizan las distintas
realidades que se reflejan:
la de nosotros los vivos.

A mi padre y mi tío… a quienes el tiempo tomó
por sorpresa

DIANA

17

En La Guajira, morir o vivir era decisión de Juan Francisco Gómez Cerchar, alias Kiko. Nadie se atrevía a denunciarlo. Y quien lo hiciera se consideraba hombre muerto. Él no conciliaba ni enfrentaba con argumentos a su adversario. Él mataba, era su forma de ganar. Los fiscales y jueces —pagados por el Estado— estaban a su servicio, así como los altos mandos del Ejército y la Policía.

En 1991, Kiko Gómez estuvo preso en la cárcel Modelo de Barranquilla porque le encontraron ocho gramos de cocaína y varias armas sin salvoconducto. Pero a los tres meses fue liberado. Uno de sus hombres —capturado con él— se echó la culpa y se quedó pagando la condena en el penal.

Para aquella época, Gómez, nacido en 1958, ya estaba casado con Bibiana Bacci García. Tuvo tres hijos en ese matrimonio y dos más fuera de él. Fue concejal en 1992 y alcalde de Barrancas en los periodos 1995-1997 y 2001-2003, con el aval del Partido Liberal. Cuando terminaba cada mandato, escogía siempre un sucesor de su agrado. Él estaba tras bambalinas. En todo el pueblo lo veneraban y lisonjeaban.

Su esposa también llegó a ocupar cargos públicos. La mujer aspiró como tercer renglón en el Senado (1998-2002) en la lista de Miguel Villazón Quintero y Pepe Gnecco y después fue elegida diputada a la Asamblea de La Guajira en 2007.

La influencia de Kiko Gómez se fue expandiendo por todo el departamento y la región. Como alcalde llegó a bautizar, con su mismo nombre, un barrio de setenta casas para pobres, ubicado en la cabecera municipal.

Gómez comenzó a amasar su fortuna con "la marimba", negocio en el que estuvo involucrado hasta finales de los ochenta. Después se lucró de actividades ilícitas como extorsiones a contrabandistas de gasolina venezolana y de las comisiones que cobraba de los embarques de cocaína que salían desde la Alta Guajira. También se enriqueció con la contratación del municipio y las cuantiosas regalías que dejaba la explotación de carbón a cielo abierto.

Si él le daba un contrato a alguien, exigía comisiones. Durante sus años de gobierno no hizo ninguna inversión y hoy Barrancas es un pueblo arruinado, donde ni siquiera hay un buen alumbrado público por lo que sus calles permanecen oscuras. Tampoco hay agua potable, ni relleno sanitario, ni universidad, ni mercado. Lo único para mostrar es la vieja iglesia de la plaza.

La enrejada casa de Kiko Gómez se reconoce porque está ubicada en la entrada principal de Barrancas. Tiene más de dos mil metros e incluye un búnker subterráneo con el fin de almacenar armas y servir de escondite en caso de necesitarlo. La entrada al búnker se hace a través de un librero corredizo de madera que hay en la oficina. Detrás de este hay unas escaleras que conducen al escondite subterráneo. Allí hay una cama matrimonial, un cuarto de baño, un televisor empotrado en la pared y dos mesas de noche.

En la casa de Gómez vivió un escuadrón de paramilitares a finales de los años noventa y principios del 2000. Él salía públicamente con cuatro o cinco hombres que portaban armas largas que ni siquiera tenían el cuidado de ocultar. Varios de ellos también vivieron detrás de una casa suya, cruzaban la tapia de una casa a la otra usando una escalera.

En la finca La Querencia, de propiedad suya, cercana al pueblo, también vivió un ejército de paramilitares sin que nadie tuviera el valor de delatarlo. ¿Cómo denunciar y confiar en la ley si la ley estaba con él? ¿Si la ley era él?

El valor de sus bienes —entre los que están a su nombre y los que tiene a través de testaferros— asciende a veinticinco mil millones de pesos.

Sin vergüenza, él alquilaba la sala de eventos del Hotel Iparú, de mi papá, para sus celebraciones. También era habitual que fuera como invitado a matrimonios, quince años y fiestas amenizadas con conjuntos vallenatos. Los cantantes solían mencionarlo y rendirle tributo.

En el tercer piso del hotel llegó a hospedarse un grupo de paramilitares —comandados por Kiko Gómez— durante varios meses. Eran los encargados de hacer la eufemística "limpieza social" que acabó con tantas vidas. Salían de noche a matar y después regresaban a dormir. Ninguna autoridad los detenía. En el tercer piso, donde se alojaban, levantaron una reja y una puerta para que nadie pudiera pasar.

A finales de los noventa, cuando Gómez Cerchar alojaba a los paramilitares, ya era socio de su primo y reconocido paramilitar Jorge Gnecco, oriundo del Cesar, y de Rodrigo Tovar Pupo, alias Jorge 40. Estos dos sujetos tuvieron diferencias y, en consecuencia, en 2001 Jorge 40 ordenó el asesinato de Gnecco.

Luego de este crimen, Kiko Gómez hizo alianza con Marcos Figueroa, alias Marquitos, primo de su esposa Bibiana Bacci. Marquitos era el jefe de sicarios de una banda criminal que operaba en toda La Guajira y Cesar. No obstante, en La Guajira han operado otros grupos criminales también socios de él, como Los Joacos, que poco a poco se fueron diluyendo, y hubo otros políticos poderosos dedicados a los negocios de contrabando como Samuel Santander Lopesierra, también conocido como El hombre Marlboro (extraditado en 2007 a Estados Unidos y condenado a veinticinco años de prisión por tráfico de drogas); Mario Cotes y Luis Ángel González (asesinados).

Físicamente, Kiko Gómez es un hombre adiposo, moreno, narizón, de cabello negro y semiondulado. Él penetraba la alta sociedad de La Guajira y el Cesar haciéndose pasar por ganadero y político cuando en realidad su principal actividad era el crimen. "Él se jactaba diciendo 'yo nada más tengo que alzar un teléfono', haciendo referencia a su poder. Él acabó con este pueblo", recuerda un habitante de Barrancas.

Marquitos nació en 1963, no mide más de 1.65 centímetros de estatura y es delgado. Vivía escondido entre

153

Venezuela —donde tenía otra identidad— y las rancherías indígenas de La Guajira, además de pernoctar algunas veces en Fonseca y Conejo. Algunos lo apodaban El invisible porque pocas veces se dejaba ver, aunque todos le temían. Manejaba un grupo aproximado de ciento cincuenta sicarios que mataban, secuestraban, traficaban gasolina, cobraban extorsiones de droga, robaban carros y ganado.

Para evadir a las autoridades, Marquitos se disfrazaba con mantas wayú, y las despistaba pasando como mujer. Su grupo criminal tenía a disposición más de cuarenta carros, colombianos y venezolanos, en los que salían a cometer delitos. Los vehículos venezolanos eran robados y transportados a Colombia, y eran usados para matar. Después los incineraban. Era fanático de los fusiles AK 47 y las pistolas semiautomáticas Glock. Estuvo preso en Santa Marta en 1998 por homicidio. Pero pocos meses después, protagonizó una espectacular fuga, en la que mandó derribar las paredes de la prisión con una volqueta desde afuera y se escapó con tres reos más.

Marquitos se enfrentó al jefe paramilitar Jorge 40. Cada uno juró matar al otro. Jorge 40 envió sicarios a Venezuela para matarlo, a comienzos de la década del 2000. Astuto, Marquitos identificaba a los posibles asesinos, los capturaba y asesinaba. Entonces, llamaba a Jorge 40 y le decía: "Aquí tengo a fulano de tal. ¿Cómo quieres que te lo mande, en una bolsa, en cajón o lo desaparezco?". Eso desataba la furia y las amenazas del paramilitar. Pero Marquitos nunca se amilanó.

Era uno de los capos del contrabando de combustible, actividad que se extendía desde La Guajira hasta La Paz

(Cesar), donde la economía prácticamente se basaba en ese negocio ilegal. Caravanas de vehículos cargados de gasolina pasaban diariamente por las carreteras. A los carros les quitaban las sillas y los atestaban de bidones llenos de combustible.

El negocio era rentable —aunque debían pagarles a los agentes de policía en cada retén— porque en Venezuela la gasolina es subsidiada y el cambio de moneda favorecía el negocio. Con el dinero que en Colombia bastaba para comprar un chicle (trescientos pesos), en Venezuela se cargaba a tope el tanque de un carro, una diferencia abismal que era aprovechada por los contrabandistas.

Un hombre, generalmente en moto o en vehículo, se ocupaba de sobornar a la Policía para que dejaran pasar los carros sin inspeccionarlos. Esa actividad era conocida como "el mosqueo". En cada puesto de control, "la mosca" pagaba entre 100.000 y 150.000 pesos (cuarenta dólares) por cada vehículo y, cuando el soborno estaba listo, llamaba al contrabandista para que pasara tranquilamente.

Los bidones —conocidos en la región como pimpinas— se llenaban en Uribia, Maicao o en La Porciosa (Alta Guajira) y luego eran trasladados hacia el sur de La Guajira. La policía no luchaba contra el contrabando, era parte de él.

Los conductores de viejos Renault 18 que no habían acordado antes el respectivo soborno, aceleraban cuando pasaban por los badenes en los puestos de control. La alta velocidad de aquellos carros ocasionó accidentes mortales. Muchos contrabandistas murieron incinerados dentro de los vehículos. A esto le llamaban "Las caravanas de la muerte".

En La Paz también llegaron a quemarse casas donde se almacenaba la gasolina. Los clientes viajaban, desde Valledupar y otros pueblos cercanos, a comprar el combustible porque el precio era ostensiblemente más bajo. Hasta 2015, el contrabando de gasolina era la principal actividad económica del municipio, superaba la ganadería y el comercio informal.

Algunos contrabandistas, cuando llevaban los bidones vacíos en busca de abastecerse, aprovechaban para transportar marihuana y cocaína hasta Montelara, frontera con Venezuela. Allí la vendían y se devolvían con el combustible. Así, el negocio resultaba todavía más rentable.

***

Después de la muerte de mi papá, la mamá de Kiko no volvió a pisar la casa de mi abuela Gala, pese a que eran amigas. Ninguno de la familia de él fue capaz de desmentir que había mandado asesinar a mi papá. Mi abuela sufría en silencio mientras veía crecer el poderío avasallante del homicida.

Kiko mandaba matar a la vista de todos y después iba a los velorios y cargaba en andas los ataúdes, como lo hizo en el sepelio de mi papá. También mandaba chivo, queso y café para que repartieran en la casa del muerto. Él trataba de quedar bien con las familias de las víctimas, pero ellas se daban cuenta y hacían los comentarios en voz baja.

En la masacre de Barrancas, ocurrida el 24 de febrero de 1999, asesinaron a cinco campesinos dedicados a sembrar tomate. Los maniataron, golpearon y después les dispararon con armas largas. Gómez colaboró con los gastos funerarios y fue a la velación. Lo mismo hizo en otra masacre ocurrida en Lagunita, corregimiento de Barrancas, en junio de 2000. En la matanza asesinaron a nueve campesinos. Él llegó a regalar los ataúdes, no obstante ser uno de los coautores del crimen.

En la plaza principal de Barrancas, en julio de 2001, ocurrió otro asesinato múltiple contra tres hombres y una señora que iba pasando por el lugar en ese momento. Como era su hábito también se presentó a dar el pésame a las familias de las víctimas.

Aquella costumbre dejaba asombrado y consternado al pueblo: matar a la víctima y luego ir a dar el pésame a los deudos.

También solía ser solidario con la gente. Regalaba mercados y medicamentos a quien lo necesitara, una estratagema para ganar incautos. En época de elecciones, aquellos "buenos actos" se multiplicaban.

Cuando asistía a los velorios de sus propias víctimas, Kiko Gómez se presentaba con unas gafas oscuras. Lo hizo en el de mi papá y en el de Henry Ustáriz, esposo de Yandra Brito, alcaldesa de Barrancas, en el periodo 2004-2007. Inicialmente apoyada por Kiko, fue una de las poquísimas personas que se atrevió a enfrentarlo con carácter y osadía. O tal vez dudaba de que las amenazas pudieran concretarse.

Yandra Brito, odontóloga de profesión, fue secretaria de Salud durante el mandato de Kiko Gómez. Después renunció para lanzarse a la Alcaldía. Tras ganar las elecciones en 2003, su antiguo jefe comenzó a exigirle que sustrajera para él altas sumas de dinero, derivadas de los contratos del municipio. Le advirtió a su esposo y a ella que, si no le garantizaba el dinero de las regalías, mataría a alguno de los dos "pero que con esa no se quedaba". Las pretensiones no bajaban de cuatrocientos millones de pesos (unos 150.000 dólares).

Las exigencias variaban: desde nombrar a su candidato para ocupar la dirección de Corpoguajira, autoridad ambiental de la región, hasta aportar dinero (200.000 dólares) a la campaña de Bibiana Bacci, aspirante a la Asamblea Departamental, además de las comisiones de los contratos municipales. Yandra, sin embargo, se negó a cumplir las pretensiones políticas y económicas. Él le reclamaba porque la había apoyado en su aspiración al primer cargo del municipio y, por ende, tenía que someterse a sus peticiones.

Lo que sí hizo la alcaldesa fue nombrar, como directora del hospital de Barrancas, a María Yolety Ucrós Gómez, la sobrina de él. La decisión la tomó presionada y por amenazas que le hizo un grupo de paramilitares que llegó hasta su casa. Él puso el hospital a su servicio. "Es de segundo nivel, pero parece un puesto de salud", señalaba Yandra en una de sus denuncias.

Kiko Gómez siguió mandándole razones para que ella pusiera a su disposición todo el capital del municipio. Yandra Brito rechazaba tales proposiciones.

"Ustedes me la deben y me la van a pagar", le advirtió Gómez a Henry Ustáriz, esposo de Yandra, a principios de marzo de 2008.

El 2 de abril de ese mismo año, a las diez de la mañana, Henry fue asesinado cuando se movilizaba por la carretera que conduce de Fonseca a Barrancas. Un vehículo Ford Explorer interceptó el carro del esposo de Yandra, cuando pasaba diagonal al motel Hawái, de propiedad de mi papá. De inmediato, cuatro hombres cubiertos con medias veladas negras dispararon con fusiles de combate AK-47, una de las armas más letales del mundo. Su escolta Wilfredo Fonseca y otro de los hombres intentaron repeler el ataque, pero sus armas eran de menor alcance. Henry y Wilfredo murieron de inmediato.

Cerca de la escena del crimen, frente a la finca de Kiko Gómez, había un retén militar. Inexplicablemente, ese día lo retiraron antes del asesinato. Horas después, el vehículo en el que se movilizaron los sicarios fue encontrado incinerado y abandonado en la carretera.

Al día siguiente, Kiko Gómez y Marquitos Figueroa llegaron a casa de la víctima en un Toyota blindado. Marquitos descendió del vehículo y se quedó en la puerta. Kiko ingresó a la casa del velorio. Lucía gafas negras y estaba vestido con camisa café y pantalón caqui. Atravesó la sala, repartió condolencias y siguió de largo hacia un quiosco de machimbre levantado en el patio, donde se habían congregado algunos alcaldes y exmandatarios de la región. Conversaba con ellos cuando Yandra apareció con el mayor de sus hijos, de solo diez años. El niño lloraba desconsoladamente recostado a ella. Yandra lo miró y le preguntó:

—Kiko, ¿por qué me mataron a Henry?

—Eso fue la guerrilla —repuso él y le acarició la cabeza al niño.

Kiko Gómez se apartó y fue a darle el pésame a la mamá de Henry.

Yandra se dirigió al niño. Él irguió la cabeza y la miró.

—No se te olvide esa cara. Él fue quien mandó matar a tu papá —le dijo señalándolo.

Esa misma tarde, Gómez Cerchar cargó el ataúd donde iban los restos de Henry Ustáriz. Pero esta vez no entró a la iglesia. Permaneció al lado, en la casa de la cultura, y sudaba en exceso. Cuando acabó la misa, se acercó a la puerta y se ofreció a cargar el cajón. Caminó con él hasta que el cortejo pasó cerca del único banco del pueblo, a una cuadra y media de la iglesia. Después lo entregó a otra persona.

En la noche, Erlin Cortés, uno de los escoltas de Kiko Gómez, contactó a Yandra para pedirle que se vieran en un sitio privado porque le confesaría cómo habían planeado el asesinato de Henry. Él había sido testigo de las reuniones que se dieron en el patio de la casa de Kiko con los sicarios. No obstante, según el relato, Cortés no sabía que la víctima iba a ser el esposo de ella.

Erlin le reveló de dónde habían traído los fusiles, quiénes eran los sicarios y dónde vivían. Mencionó que un sargento del Ejército había colaborado y que el crimen había sido dirigido por Marquitos Figueroa.

Yandra no le tenía miedo a Kiko y prometió ante el ataúd de su esposo que movería cielo y tierra para que se hiciera justicia. Comenzó a formular denuncias ante la Fiscalía de Fonseca, a diez minutos de Barrancas, y, en vista de que no prosperaban, se mudó a Valledupar y volvió a denunciarlo allí.

A Kiko se le veía parrandear con funcionarios judiciales que engavetaban los expedientes en su contra. Dos de ellos fueron Rafael Martínez y Alcides Pimienta, ante quien Yandra Brito elevó la petición para que investigaran el asesinato de su esposo. Alcides Pimienta trabajaba en Fonseca, como fiscal, pero más se demoraba un ciudadano en instaurar una denuncia que él en avisarle a los denunciados.

"Él era el fiscal de la organización; era el que le tiraba todos los datos a la organización. Kiko Gómez le regaló una Fortuner (camioneta Toyota)", me confesó José Carlos García, testigo de la Fiscalía.

Yandra también denunció a la directora de Fiscalía de La Guajira, Claudia Lozano, quien terminó siendo destituida por falsificar certificaciones de estudios con las que logró tener varios cargos judiciales sin ni siquiera ser abogada.

Fue así como Kiko Gómez se enteró de que Yandra Brito estaba poniendo al corriente a las autoridades judiciales sobre lo que había sucedido con su esposo. Le mandó un emisario, Juan Carlos León Solano, alcalde de Barrancas desde enero de 2008, sucesor de Yandra. El mandatario le llevó la razón: "Kiko mató a su esposo y le manda a decir que, si quiere ejercer venganza, tendrá que buscar los sicarios en Medellín o Cali, porque los de la costa todos son de él". Al hermano de Yandra, Saúl Javier Brito, Kiko Gómez también le confirmó que sí había matado a Henry. "Y si vuelvo a nacer, lo vuelvo a matar", le dijo a Saúl.

Ante la falta de garantías en la región, Yandra elevó denuncias al presidente de la república, al procurador, al defensor del pueblo, al comandante del Ejército, a la Policía, a la Comisión Interamericana de Derechos Humanos y al entonces fiscal general de la nación, Mario Iguarán.

En 2009, la Fiscalía principal, ubicada en Bogotá, recibió varios anónimos en los que se detallaba su prontuario criminal. El asesinato de mi papá era uno de los primeros de la lista. Lo señalaban también del asesinato y desaparición de Marlene Brito Cerchar, prima de él. Marlene supuestamente robó una droga al mismo Kiko y hoy se desconoce dónde está sepultada. En los anónimos figuraban los asesinatos del periodista Wilson Martínez, del deportista Alexander Redondo, de Wiston Araujo, funcionario de la Procuraduría de Riohacha que investigó las irregularidades cuando Gómez fue alcalde de Barrancas; el asesinato de Víctor Figueroa, para quedarse con sus tierras de las cuales hoy es propietario. También denunciaba que las personas desaparecidas estaban sepultadas en las casas de Gómez y la que quedaba atrás de la suya, donde vivieron los paramilitares. Solicitaba que investigaran a los fiscales en La Guajira por entorpecer y abstenerse de investigar los crímenes.

"La Guajira pareciera no pertenecer a esta patria, sino abandonada a su propia suerte. A él lo llaman 'El carnicero de la península' debido a que toma los tintos en los novenarios de sus víctimas", reseñaba uno de los anónimos. Estos dieron origen a una investigación inocua a cargo de la Unidad Nacional contra el Terrorismo de la Fiscalía en la que se ordenaba indagar por varios de los asesinatos, entre ellos el de mi papá.

La influencia de Kiko llegaba a todas las fiscalías de la

región. El investigador de Bogotá Franey Campos se contactó con Alexander Arzuaga, funcionario de la Fiscalía seccional de Riohacha. Le preguntó qué conocía sobre los hechos mencionados en los anónimos y le dejó claro que necesitaba la mayor discreción posible. Arzuaga se comprometió a investigar y a buscar testimonios.

En 2010, Franey recibió una llamada de Alexander. "Le tengo una fuente", le anunció. Le pasó al teléfono a Kiko Gómez, quien dijo "estar presto para solucionar cualquier cosa, mirar qué se estaba investigando y limpiar mi nombre", y que lo podía recibir en Barrancas. En ningún momento Franey le pidió a Alexander que le ayudara a ubicar a Kiko Gómez. La idea era averiguar información en contra de él, no buscarlo.

En una de las tantas declaraciones que dio a la Fiscalía, Yandra Brito reveló que Kiko Gómez también había mandado asesinar a mi papá.

"Su familia (López Peralta) está muy atemorizada. Prefieren callar y aguantar las fechorías que comete este señor. No son capaces de denunciar ante las autoridades porque les da miedo que les pase algo", testimonió ante una fiscal en Valledupar, el 7 de marzo de 2011.

La declaración de Yandra Brito sería crucial para que desarchivaran el expediente del asesinato de mi papá.

18

El fiscal de Santa Marta, Germán Neira, también había decidido archivar, sin ninguna justificación, la investigación que se adelantaba por el crimen de Henry Ustáriz en 2011. Teniendo en cuenta el poder que Kiko Gómez ejercía sobre la justicia en la región, Yandra Brito solicitó que el proceso fuera trasladado a Bogotá.

Las amenazas contra ella y su familia no cesaban. Un día, Gómez mandó llamar a Saúl Javier, hermano de Yandra para decirle que "si no cerraba la boca era porque quería que siguiera el derramamiento de sangre en su familia".

En aquel año, Kiko Gómez se postuló a la Gobernación de La Guajira con el aval del partido político Cambio Radical. Su contendor era el reconocido médico ginecólogo Bladimiro Cuello, quien había sido diputado de la Asamblea Departamental y congresista. En síntesis, alternaba la política con el ejercicio de la medicina.

Kiko no apareció en ninguno de los debates que organizaron los canales televisivos locales. Tampoco participó en discusiones y mesas redondas organizadas en los municipios. No era capaz de debatir con argumentos. Su proceder era el plomo y la plata, que le alcanzó para inundar de publicidad toda La Guajira.

En Barrancas tampoco se presentó al debate que organizaron en el Colegio Pablo Sexto. En ese municipio, donde había sido alcalde dos veces, no había ninguna obra para mostrar. Solo déficit en salud, infraestructura, educación.

El día del debate, Bladimiro pidió que se hiciera por línea telefónica, en vista de que supuestamente Kiko Gómez no había podido llegar. Así, los asistentes podrían escuchar por los altoparlantes a ambos candidatos. Entonces, los partidarios de Kiko, que estaban armados, se enfurecieron y comenzaron a echar tiros al aire. Bladimiro Cuello tuvo que salir corriendo.

A continuación, a él le comenzaron a llegar amenazas en las que básicamente le decían que Kiko Gómez tenía todas las armas para ganar la Gobernación, que se cuidara porque iba a ser víctima de un atentado. En un principio no se preocupó porque tenía protección del Ejército y la Policía.

La Corporación Nuevo Arco Iris, una organización no gubernamental (ONG), en cabeza de los investigadores León Valencia, Ariel Ávila y Claudia López publicó un informe sobre los candidatos con mayor riesgo electoral. Entre los temas especiales que estudiaba e investigaba la ONG estaban paz, seguridad y posconflicto. Había 127 aspirantes con vínculos con actores armados ilegales, como era el caso de Gómez Cerchar. La matriz hacía un compendio de sus antecedentes judiciales y alianzas criminales.

La investigación tomó más fuerza cuando, en plena campaña, asesinaron en Riohacha a tres personas, entre ellas, a Dilger Becerra, un asesor del Ministerio de Transporte, que tenía vínculos ilegales con la banda de Los Rastrojos. El triple crimen, ocurrido en agosto, fue ejecutado por el propio Marquitos Figueroa y su banda criminal. El vehículo en el que se movilizaban las víctimas recibió más de cien disparos, y el que utilizaron los asesinos, fue encontrado incinerado, igual que en el caso de Henry Ustáriz.

Ninguno de los gobernadores de La Guajira había hecho obras por el departamento. La clase política enquistada en el poder terminó involucrada en decenas de procesos judiciales por robarse los recursos.

Los investigadores de la Corporación Nuevo Arco Iris en La Guajira fueron amenazados y renunciaron. De ahí en adelante no pudieron volver a tener investigadores locales. Ávila, López y Valencia salieron a dar declaraciones en los medios nacionales y publicaron otros dos informes. Ahí, por primera vez, se escuchó el nombre de Kiko Gómez en el resto del país.

"Yo pensaba: este tipo había matado a varios contradictores políticos. Tiene cooptada la Fiscalía y la Policía, y va por la Gobernación. Es el rey de la economía ilegal. Si se queda con la Gobernación, se queda con todo", reflexiona hoy Claudia López.

Claudia fue una de las investigadoras que destapó el escándalo de la parapolítica, en 2006. La investigación revelaba que más de sesenta políticos (la mayoría, cercanos al presidente Álvaro Uribe) se habían financiado y aliado con los paramilitares. Esos políticos firmaron un acuerdo con las AUC para tomarse el poder, como en efecto, lo hicieron.

Los investigadores de Nuevo Arco Iris se reunieron con los directores de los partidos políticos que habían avalado candidatos que tenían vínculos con grupos ilegales y les advirtieron del grave riesgo que correrían si les mantenían el aval.

"Nosotros les dijimos, hay candidatos a los que el narcotráfico los financia. Aquí Kiko es el narco y el paramilitar. Es como si Pablo Escobar hubiera sido el alcalde de Medellín. Él es el que maneja la ilegalidad y tiene un ejército de sicarios", le advirtió Claudia López a Germán Vargas Lleras, entonces ministro del Interior y militante del partido Cambio Radical.

Un día, Vargas Lleras le propuso a Claudia López y a León Valencia escuchar la versión de Kiko Gómez.

—¿Ustedes por qué no se reúnen con Kiko?

—Nosotros no tenemos que reunirnos con la gente que investigamos. ¿Para qué, para que nos cuenten su historia de vida y nos digan que son unos ángeles? —le respondió Claudia a Vargas Lleras.

Por su parte, Kiko Gómez negaba todo vínculo ilegal con paramilitares. Siempre se refería a él mismo en tercera persona, como si estuviera hablando de otro sujeto.

Carlos Fernando Galán, entonces aspirante a la Alcaldía de Bogotá y militante de Cambio Radical, tomó la dirección del partido en agosto de 2011, en medio de los cuestionamientos que se le hacían a esa agrupación política por haber otorgado avales a varios candidatos con vínculos ilegales. La imagen y credibilidad del partido estaban por el piso.

Galán solicitó información a Inteligencia y al Ministerio

del Interior, y ratificó que había una investigación abierta contra Kiko Gómez por alianzas con grupos paramilitares. Se reunió con varios directivos del partido en Barranquilla. Él recuerda lo que un directivo municipal guajiro le dijo aquel día:

—A usted le mataron a su papá, ¿cierto?

—Sí, ¿pero eso qué tiene que ver? —le preguntó al hombre.

—Pues, si usted fuera guajiro tendría diez muertos encima. Juzgar a Kiko Gómez por eso es absurdo. En Bogotá no entienden cómo funciona La Guajira —le dijo como justificación del accionar criminal.

—Pues no, no estoy de acuerdo —le respondió tajante Galán. Se paró de la silla y abandonó la reunión.

Carlos Fernando Galán, entonces de treinta y cuatro años, también había sido víctima de la violencia. Su padre y candidato presidencial Luis Carlos Galán fue asesinado en 1989 por orden de Pablo Escobar. Ofuscado e indignado con lo que acababa de oír en la reunión, decidió quitarle el aval a Kiko Gómez y solicitar al Consejo Nacional Electoral (CNE) revocar la inscripción. El CNE, en una decisión insólita, decidió mantenerla argumentando que la solicitud era extemporánea. El Consejo de Estado negó una demanda en contra de la elección. Kiko Gómez celebró el fallo que lo favorecería a él antes de que fuera votado y publicado.

La campaña por la Gobernación de La Guajira siguió su curso. En una manifestación en Riohacha, el nueve de octubre de 2011, Kiko Gómez resultó herido de un disparo en la pierna izquierda. Según una investigación de la

Fiscalía, los autores del atentado habían sido miembros de la banda Los Rastrojos, dedicada al narcotráfico. La causa del mismo era supuestamente el robo de un cargamento de cocaína por parte de Kiko Gómez. El candidato, sin embargo, atribuyó el hecho a su contradictor y rival Bladimiro Cuello y lo aprovechó para incrementar su popularidad.

El 30 de octubre, Kiko Gómez ganó las elecciones con 126.000 votos, muchos de los cuales fueron comprados hasta por un millón de pesos (536 dólares). Esta suma cubría el paquete regional completo, es decir, Gobernación, Alcaldía, Asamblea y Concejo.

***

En 2012, en La Guajira comenzó a circular una lista de las siguientes personas que serían asesinadas. La primera era Yandra Brito y a ella le seguían el excandidato a la gobernación Bladimiro Cuello y una amiga de Yandra, la comerciante Martha Dinora Hernández, más conocida como La Chachi Hernández.

Kiko Gómez había citado a La Chachi a una reunión con el fin de enviarle un mensaje a Yandra Brito: "él sí había matado a su esposo Henry Ustáriz, pero si ella (Yandra) seguía denunciándolo, la iba a matar". La reunión se dio en Hatonuevo, cerca de Barrancas, en 2009.

La Chachi le llevó la razón a su amiga Yandra, pero esta no se amilanó. Por el contrario, puso una denuncia en la Fiscalía y mencionó a La Chachi como testigo de aquellas amenazas. La Chachi le sugirió que "dejara eso así" por sus hijos.

169

Gómez se enteró de la denuncia de Yandra y citó nuevamente a La Chachi en Barranquilla para supuestamente tener "una conversación de paz". El intermediario de esta reunión fue José 'El Ñeñe' Hernández, quien le pidió a La Chachi que fuera sola, sin escoltas. A ella la custodiaban dos soldados del Ejército.

La reunión se celebró en el apartamento de El Ñeñe Hernández. La Chachi encontró a Kiko tomando tragos. Estaba sentado a la mesa del comedor con una pistola a la que le daba vueltas y había varios hombres armados. Sin dejar de girar la pistola, miró a La Chachi y comenzó a insultarla. No la bajó de "puta". Y le advirtió: "te voy a matar, a Yandra y a ti".

La Chachi salió del apartamento y nunca más volvió a reunirse con Kiko Gómez. No obstante, las amenazas telefónicas continuaron.

Bladimiro Cuello denunció ante las autoridades aquella lista de posibles asesinados. Pero él pensaba que las amenazas no tenían mayor sentido. La campaña política ya había pasado y Kiko Gómez era el gobernador. Sin embargo, no tenía razones para tranquilizarse. Aparte del tiroteo del que había salido ileso en el Colegio Pablo Sexto, a Cuello le habían quemado su finca Nicolandia, ubicada en Fonseca, en agosto del año anterior, cuando estaban en plena campaña política. Hombres desconocidos, fuertemente armados, destruyeron el quiosco, la piscina, los tanques de suministros de agua y parte de la casa.

Por otro lado, las denuncias de Yandra Brito no se materializaban en capturas ni en ninguna investigación a fondo, pese a que ella había informado sobre cuáles eran los móviles del crimen y había dado las pistas para que apresaran a los sicarios. A ella nadie le prestaba atención, ni siquiera los medios locales, que también le temían a Kiko Gómez. Mientras tanto, le seguían llegando amenazas. En una de las llamadas le decían: "cierre la boca que usted sabe cómo mueren los sapos".

En medio de esa situación, un funcionario judicial de Valledupar le recomendó a Yandra que contactara a Gonzalo Guillén, un reconocido periodista en Bogotá. Ella había leído una investigación que él había hecho y quería proponerle que hiciera lo mismo con Kiko Gómez. Consiguió su número telefónico, lo llamó a comienzos de julio de aquel 2012 y le contó la situación de amenazas por denunciar el asesinato de su esposo. Le pidió que la ayudara porque no quería que sus dos niños quedaran huérfanos de padre y madre.

Gonzalo Guillén nunca había oído mencionar a Gómez Cerchar. Él es un periodista avezado que descubrió cómo los hermanos paramilitares del entonces procurador general de la nación, Edgardo Maya Villazón, se apropiaron a sangre y fuego del departamento del Cesar. Su libro *La caída del imperio Maya* sirvió como prueba para enjuiciar a los hermanos. Sus investigaciones periodísticas se centraban principalmente en corrupción, narcotráfico y mafias, y había trabajado en varios medios de comunicación, entre esos *El Nuevo Herald*, de Miami.

Gonzalo le recomendó que hiciera la denuncia ante el presidente Juan Manuel Santos y ante todas las instancias posibles diciendo lo que había sucedido para que le dieran protección y esta se convirtiera en un mecanismo disuasivo para impedir que la asesinaran. Ella le envió por correo postal las denuncias que había hecho en vano. Él quedó tranquilo pues pensó que la había ayudado a ponerse a salvo.

Yandra no dormía. Se había enfermado los últimos meses. No obstante, pensó que aquellas amenazas no se concretarían pues siendo gobernador, él iba a quedar en evidencia.

Kiko Gómez cumple el 15 de agosto. Con sus compinches y servidores bebía tragos al son del vallenato en Barrancas. Uno de los invitados a la reunión recuerda lo que el exalcalde Juan Carlos León le preguntó:

—Compadre, ¿qué quiere de cumpleaños? ¿A Yandra o a Bladimiro?

—Quiero a los dos, pero primero a Yandra porque es la que está jodiendo —le pidió Kiko.

Pocos días después de esta reunión, el 28 de agosto de 2012, Yandra Brito fue asesinada en el barrio Guatapurí de Valledupar. Cuatro sicarios, armados con pistolas Glock, le propinaron ocho tiros. Ya estaba muerta cuando su conductor la llevó a la Clínica Valledupar. Tenía cuarenta y ocho años.

Según el testimonio de José Carlos García, por el asesinato de Yandra Brito se pagaron trescientos millones de pesos.

La señora Nedda Carrillo, mamá de Yandra, la recuerda como una hija conversadora, cariñosa, que siempre estaba pendiente de ella. Era líder en la familia y radical en sus convicciones.

Diez minutos antes de que la mataran, la señora Nedda había hablado por teléfono con ella. La madre estaba en la casa, tranquila. Esa semana viajarían a Bogotá para hacerse unos chequeos médicos. De repente, comenzó a sonar el teléfono.

—Mamá, ¿qué le pasó a Yandra? —le preguntó una de sus hijas.

—Nada, yo acabé de hablar con ella. A ella lo que tenía que pasarle ya le pasó —le respondió la señora Nedda.

Otro de sus hijos la llamó por teléfono:

—Mamá, ¿dónde está Yandra?

La señora Nedda escuchó golpes en el portón. Lo golpeaban con desespero, como si lo quisieran tumbar. Salió apurada a abrirlo. Entonces, sintió el llanto de su hija Diana. Las piernas se le aflojaron y cayó al piso. Su instinto de madre le reveló lo que tanto había temido.

La señora Nedda, de setenta y cinco años, también había denunciado por escrito ante la Fiscalía las amenazas de las que estaba siendo víctima su familia.

"A mi hija me la dejaron matar", sentenció en su casa de Barrancas en una visita que le hice en noviembre de 2018.

Ella todavía tiene luto. "Más nunca me lo vuelvo a quitar", dice entre lágrimas.

Al ver que había comenzado la matanza anunciada, Bladimiro Cuello se fue de La Guajira y se refugió en Bogotá, pero allá también llegaron buscándolo. Entonces, decidió exiliarse.

Casi tres meses después, el 19 de noviembre de aquel año, asesinaron con tres tiros a La Chachi Hernández, en Santa Marta. Estaba en su almacén, ubicado en un semisótano, en El Rodadero. Le sonó el celular y salió a la calle a contestarlo, pues dentro del local la señal era intermitente. Los sicarios estaban en el restaurante del frente, donde habían pasado todo el día tomando café y gaseosa, a la espera de que la víctima saliera. Los hombres se acercaron y le dispararon con silenciador. Herida, corrió, pero la remataron delante de dos de sus hijas, cuando intentaba refugiarse en el local.

La Chachi también tenía cuarenta y ocho años. Dejó seis hijos que se vieron forzados a exiliarse después del asesinato. A los cuatro días de su muerte, la señora Francisca Sierra, mamá de La Chachi, recibió una llamada en la madrugada. Sierra, de ochenta y seis años, es una matrona del clan wayú de la Alta Guajira. Para esta etnia las mujeres son sagradas e intocables. En la llamada se escuchaba música a alto volumen y se reían a carcajadas. "Como pongas una denuncia en contra de Kiko Gómez, también vas a morir", le dijeron. Luego supo que la llamada salió desde una ranchería en la vereda de Curiche, donde festejaban el asesinato de su hija.

"Yo creí que siendo gobernador era incapaz de matarla, pero nada valió. Quince días antes de la muerte, yo me encontré con Kiko y me abrazó, me besó y me dijo 'tía'. Él es como el oso, abraza para matar", me dijo la señora Francisca.

El periodista Gonzalo Guillén no volvió a tener noticias de Yandra. Un día, llamó al funcionario judicial que los había puesto en contacto a ambos.

—Oiga, ¿usted sabe algo de la señora que me llamó la otra vez, que la iba a matar el gobernador de La Guajira? —le preguntó Gonzalo.

—Kiko Gómez ya la asesinó —le respondió el amigo.

A Gonzalo la noticia lo dejó atribulado. Empezó a investigar y recabar información sobre Juan Francisco Gómez.

Viajó a La Guajira en varias oportunidades y se entrevistó con Francisca Sierra, Mamá Franca, quien lo llevó a visitar la tumba de su hija, La Chachi Hernández, y varios cementerios wayú donde estaban otras víctimas, mandadas asesinar por Kiko Gómez. Le presentó a varios parientes de las víctimas, muchos de las cuales desconfiaron de la presencia del periodista. "Se sentían aterrorizados", dijo Gonzalo de regreso de uno de esos viajes.

Documentó la investigación y contextualizó el prontuario criminal de Juan Francisco Gómez. En marzo de 2013, a través de una carta, Gonzalo le exigió a la Fiscalía iniciar de manera inmediata una investigación sobre los asesinatos de Yandra Brito y La Chachi Hernández. En el memorial, de veinticinco páginas, adjuntaba pruebas, denuncias y una lista de más de 131 homicidios de la banda criminal comandada por el mismo gobernador.

19

Mis tacones repicaban sobre las agrietadas losas de concreto. Las manos estaban encogidas por el viento gélido que soplaba con fuerza. Me frotaba una mano contra la otra para apaciguar el frío y caminaba a pasos apresurados, inmersa en la muchedumbre que se movía por la carrera trece, en el barrio Chapinero de Bogotá.

Transitaba en medio del humo, las sirenas y el chirrido trepidante de buses destartalados en la turbulenta ciudad. Sentía temor de que me robaran en ese lugar al que recién había llegado. Era agosto de 2008. Por dentro, la tristeza me roía desde hacía algunos meses. El cielo era de un gris plomizo y una ligera lluvia caía sobre las calles. Edificios de ladrillo pintados de grafitis improvisados, losas mugrientas, tiendas amontonadas, mercancía diversa, vendedores ambulantes que voceaban empanadas fritas. Mis lágrimas se confundían con las gotas de lluvia. Me detuve en uno de los tenderetes y compré una sombrilla.

Había dejado atrás mi vida de estudiante en Barranquilla. Luego de trabajar en un proyecto universitario, ahora me enfrentaba a una ciudad que vibraba con ímpetu y que siempre estaba nublada y sombría. Alquilé un cuarto en un edificio que se levantaba en la calle 55 con 13. Fuera la calle era sucia y en el vecindario había mendigos, expendedores de droga y mariachis a la espera de que los contrataran para una serenata. Pero la soledad que sentía, se expandía allende la vida misma.

Llegué a los veintiún años. Había conseguido un empleo cuyo sueldo alcanzaba para vivir y ayudar a mi mamá. Dejé Barranquilla y un amor que me trastocó, que me hizo doler el alma porque me traicionó. Lejos de la costa y de mi familia aún zumbaba el vacío que había dejado la muerte de mi padre. Salía a fiestas, tomaba tragos, conocía amigos, me divertía. La confusión iba por dentro.

Un año después de haber llegado, me quedé repentinamente sin trabajo. La entidad que me había contratado fue liquidada y despidió a todo el mundo. Salía temprano a repartir hojas de vida. Le encargaba a amigos y conocidos que me avisaran si se enteraban de alguna vacante. En agosto de 2009, comencé a estudiar una especialización en la Universidad Javeriana y, dado que ya no podía pagar un arriendo, tuve que mudarme adonde unos primos, en un barrio anclado en la montaña.

Más allá de la búsqueda infructuosa de trabajo, había una búsqueda interior, de forjar mi carácter, de enfrentar los miedos con los que había crecido. Mi ánimo estaba crispado y opacado porque todas las puertas se me habían cerrado. "Te falta experiencia", me decían en todas partes.

Me hundí en la depresión. Lloraba día y noche. Me quería morir. No tendía mi cama. La mesa de noche estaba abarrotada de libros que no leía. Me limitaba a leer los textos de clase. No dormía. Pasaba muchas horas sin comer.

Mi vida estaba detenida, tambaleante, poco a poco se inclinaba hacia un abismo. No encontraba ningún sentido. *Si no encontraba trabajo era porque no era buena. Para qué estudié esto*, me reprochaba.

Decidí consultar aquel trance por el que pasaba con una psicóloga de la universidad. Ella me sugirió ir al psiquiatra. Entonces, en menos de un par de meses, me hallé tomando ocho pastillas diarias para la ansiedad y la depresión. Para dormir, para estar tranquila, para que las ideas suicidas no siguieran atormentándome.

Yo no nací fuerte. Yo era la chica más débil del mundo y me ha tocado resistir a la fuerza. Con el tiempo uno se da cuenta de que la fuerza viene de adentro, no de lo que ocurre alrededor ni de la gente.

Entonces, logré hacer algunos trabajos, unos por día, otros por encargo. A finales de 2010 recibí el grado de especialización y en 2011 conseguí un empleo en una entidad pública.

***

Había buscado al hombre que mató a mi padre en uno de los tantos eventos que tuve que cubrir en diciembre de 2011. Él era el nuevo gobernador electo de La Guajira y todos los mandatarios locales y regionales debían hacer un seminario, como requisito para posesionarse.

Asistieron más de mil personas. Lo buscaba entre el tumulto de la Casa de Nariño, la residencia oficial del presidente, donde se desarrollaba el evento. Tenía en la cabeza la imagen de Kiko Gómez. Salía en los medios. Conocidos cercanos le rendían pleitesía. Posaban con él en fotos que aparecían en las redes sociales. Pero nunca pude toparmelo, encontrármelo de frente, en aquellos días de diciembre.

Por eso, cuando en 2013 me dispuse a enfrentarlo, tenía la cara tensa y el cuerpo tembloroso. Mientras lo buscaba, en medio del gentío de funcionarios, ya había una investigación contra él que estaba en etapa preliminar. Él lo sabía, pero confiaba en que no iba a avanzar. Si durante los últimos veinte años no había pasado nada, ¿por qué iba a pasar ahora?

***

La Fiscalía le respondió al periodista Gonzalo Guillén aquella angustiosa carta que le envió en marzo en la que pedía que investigaran los crímenes impunes cometidos contra Yandra Brito y La Chachi Hernández, asesinadas el año anterior. Guillén venía haciendo un trabajo de campo riguroso que pretendía plasmar en un documental. Pero antes debía denunciar a Kiko Gómez.

Al ser gobernador, y por consiguiente tener un fuero especial, la investigación debió pasar a los fiscales delegados ante la Corte Suprema de Justicia, órgano especial que investiga funcionarios aforados, como ministros y personal del cuerpo diplomático.

Desde 2008, y aun después de la muerte de Yandra, las investigaciones nunca avanzaron. La familia Brito denunció con insistencia. Muchos testigos de las amenazas contra Yandra fueron citados a declarar por los fiscales corruptos de La Guajira, pero en las audiencias negaban tener conocimiento de los hechos.

La Fiscalía no había hecho nada distinto que encubrir a Kiko Gómez. En el pueblo ya pocos se acordaban de mi papá y de sus buenas obras. Ahora, adoraban al victimario. Los que habían sido amigos de mi padre se volvieron aliados de Kiko, por miedo, plata, o indignidad.

En todos los procesos por homicidio los fiscales de La Guajira se inhibían de investigar a Gómez o precluían los procesos sin ninguna razón de fondo pese a la gravedad de los señalamientos. La preclusión era más grave porque significaba que ya entonces el caso era cosa juzgada y para reabrirlo se necesitaba la revisión de un juez.

En Bogotá, el fiscal general dispuso que la Fiscalía Once, delegada ante la Corte Suprema de Justicia, se encargara de continuar la investigación. Una funcionaria viajó a La Guajira a buscar varios de los expedientes. Se le erizaron los vellos cuando vio el aviso que enmarcaban aquellos procesos: "Archivado por pacto de no agresión". *"¿Cómo se archiva, bajo convenio, una investigación de un delito tan grave como homicidio?"*, se preguntaba. Ahí empezó a entender la dimensión del personaje que comenzaba a investigar.

"Uno no puede ir por ahí, preguntando por un proceso así, tan campante", me dijo una fiscal de Valledupar cuando pregunté en la Unidad de Justicia y Paz por las declaraciones que los paramilitares habían rendido en el proceso de justicia transicional. Yo quería saber si alguno de ellos había confesado la muerte de mi padre.

En el norte de Colombia decir la verdad suele ser tan grave como matar.

A Julio Ospino Gutiérrez, fiscal once delegado ante la Corte Suprema de Justicia, le asignaron el proceso. Había sido juez de Instrucción Criminal, fiscal, procurador ante el Tribunal de Cundinamarca y magistrado del Tribunal Superior de Bogotá. Como delegado ante la Corte investigaba a prominentes funcionarios involucrados en corrupción. Su competencia abarcaba todo tipo de delitos contra la administración pública: celebración indebida de contratos, tráfico de influencias, abuso de autoridad, enriquecimiento ilícito, malversación de fondos, soborno, etc.

En sus años de ejercicio, la investigación más grave que le había tocado asumir fue la alianza forjada entre políticos y paramilitares para que pudieran llegar a la Cámara como representantes o al Senado. Julio Ospino había logrado proferir condena contra varios de los políticos cuando era procurador delegado ante la Corte. A ellos se les juzgaba por concierto para delinquir, pero pocos eran los casos en los que se les incriminaba por ser determinadores directos de los asesinatos.

El caso que ahora le había llegado era distinto: una impresionante estela de horror que nunca antes había investigado. Ospino recibió el expediente en el que se detallaban decenas de muertes y le llamó la atención la de mi papá porque había sido concejal y porque el patrón que se evidenciaba en todos los crímenes era eliminar al adversario.

El fiscal Ospino estaba acostumbrado a realizar investigaciones de contratos ilícitos. Su labor era básicamente buscar la documentación, contrastar y verificar que se hubieran hecho los estudios previos y que, además, la obra se hubiera realizado, sin incurrir en sobrecostos. Si no hallaba ninguna documentación que permitiera corroborar cómo se había adjudicado el contrato, ello significaba que lo habían suscrito a dedo.

Pero en el caso que le atañía no había estudios, tampoco informes ni constancias de ninguna índole. Los testigos de los crímenes eran amigos de Kiko Gómez. Todo el mundo estaba muerto de miedo. En marzo de 2013, el fiscal citó a rendir una declaración de versión libre a Kiko Gómez. Él fue indignado. Dijo que no era aliado de los paramilitares sino un humilde campesino, víctima de grupos armados.

"A Luis López lo conocí porque es mi paisano. No tengo nada que ver con esa muerte. Fuimos buenos amigos y no tuve ningún tipo de problemas con él", declaró entonces. Pocos días después de entregar este testimonio, solicitó a la Fiscalía que se inhibiera de seguirlo investigando. Obviamente, el fiscal no accedió y avanzó en las pesquisas: ordenó más de cien pruebas entre inspecciones a procesos, declaraciones de desmovilizados de las Autodefensas y testimonios de víctimas. El proceso de mi papá ni siquiera aparecía en las fiscalías de La Guajira.

Cuando los investigadores viajaban a La Guajira a tomar las declaraciones, algunos testigos esperaban afuera de la Fiscalía de Riohacha, mostrando la cacha del revólver por fuera del pantalón. La actitud de muchos testigos era agresiva y hostil.

—Es que los 'cachacos'[7] quieren venirnos a joder. Que se vayan y nos dejen aquí con nuestro cuento —prorrumpían con rabia los declarantes afines a Kiko Gómez.

Los investigadores tenían que lidiar con la actitud cultural de sometimiento al crimen, que era legítimamente aceptada por algunos guajiros. Los funcionarios corrieron algunos riesgos y fueron intimidados con persecuciones y tomas de fotografías. En la Gobernación y en las fiscalías, los empleados tampoco colaboraban. Les tomaban del pelo, ocultaban la documentación, obstaculizaban la investigación.

Una de las declaraciones más valiosas —porque fue juramentada— fue la de Yandra Brito. Mucho antes de que la mataran, ella fue enfática y directa en un testimonio que por fortuna quedó grabado: dijo que Kiko Gómez había mandado matar a mi papá. Yandra hizo varias declaraciones ante distintas fiscalías.

Eran tantos los asesinatos que se mencionaban en los anónimos que el fiscal Ospino tuvo que decidir —de acuerdo con las pruebas recaudadas— de cuál de ellos iba a ocuparse y así trazar una línea de investigación.

En Colombia existen dos leyes de procedimiento para investigar crímenes de esta naturaleza. Conforme a la Ley 906 de 2004, la legislación de procedimiento penal por la cual se rige la investigación de los delitos que han ocurrido desde 2005 en adelante, Ospino compulsó copias a la misma Fiscalía para que investigara los asesinatos de Yandra,

---

7. Denominación atribuida por los habitantes de la zona norte de Colombia para referirse a la gente del centro del país.

su esposo Henry Ustáriz y el escolta Wilfredo Fonseca. Martha Lucía Zamora, fiscal jefe delegada ante la Corte, asumió este caso.

Por su parte, los casos que Ospino asumió se llevarían bajo la Ley 600 de 2000, por ser estos más antiguos. Bajo esta norma, el fiscal está facultado para ordenar todo tipo de pruebas, sin recurrir a un juez. El funcionario investiga y acusa únicamente sometido a la Constitución y la Ley.

Mientras en la Ley 906 de 2004, el mayor número de pruebas se recaudan durante el juicio oral, en la Ley 600 casi todo es por escrito. Si en esta última las pruebas pueden recogerse durante la etapa de investigación antes de que el acusado sea llevado a juicio, pero siempre y cuando hayan sido obtenidas legalmente; en la Ley 906 de 2004 solo son tenidas en cuenta aquellas que se presentan durante las audiencias orales.

Yo no entendía muy bien aquellas diferencias, tan normales en la legislación penal colombiana, pero sí presentía que el camino para llevar a juicio a Kiko Gómez sería largo y peligroso.

20

El 5 de mayo de 2013, la revista *Semana* publicó una portada aterradora. La imagen de Kiko Gómez —visiblemente airado— aparecía acompañada de este titular: *Un gobernador de miedo.* Era domingo. Yo me había levantado a las seis y media de la mañana a trabajar, pues en pocos días me harían una cirugía y tenía que dejar listos los artículos del periódico institucional de la entidad en la que trabajaba. Acostumbraba a leer noticias antes de comenzar. Me senté en el borde de la cama, con el computador portátil sobre las piernas. Cuando abrí *Semana.com*, no podía creerlo. Transpiraba de los nervios, aun cuando hacía frío.

"En la cultura guajira no se mata a las mujeres. Eso, al menos, era la tradición. Y por eso, el departamento está aterrado con el reciente asesinato de dos mujeres reconocidas de la región (...) Pero lo más aterrador es que, en ambos casos, se señala como autor intelectual a Juan Francisco Gómez, más conocido como Kiko Gómez, el actual gobernador de La Guajira", comenzaba el artículo de *Semana*.

Más abajo, en otro de los apartes, decía: "En ese departamento recuerdan con nombre propio a los que han tenido la valentía o la osadía de enfrentarlo. El primero, el concejal Luis López Peralta (…) aspiraba a la Alcaldía para el periodo que comenzaba en 1998. El 22 de febrero de 1997, dos hombres entraron a su oficina en un hotel de la ciudad y lo acribillaron". Comenzó a crecer mi estupefacción.

La actividad criminal de Gómez Cerchar se rumoraba en toda La Guajira. No obstante, después de la polémica del aval para ser gobernador, nadie se había atrevido a empañar su nombre en los medios. Cuando acabé de leer, abrí Twitter, la red social. Entonces, publiqué varios tuits mencionando el artículo y le respondí un mensaje a Vladdo, el famoso caricaturista de *Semana*: "Kiko Gómez mató a mi papá", le dije sin meditar lo que ello podía suscitar.

Al cabo, Vladdo me envió un mensaje privado: "Tengo un amigo que está haciendo una completa investigación sobre el tema y quisiera que te pusieras en contacto con él". Le di mi número.

Como a la media hora me timbró el teléfono. Yo iba subiendo las escaleras del apartamento donde vivía. Paré en el rellano. Era el periodista Gonzalo Guillén. El nombre me era familiar. Conocía su documental sobre *Operación Jaque*, un trabajo que demostraba que la liberación de quince personas —entre ellas la excandidata presidencial Íngrid Betancourt— no había sido el éxito de inteligencia militar pregonado por el expresidente Álvaro Uribe, sino una negociación secreta con los secuestradores. El documental había producido una fuerte reacción en la opinión pública. Desde ese tiempo, yo seguía a Gonzalo en Twitter.

En la llamada le conté que Kiko Gómez había matado a

mi papá hacía dieciséis años, que el crimen estaba en la impunidad y que no le podía decir nada más por teléfono. Nos citamos para el día siguiente a las siete de la noche.

El lunes 6 de mayo me mantuve en vilo todo el día. Habíamos acordado la reunión en el café Juan Valdez de la calle 73 con novena. Yo llevaba una blusa gris de manga larga y cuello alto, una gabardina y unas botas negras. El viento me helaba la cara. El café estaba repleto de mesas con parasoles individuales. La luz era tenue. Acudí puntual a la cita. "Ya llegué", le escribí en un mensaje. Gonzalo apareció unos minutos después.

Él ya era un periodista curtido en denunciar redes criminales, mafias, paramilitares, guerrillas. Había escrito diez libros y trabajado en grandes medios. Conocía cómo funcionaba el país. Había denunciado al propio expresidente Álvaro Uribe por sus vínculos con narcotraficantes. Nada lo intimidaba.

Lo saludé. Pedimos café y nos sentamos a una de las mesas metálicas al aire libre. Gonzalo, un tipo circunspecto, canoso, de bigote ceniza, ligeramente encorvado, alto y de vestir atildado, no sonreía con facilidad. No se extendía en los diálogos, decía frases cortas.

Tomé un sorbo de café y me incliné hacia adelante, con cierto nerviosismo. Le conté lo que sabía sobre el asesinato de mi papá, advirtiéndole que Kiko Gómez era muy poderoso y asesinaba a todo el que considerara un obstáculo para sus propósitos. Él me explicó que, a raíz de su denuncia, había tenido que declarar en la Fiscalía.

Me preguntó qué información tenía de Marquitos Figueroa, el brazo armado de Kiko Gómez, y le dije que no sabía nada de él, excepto lo que todo el mundo comentaba. Me contó que estaba investigando las relaciones de Marquitos con los carteles mexicanos de droga. "La Guajira ya no es Colombia: es 'Narcolandia'", concluyó Gonzalo.

Él me generó confianza, tal vez porque no era de esa zona conforme y arrodillada ante el hampa en la que yo había crecido.

"Me dolió mucho, me pareció muy triste la resignación con la que me contaste que Kiko Gómez había matado a tu papá. Una cosa ya sin esperanza y sin justicia", rememora Gonzalo de aquel primer encuentro. "Puede ser el caso más peligroso en el que yo me haya metido como periodista", añade.

Le dije que me daba miedo involucrarme en la investigación, que mi familia nunca había querido denunciarlo, pero que jamás me repuse del dolor que me había dejado la muerte de mi papá. Yo quería que se hiciera justicia.

—Mira —dijo mirándome fijamente a los ojos— el gran poder de los corruptos y los asesinos no está en las ametralladoras ni en el dinero que tienen. El gran poder es el miedo que inspiran. Se encargan de que todo el mundo les tenga terror y con eso viven tranquilos. Cuando alguien no les tiene miedo es la perdición para cualquier asesino o corrupto —concluyó.

Aquella lección de estoicismo nunca la he olvidado. Me ha ayudado a sobrevivir al espanto y la cobardía. Desde ahí empezó a crecer una clara admiración mía hacia él.

Le di la mano en señal de despedida y acordamos que volveríamos a encontrarnos, para colaborar en la búsqueda de testigos. Le advertí que se cuidara y él me señaló a dos escoltas que lo esperaban debajo de las escalinatas.

Esa noche casi no dormí, no sé si por el café o por los nervios.

***

En La Guajira se produjo una gran conmoción por el artículo de *Semana*. Los partidarios de Kiko Gómez trataron de comprar todas las revistas para impedir que circularan, tarea que fue imposible porque todo el mundo tenía acceso a la publicación por internet. Él había viajado a Aruba ese mismo domingo 5 de mayo para supuestamente firmar un convenio de cooperación. Prometió que, al regresar del viaje, respondería a lo que llamó "ataques infames" en su contra.

El 9 de mayo, los seguidores de Gómez Cerchar —vestidos de camisetas y gorras naranja, como el color de su campaña política— se apostaron en el aeropuerto Almirante Padilla, de Riohacha, para recibirlo y demostrarle su apoyo. Desde las nueve y media de la mañana, llegaron cerca de treinta buses de todos los pueblos para darle la bienvenida y rechazar la publicación de *Semana*.

El vuelo llegó al mediodía. Cuando él salió de la terminal, miles de personas lo esperaban con pancartas y banderas, gritando arengas. "La Guajira es territorio KG", "Qué viva Juan Francisco Gómez, nuestro gobernador", "Kiko Gómez, hombre de paz", se leía en las pancartas. La multitud apiñada lo vitoreaba con fervor, como si el que acabara de llegar fuera un rey. Del aeropuerto se desplegó una caravana de más de cien carros que recorrió las principales vías de Riohacha hasta llegar a la Gobernación. La ciudad se paralizó. Otros caminaron, enarbolando las pancartas con orgullo.

Kiko Gómez subió al balcón del segundo piso de la Gobernación, tomó el micrófono y se dirigió a la turbamulta: "A los que fueron derrotados, les pido que me dejen trabajar", entonó con indignación. Él quiso desviar la publicación diciendo que esta había sido auspiciada por sus contendores en las elecciones. "Persecución política", la típica frase que utilizan los políticos cuando se ven entre la espada y la pared.

***

Mi hermana Andrea, entonces de veintiséis años, me previno sobre los tuits que yo había puesto el domingo. "En Barrancas están comentando que una hija de Luis López se había puesto a hablar en Twitter", me dijo. Decidí borrarlos.

Mi operación fue aquel 9 de mayo. En la cirugía me "corrigieron" la nariz y me cortaron la úvula. Debido al desvío del tabique y el agrandamiento de los cornetes me costaba respirar. La intervención fue exitosa, pero debía reposar y no hacer ninguna fuerza durante diez días.

Lejos del lugar de mi convalecencia, Andrea estaba sentada en el andén de la casa de los vecinos, en Barrancas. Ella tenía sobre las piernas la billetera y el celular, un

Blackberry, y degustaba un boli[8], mientras conversaba con los vecinos. El viento de las ramas de un viejo árbol refrescaba el ambiente. Eran como las siete de la noche. De repente, dos hombres jóvenes, con gorras, cruzaron la calle y subieron al sardinel donde ella estaba sentada. Uno de ellos sacó un arma —una Mini Uzi— y le apuntó en la sien. Un vecino se levantó y salió corriendo, entonces el otro hombre armado se fue hacia donde él para impedir que fuera a hacer algo contra ellos. Un tercer muchacho permanecía en la esquina, hablando por teléfono.

El hombre moreno y delgado arrastró a Andrea hacia la calle. No le decía ni le pedía nada, solo le apuntaba con el arma en la cabeza. A ella se le cayeron el teléfono y la billetera.

—No me vayas a matar, por favor, no me vayas a matar. Yo estoy muy joven —le imploró con angustia.

Cuando sintió el forcejeo, Elismabeth, la madre de Andrea, salió a la calle en su silla de ruedas. Había quedado parapléjica años antes a raíz de un accidente automovilístico. Entonces, le jaló la camisa al sicario, en señal de ruego para que no mataran a su hija, mientras el hombre seguía apuntando al cuerpo de Andrea.

Enseguida, mi hermano Jorge corrió a buscar una escopeta que tenía guardada y salió por el otro lado de la casa,

8. Jugo de fruta congelado que se envuelve en una bolsa plástico en forma alargada y sellada. En otros países es conocido también como chupichupi, raspaíto, helado de bolsita, charamusca, saborín, bambino, etc.

que conduce hacia la avenida principal de Barrancas. Quería sorprender a los sicarios para que soltaran a Andrea.

—Pendiente, que va a salir por el otro lado —advirtió uno de los sicarios.

La casa de mi hermana tenía dos entradas paralelas, una principal y otra por el garaje. Los sicarios estaban por el lado del garaje y Jorge salió por la principal, del lado de la sala. Los hombres habían estudiado esa casa, sabían que tenía dos accesos.

Soltaron a Andrea y corrieron. En la esquina, se quitaron una camisa y se dejaron otra que llevaban debajo. Jorge comenzó a perseguirlos con la escopeta en la mano. La zozobra era doble. Elismabeth gritaba con desespero. Jorge no se atrevió a disparar porque podía herir a cualquier vecino. Finalmente, los hombres se perdieron en el monte y Jorge se devolvió para la casa.

Evidentemente, no fue un atraco porque a Andrea no le exigieron que entregara nada y, pese a que estaba con otros vecinos, solo la intimidaron a ella. Incluso, tenía dinero en la billetera, pero no se la robaron. Lo que no encontró fue el celular.

"Las dos cosas peores que me han pasado en la vida es ver caer a mi papá muerto y ver a mi mamá en silla de ruedas rogándole a un *man* para que no me matara", me dice ahora Andrea al reflexionar sobre aquella noche.

La Policía de Barrancas llegó a la casa y le preguntó si algo raro había motivado aquella amenaza. Ella le dijo que el nombre de mi papá lo habían mencionado en la reciente publicación de la revista *Semana* y Kiko Gómez estaba siendo sindicado por su muerte.

—No digas eso, mejor quédate callada —la reprendió el policía.

Ella instauró una denuncia en Fonseca, pero nunca prosperó.

El sicario que le apuntó con la Mini Uzi se robó el Blackberry y, pocos días después, empezó a usar el Messenger, una aplicación propia que funcionaba a través de un código pin. El hombre cambió la foto de perfil por una de él y publicó su nombre real. Andrea hizo un seguimiento a través del pin y se dio cuenta de que él lo estaba usando. Entró a Facebook y husmeó el perfil.

El hombre posaba en sus fotos con fusiles y otras armas de fuego. Era de Puerto Berrío, Antioquia, pero vivía en Riohacha. Ella entregó la información a la Fiscalía, pero, como era de esperar, no pasó nada.

A medianoche de ese 9 de mayo, Andrea me escribió por Twitter contándome lo que había pasado. Yo vi el mensaje al día siguiente. Me sentía culpable, pero me parecía increíble que por unos tuits hubieran estado a punto de matarla. De hecho, si hubieran querido, nada les habría impedido hacerlo. El objetivo no era otro que intimidar a la familia.

Como consecuencia de aquel episodio, cambié mi nombre de usuario en Twitter.

Yo, en sí, no le tenía miedo a Kiko Gómez. Temía más a la reacción de mi familia cuando se enterara de mi decidida búsqueda por la verdad. Me daba miedo que atentaran contra ella. No era miedo a él: era miedo a la muerte.

Sin embargo, mi temor se fue diluyendo con el tiempo. Podía tener miedo, pero no me dejaría acobardar. Aun así, yo tenía que ser valiente.

21

Estaba sentada sobre la alfombra y recostada al borde de la cama. Tenía el teléfono en la mano. Por la ventana se filtraba una luz opaca, vespertina. El apartamento en el que vivía en Bogotá era frío y oscuro. Acababa de hacer varias llamadas a mis parientes y me sentía derrotada. Sin embargo, no podía sacarme de la cabeza que ahora existía una oportunidad para que se hiciera justicia por el asesinato de mi papá, aunque los consejos de mi familia resultaban desalentadores.

"No te metas en esa investigación, porque si a Yandra, que tenía plata, la mataron, contigo acaban más rápido", me decían cuando intentaba indagar sobre el asesinato de mi papá.

"Deja que Dios se encargue, si no quieres tener remordimiento. Entiende: Kiko Gómez elimina a las personas que le estorban hasta por un chisme", me decía otro familiar.

"Tú eliges entre vivir o morir, y si quieres vivir tienes que callar", me insistía una de mis hermanas.

Siempre he sido supremamente insegura, pero la búsqueda de la verdad sobre el asesinato de mi papá me volvió más ansiosa. Quería saberlo todo. Al rato tiré el teléfono, me encogí y apoyé los brazos sobre las piernas.

Las víctimas querían ver a Kiko Gómez preso y condenado, pero sin tener que declarar contra él. Si las mismas víctimas —escocidas por haber perdido a sus familiares— eran incapaces de rebelarse, ¿qué se esperaba de los demás testigos?

Tenía a toda mi familia en contra. Me sentía sola en esta lucha que apenas comenzaba. La fiscalía debía investigar contra la voluntad de las mismas víctimas, porque nadie era capaz de señalar que él había ordenado la muerte de mi papá.

Kiko Gómez causaba tanto pavor entre la gente del pueblo que nadie se atrevía a mencionarlo con nombre propio. Todos temían que él los estuviera escuchando. Lo creían dueño hasta de las conversaciones telefónicas. De hecho, no había necesidad de recibir ninguna amenaza. Su existencia, en sí misma, era una amenaza. Todos conocían el destino que habían tenido quienes lo habían denunciado y nadie quería "meterse en problemas", un eufemismo que simplemente significaba: "No quiero hablar, porque no quiero que me maten".

Sin pruebas ni testigos, a la Fiscalía le era muy difícil formular una acusación en su contra. Las víctimas exigían que la justicia investigara y actuara, pero tampoco colaboraban para esclarecer los asesinatos. Y era un miedo fundado: él era gobernador de La Guajira y tenía un ejército privado a su servicio.

Mi hermana Andrea siguió muerta de miedo después de la amenaza que le habían hecho en la puerta de su casa.

"A la próxima me matan", pensaba. Ella y yo habíamos sido —más que hermanas de padre— muy buenas amigas. Teníamos exactamente la misma edad —veintiséis años—, pasábamos vacaciones en La Paz, hablábamos largas horas por teléfono. Nos queríamos. No había secretos entre las dos. No obstante, después de la situación que se presentó a principios de mayo de 2013, y de mi insistencia para que ella declarara ante la Fiscalía, comenzamos a distanciarnos.

"Estoy segura de que mi papá quiere que dejemos eso quieto por nuestro bien", argumentaba Andrea.

Yo había decidido no rendirme. Y parte de la justicia, incluía también escudriñar todo sobre la vida criminal del asesino.

***

La red social Twitter se convirtió en el medio de denuncia de Gonzalo Guillén. El periodista publicaba información sobre Kiko Gómez, Marquitos Figueroa y varios hombres de su grupo delincuencial. Guillén, un año después, denunciaría en un artículo, uno a uno, los 131 asesinatos en los que estaba involucrado Gómez Cerchar. Eso desató la furia del criminal.

Una semana después de la amenaza a mi hermana, la Unidad Nacional de Protección[9] reveló un plan para matar al periodista Guillén y a los investigadores Ariel Ávila y

9. Entidad estatal que brinda el servicio de seguridad y escolta a personas en situación de riesgo como defensores de derechos humanos, periodistas, miembros del gobierno, magistrados, etc.

León Valencia, que habían denunciado a Kiko Gómez cuando era candidato a la gobernación. Gómez pensaba que ellos estaban detrás de la publicación de la revista *Semana* en la que se le calificaba como "Un gobernador de miedo".

Ávila, además de la investigación que había hecho para la Corporación Nuevo Arco Iris sobre los candidatos que tenían vínculos con la mafia, había publicado en 2012 el libro *La frontera caliente entre Venezuela y Colombia*, en el que se mencionaba el ejército privado de Marquitos Figueroa.

Varios sicarios —contratados para dar muerte a los tres investigadores— habían llegado a Bogotá para cumplir el plan. Matarían al primero de los tres que se descuidara. Una de las formas que habían planeado era ingresar una moto bomba que simularía la entrega de un pedido a domicilio en alguno de los edificios donde vivían, que ya tenían ubicados. Si el plan no funcionaba, tirarían granadas. Entre las armas que los sicarios iban a utilizar se mencionaban pistolas que traspasaban los blindajes de los vehículos que el Estado les había asignado a los investigadores y al periodista Guillén.

Aquello no era una amenaza: era una sentencia de muerte. El plan, entonces, fue denunciado en todos los medios. Ávila, Valencia y Guillén debieron salir del país. Mi familia se sintió en ese momento con más razones para insistir en que yo desistiera de seguir preguntando:

—¿Te das cuenta? Eso no es un juego —me prevenían—. Al menos, Gonzalo tiene escolta, pero tú no tienes dónde caerte muerta —agregaban aterrorizados.

Mi familia creía que mi decisión de buscar la verdad era retadora e ingenua. Yo no sentía que lo que estaba haciendo fuera una gran proeza. Era lo que me correspondía como hija. Estaba sola, pero aquellos argumentos no me convencían. Llegaron a decir "que mi papá había sido asesinado por hablar de más, que él tenía la culpa". Era absurdo.

Debía tomar una decisión. Cavilaba día y noche. Buscaba alguna señal onírica, algo a qué aferrarme.

***

La ayuda de Gonzalo Guillén fue fundamental para esclarecer varios de los delitos que se estaban investigando. Él fue testigo de ambos procesos: en el de Yandra Brito y su esposo, y en el de concierto para delinquir y homicidios.

Kiko Gómez, por su parte, buscó amigos cercanos a Guillén para que le sirvieran de intermediarios y así poder hablar con él para "solucionar las cosas". Un hijo de Gómez Cerchar publicó cartas —pagadas en varios medios— en las que lo invitaba a dialogar. Guillén le respondió, por Twitter, que su problema era con la justicia y la sociedad.

A principios de junio, Gonzalo regresó al país y me pidió que habláramos. Nos reunimos en su casa, en el norte de Bogotá. Me contó que había estado recorriendo La Guajira para recoger información y había empezado a grabar un documental sobre la situación de La Guajira.

—Estás loco, te acaban de amenazar. Eso es ser kamikaze —le dije.

—Yo siempre he pensado que el oficio de periodista es hacer ese tipo de denuncias. Porque para qué un periodista

198

que afirme que todo está bien. Ese periodista no se necesita y eso tampoco es periodismo —me dijo con toda convicción.

Entonces, me explicó que los fiscales habían avanzado en la investigación, pero que era urgente que las víctimas declararan.

—La Fiscalía dice que les ofrece toda la protección que necesiten a quienes quieran hablar. Si nadie habla, todo el esfuerzo se habrá perdido. Todo tiene un límite y si el miedo es superior, será imposible que ese criminal caiga— agregó.

Con frecuencia, Gonzalo debía ausentarse del país, pero nunca perdíamos el contacto. Con su ayuda, yo entregaba información que podía ser útil a los investigadores: números de teléfono, personas a quienes se podía entrevistar...

Sin embargo, los intentos para que mi familia de Barrancas declarara en los procesos resultaban fallidos. Después de todo lo que pasó, me distancié de mi hermana Andrea. No volvimos a tener contacto.

***

Las declaraciones que dieron los paramilitares sirvieron de sustento para investigar a Kiko Gómez. Ellos ya lo habían mencionado como uno de los auspiciadores del paramilitarismo en La Guajira en varias versiones libres recogidas durante el proceso de desmovilización de Justicia y Paz. Los fiscales debían revisar todos esos testimonios con lupa.

La Corte Suprema de Justicia ha reiterado que en las pruebas judiciales —especialmente los testimonios de desmovilizados de grupos armados ilegales— es imposible hallar testigos libres de sospecha, "porque en medio del sentimiento generalizado de miedo o inseguridad que por su naturaleza intrínseca esos hechos provocan, siempre habrá en ellos por lo menos rodeos de interés propio (…) No pueden buscarse en monasterios para exigir de ellos un corazón limpio, como en veces se quisiera, sino en los escenarios del crimen e impregnados de sus defectos, cuando no en las cárceles; y en ese contexto hay que valorarlos"[10].

Los investigadores visitaron las cárceles colombianas donde pagaban condena varios paramilitares, principalmente los que se habían asentado en La Guajira. Ellos contaron cómo era el actuar delictivo de Kiko Gómez pese a que, al mismo tiempo, expresaban temor por su vida. Uno de los testigos, Édgar Ochoa Ballesteros, no quiso declarar, pero dejó claro que Kiko Gómez era una persona peligrosa. "Nosotros cooperamos con él", reconoció a los investigadores.

Por su parte, Danovis López Acosta, uno de los jefes en La Guajira de la banda criminal Los Rastrojos, declaró en julio de 2013: "Kiko Gómez es el comandante político de la organización 'KG' o de Marquitos Figueroa. Utiliza la política como fachada y he escuchado que es el autor intelectual de los asesinatos de todos los políticos de La Guajira. La ley de él es, o está con él o no está con él, o si no, se muere".

10. Corte Suprema de Justicia. Sentencia única instancia del 17 de agosto de 2010. Radicado 26585.

López Acosta fue asesinado en 2017 en Riohacha, La Guajira.

Martha Lucía Zamora había sido procuradora delegada ante la Corte Suprema de Justicia, magistrada de la Sala Penal que investigaba a los parapolíticos y en el momento era jefe de la Fiscalía delegada ante la Corte. Ella asumió, junto con el fiscal Julio Ospino, el caso de Kiko Gómez.

Zamora es una mujer delgada, alta, de expresión afable, pero firme al hablar. Como fiscal le habían encomendado casos difíciles, pero aquel era el más peligroso. Por ello le pusieron escolta. Ella viajó a Estados Unidos, a comienzos de septiembre, para tomar dos declaraciones importantes que corroboraron los vínculos de Kiko Gómez con los paramilitares.

Arnulfo Sánchez, alias Pablo o El señor del desierto, purga una pena por narcotráfico en Estados Unidos. Fue jefe del frente Contrainsurgencia Wayú, del Bloque Norte de las Autodefensas. En tres declaraciones, Sánchez sostuvo que en La Guajira recibió el respaldo abierto de Gómez cuando este era alcalde de Barrancas. Llegó con un grupo de veinticinco hombres armados con fusiles —que se asentaron en la finca de él—, y otros quince "urbanos" más, que eran sicarios que patrullaban en los pueblos. La colaboración que Kiko Gómez le dio a las Autodefensas fue económica y de coordinación con la Policía y con el Ejército del Batallón Rondón (el mismo que en una ocasión le concedió una mención de honor).

"En esa finca nadie nos iba a allanar ni a atacar. Estábamos seguros. El jefe de las Autodefensas de esa época fue Kiko Gómez, eso era público", declaró alias Pablo.

Otro de los testimonios demoledores —ofrecido desde la cárcel Northern Neck, de Warsaw, Virginia— fue el del jefe paramilitar Salvatore Mancuso. En tres oportunidades incriminó a Kiko Gómez como uno de los interesados en llevar las Autodefensas a La Guajira.

El 4 de mayo de 1997, Mancuso, Jorge 40 y otros seis hombres planeaban reunirse en La Guajira con Samuel Santalopesierra —reconocido contrabandista cuyo mote es El hombre Marlboro y está condenado por narcotráfico en Estados Unidos— y Kiko Gómez para conformar un frente paramilitar. En el camino, al pasar por Villanueva, se detuvieron para matar a dos personas. Huyeron, por la ruta hacia Barrancas. En el retén del Batallón Rondón, muy cerca de Barrancas, fueron detenidos por un policía que les hizo la señal de "Pare".

El agente examinó los carros y se dio cuenta de que los hombres llevaban seis subametralladoras, tres pistolas, una granada, un revólver y municiones. Las armas estaban amparadas por una Convivir, una de esas cooperativas de seguridad, con personería jurídica, que fueron el germen del paramilitarismo. Entonces, los hombres fueron retenidos y apresados en el comando de Policía de Barrancas. A la mañana siguiente, los trasladaron a la Fiscalía de San Juan.

Kiko Gómez y el coronel Danilo González —policía y narcoterrorista a la vez— llegaron entonces a abogar por la libertad de los detenidos, según declaración del propio Mancuso, quien al igual que Jorge 40 fue testigo y partícipe de los hechos.

El fiscal que ordenó liberar a los aprehendidos fue Rodrigo Daza Bermúdez, el mismo que archivó el proceso por el asesinato de mi papá. Solo dos de los ocho hombres quedaron presos. El fiscal se abstuvo de investigar los homicidios. Por este hecho, en 2001, Daza Bermúdez fue condenado a cuatro años de prisión por prevaricato por acción y omisión.

Los familiares de las víctimas asesinadas acudieron al personero de Villanueva, José Alberto Pareja, para que el crimen no quedara en la impunidad. El personero se opuso a la decisión del fiscal. En septiembre de ese mismo año fue asesinado y desaparecido.

La declaración de Mancuso sobre estos sucesos fue tomada por la fiscal Martha Lucía Zamora. Ese mismo año, amplió su declaración a través de una videoconferencia, desde la cárcel de Virginia —donde pagaba una condena de quince años por narcotráfico—, y se ratificó en su versión de los hechos.

El único que se negó a declarar fue Jorge 40, máximo jefe de las Autodefensas. Él decidió no colaborar en ningún proceso en Colombia, tras el asesinato de uno de sus hermanos en 2009.

Los investigadores ubicaron a varios paramilitares que habían operado en La Guajira y conocían de los delitos cometidos en esa región. Los fiscales que llevaban el proceso llamaron a muchos de estos hombres a rendir testimonio. Por lo menos una veintena de ellos declaró en contra de Kiko Gómez.

Por primera vez, yo sentía que empezaba a brillar una luz de esperanza y que el asesinato de mi papá no iba a quedar en la oscuridad.

22

—¿Quién me garantiza que usted sí va a investigar y que cuando yo salga de esta oficina no le va a contar a Kiko Gómez? —le pregunté desconfiada al fiscal Julio Ospino.

—¿Y quién me garantiza que usted no es infiltrada de él? —me contestó impertérrito.

El periodista Gonzalo Guillén me había convencido de que hablara personalmente con el fiscal Ospino. Era viernes, a principios de octubre de 2013. Gonzalo me recogió a las dos y media de la tarde en la Escuela Superior de Administración Pública (ESAP) —donde yo trabajaba— para llevarme a la reunión que tendríamos en la Fiscalía.

Estaba nerviosa. Nunca había ido a la Fiscalía ni asistido a ninguna diligencia judicial. Los funcionarios judiciales me causaban recelo, los juzgaba propensos al soborno.

El búnker de la Fiscalía está ubicado en el occidente de Bogotá. Es una portentosa mole de concreto, desprovista de belleza. Tiene el aspecto de una prisión estadounidense de alta seguridad. Para entrar allí hay que pasar por estrictos controles. Están prohibidos los teléfonos móviles, las memorias USB y sus cables de carga. Las grabadoras y los audífonos están vedados.

Gonzalo y yo le entregamos a un guardia nuestros teléfonos y auriculares. Pasamos por los detectores de metales y nos anunciamos en la recepción. Tras cruzar largos pasillos, llegamos al cuarto piso del Bloque F, donde nos esperaba el fiscal.

El despacho era estrecho, reducido, no más de ocho metros cuadrados. Parecía más un cubículo que lo que uno se imaginaría que es la oficina de un fiscal delegado ante la Corte Suprema de Justicia. Sobre el escritorio había un computador de mesa y, la silla del fiscal, con reposabrazos, estaba frente a otras dos más para visitantes. Me senté en la que estaba al lado de la puerta. Detrás de mí había un mueble corredizo repleto de expedientes. Gonzalo y cuatro investigadores se quedaron de pie en el umbral. En el cubículo no cabía nadie más. Frente a mí estaba el fiscal y detrás de él se veía la calle a través de la ventana.

El fiscal Julio Ospino es alto, de piel morena, cabello entrecano y cejas pobladas. Cuando hablaba, siempre en un castellano preciso, su frente se surcaba de pequeñas arrugas. Su acento costeño, pero recatado, me hacía dudar. *Este es otro fiscal que seguro no hará nada*, pensé mirándolo a la cara. Pero pronto cambiaría de idea.

El hombre manejaba un bajo perfil. Reacio a la figuración pública y a dar declaraciones en los medios, su experiencia y habilidad en el derecho penal le habían permitido obtener una marca que ensanchaba su prestigio: nunca había perdido un juicio de las personas a las que había investigado y ordenado captura. Era cuidadoso, ecuánime y previsivo. Estaba seguro de lo que estaba haciendo y de la

205

conversación concluí que en pocos días pensaba apresar a Kiko Gómez.

Suspiré. Me crucé de brazos y seguramente en mi rostro debió dibujarse una expresión de duda. El fiscal estaba estresado. Me explicó que habían recaudado varias pruebas para acusarlo formalmente por homicidio y concierto para delinquir con grupos armados de la delincuencia organizada. No obstante, no lograría nada sin la cooperación y las declaraciones de las familias de las víctimas.

Años después le pregunté al fiscal Ospino qué pensó de mí cuando me vio por primera vez en su oficina:

—Yo pensé: esta muchachita no sabe en qué se está metiendo. Creí que una persona tan joven como tú era fácilmente manipulable. Si en ese momento tú tenías prevenciones, yo también las tenía —me confesó.

Aquella noche, y después de muchos años, soñé con mi papá. Fue tan vívido que sentí su presencia. Me levanté a medianoche agitada, con la garganta seca, empapada de sudor. Sentí punzadas en la cabeza. Me senté en la cama, me sacudí las cobijas y encendí la luz. Tomé el cuaderno de la mesa de noche y escribí:

Octubre cinco. Soñé con mi papá. Esta es una señal. Nada me va a pasar. Voy a aprender a confiar. Buscar la verdad es mi misión en la vida. No me puedo dejar intimidar.

***

El expediente por el homicidio de mi papá apareció empolvado en el pueblo de San Juan del Cesar en octubre de 2013, por los mismos días en que yo conversaba con Ospino. El fiscal ordenó reabrir el caso con la declaración de la difunta Yandra Brito, en la que decía que Kiko Gómez había ordenado la muerte de Luis López Peralta. Como el móvil del asesinato había sido político, ordenó buscar las actas, propuestas y debates que mi papá había promovido cuando fue concejal en 1997. El Concejo de Barrancas respondió con una carta en la que alegaba que no tenía ninguna documentación.

La hipótesis de la Fiscalía era que si Kiko Gómez seguía fungiendo como gobernador de La Guajira iba a amedrentar a todo el mundo con plata o plomo. El abogado de la defensa visitaba todos los días la oficina del fiscal para examinar las pruebas que iban surgiendo con el propósito de encontrar la manera de objetarlas o sabotearlas. Si la Fiscalía se llegaba a descuidar, el abogado iba a darse cuenta de la orden de captura que estaba en camino y prevendría al gobernador.

La captura de Kiko Gómez fue planeada para la segunda semana de octubre. El fiscal ordenó la interceptación de los tres teléfonos que tenía. Aunque Gómez no los usaba para hacer llamadas, los investigadores podían conocer su ubicación a través de un equipo de rastreo y triangulación. Fue así como descubrieron que el gobernador estaba casualmente en Bogotá, respondiendo en un proceso

207

disciplinario que llevaba en su contra la Procuraduría General. Allí era más seguro capturarlo.

El viernes 11 de octubre, un grupo de agentes del Cuerpo Técnico de Investigación (CTI) se apostó en el aeropuerto El Dorado, de Bogotá, para atraparlo cuando fuera a abordar un vuelo a Barranquilla, en el que tenía reservada una silla, pero Kiko Gómez no se embarcó. Poco después se estableció que sí viajó, pero no se supo en cuál vuelo.

Llegó a Barranquilla y estuvo en el Estadio Metropolitano viendo el partido Colombia-Chile, en el que la selección nacional clasificó al Mundial de 2014. El equipo del CTI se fue tras él en otro vuelo y se presentó en el estadio, pero desistió de capturarlo pues era riesgoso hacerlo en medio de la aglomeración de hinchas.

Kiko Gómez viajó esa misma noche a Barrancas. El fin de semana se celebraban las tradicionales fiestas patronales de la Virgen del Pilar y el Festival del Carbón. Había misas, concursos de acordeón, bailes, conjuntos vallenatos y pólvora. El equipo del CTI que había viajado desde Bogotá buscó refuerzos con funcionarios armados de Santa Marta. En total, quince hombres viajaron el sábado 12 de octubre hacia el pueblo de Kiko Gómez.

Llegaron al mediodía. Se entremezclaron con la gente que disfrutaba de las fiestas. Llevaban ponchos y sombreros para hacer creer que eran parte del pueblo. El ambiente era de alegría, música y ron. Kiko Gómez fue a la misa con su enjambre de escoltas armados. Cuando salió, saludó a todos los que encontró a su paso y se sentó en el zaguán de una casa situada detrás de la tarima del parque principal, a una cuadra de donde mi papá fue herido. La gente no dejaba de venerarle. Él tenía planeado subirse a la tarima y dar un discurso.

A las cinco de la tarde el cielo todavía era claro. Sonaban vallenatos. Kiko Gómez tenía puesta una camisa de color habano y un sombrero colorido, tejido de paja, como el que usan algunos wayús. El zaguán de la casa estaba rodeado de amigos, escoltas, curiosos y niños.

Luis Carlos Rodríguez, el único de los funcionarios que no estaba armado, escondió una cámara que llevaba para grabar la captura. Iba vestido de paisano con una camiseta blanca y un *jean*. No llevaba credencial a la vista que lo identificara.

Como muchos de los investigadores ya habían estado en Barrancas haciendo pesquisas sobre los crímenes del gobernador, ninguno de ellos se atrevía a acercársele para notificarle la captura y atraparlo. Eran conocidos por los lugareños y le temían a la reacción de la muchedumbre y a los seguidores de Kiko Gómez.

—Yo voy —se ofreció Luis Carlos Rodríguez, el funcionario que llevaba la videograbadora—. A la de Dios —agregó asustado.

En la calle había camionetas parqueadas y gente sentada en sillas de plástico que se reía a carcajadas. Cuando Rodríguez se acercó al zaguán de la casa, unos niños entonaban vallenatos con caja, guacharaca y acordeón. El funcionario aprovechó su baja estatura y avanzó hasta llegar al lugar donde estaba sentado Kiko y se le acercó por detrás.

—Señor gobernador, señor gobernador, traigo una notificación de la Fiscalía —le anunció.

El funcionario sacó la gorra con las insignias del CTI y

su carnet. Sus compañeros lo rodearon y también se pusieron los distintivos de la Fiscalía.

—Espera, espera —le respondió Kiko acalorado por el licor que había bebido.

Los aires de un merengue vallenato seguían sonando. Kiko Gómez ordenó parar la música con un ademán despótico. Los escoltas cortaron el paso a los agentes del CTI y los empujaron para tratar de que abandonaran el lugar.

—Necesitamos notificarle una orden de captura —reiteró Rodríguez en voz más alta.

Una mujer que estaba cerca de la comitiva del gobernador comenzó a vociferar:

—Tú eres bueno, Padre. La sangre de Cristo tiene poder. Bendícelo, Señor.

Gómez invitó a los funcionarios a entrar a la casa y, dentro de ella, fue notificado de la orden de captura.

—Tiene derecho a guardar silencio, a llamar un abogado de confianza... —le comunicó uno de los agentes.

—Yo cumplo con lo que ordene la ley —dijo Kiko Gómez pálido, sentado a la mesa del comedor.

Gómez comenzó a recriminar a los funcionarios, sobre todo por haberle interrumpido la fiesta. Otro agente de la Fiscalía le indicó que sería trasladado a Riohacha, pero la horda de sus seguidores lo rodeó y lanzó insultos enardecidos contra los funcionarios judiciales.

—San Miguel, San Rafael, sácalos de aquí —seguía perorando la mujer.

Entonces, comenzó un runrún de voces que decía que los agentes de la Fiscalía habían violentado la vivienda.

Manoteaban, gritaban y preguntaban dónde estaba el fiscal general de la nación.

—Si no hay fiscal, no se va. Él no es cualquiera aquí —gritó un hombre moreno y enfurecido mientras daba puños contra la mesa donde estaba sentado Gómez.

—Señores, por favor, no compliquemos esto —pidió uno de los agentes del CTI.

—Él está en su tierra y hoy está festejando —gritó un hombre calvo.

—Yo no estoy huyendo, ni voy a huir —bramó Kiko Gómez envalentonado y se levantó de la silla.

La multitud cada vez estaba más alborotada y confusa. Todos gritaban al tiempo insultos a los funcionarios, les daban empellones y les exigían que se fueran.

La señora que oraba a gritos les tomó fotos a los agentes judiciales y les advirtió: "Ya los tengo identificados".

Varios agentes de Policía entraron a la casa donde se refugiaba el gobernador para protegerlo de la justicia. Los escoltas de Kiko Gómez —armados de fusiles— sacaron por la fuerza a los agentes del CTI, dándoles manotazos y patadas. La Policía no hizo nada para protegerlos.

En el intento de asonada, los simpatizantes del gobernador gritaban arengas: "fuera el CTI, viva la Policía". Otros, apostados en la plaza, anunciaban: "Van a secuestrar al gobernador". En la tarima, un periodista vociferaba, a través de los micrófonos, que eso era una injusticia y convocaba al pueblo para que impidiera la captura.

La turba, borracha y enardecida, crecía. Empezaba a oscurecer. Alguien cerró la puerta de la casa. Fuera de ella, los investigadores judiciales estaban golpeados y con las camisas rotas por los amotinados. Ya no podían entrar porque podía ser considerado ilegal. Para hacerlo, necesitaban que un juez dictara una orden de allanamiento.

La Fiscalía de Bogotá tuvo que llamar al comandante nacional de la Policía, general Rodolfo Palomino, y a la Presidencia de la República para que convencieran a Kiko Gómez de entregarse. Él aceptó, pero advirtió que había enfermado de repente.

A las siete de la noche, un médico apareció para informar que el estado de salud de Kiko Gómez era grave. A él solamente se le notaba que se le había pasado de súbito la borrachera. La ambulancia del pueblo llegó a la casa para trasladarlo a un hospital de Valledupar.

La ambulancia fue seguida por cinco camionetas blindadas del CTI y decenas de carros de allegados y familiares. El vehículo de la Policía encabezaba la caravana. Viajaban a 120 kilómetros por hora en una carretera bastante estropeada. Ya en Valledupar, intentaron desviar la ambulancia hacia una estación de Policía. Después pretendieron montarla en una grúa. Los agentes del CTI se bajaron y pelearon con los policías.

—Usted es el responsable de lo que le suceda a Kiko Gómez. Él viene enfermo y si le da un infarto, usted es el responsable —le advirtió Luis Carlos Rodríguez, funcionario del CTI, al coronel de la Policía que había dado la orden de meter la ambulancia en la estación.

Rodríguez amonestó al conductor de la ambulancia y le dijo que si subían el vehículo a la grúa, lo judicializarían a él también. Entonces, se dirigieron hacia la Clínica del Cesar, en cuyas puertas ya se había congregado una multitud.

Varios periodistas se apostaron en la entrada para grabar la llegada de Kiko Gómez. Los simpatizantes gritaban enfurecidos: "Nuestro gobernador, no joda, lo queremos en el departamento de La Guajira. Él no es delincuente". "A la Fiscalía no le da ni pena hablar de asesinatos de hace diecisiete años".

Katia Ospino era la corresponsal en el Cesar de *Noticias Uno*. El camarógrafo que la acompañaba encendió la luz para grabar y ella prendió el micrófono. Cuando los seguidores se dieron cuenta de que estaban grabando, la cogieron por el cuello y la insultaron. Al camarógrafo le quitaron la cámara y se la estrellaron contra el piso.

—Te vamos a matar si sigues grabando —le advirtieron a Ospino.

Las agresiones contra los agentes del CTI continuaron. Los insultaban llamándolos delincuentes. Otros periodistas también fueron atacados por la turba.

Kiko Gómez fue bajado de la ambulancia en una camilla a las ocho y media de la noche. Tenía puesto un respirador mecánico. Saludaba a la gente batiendo las manos. Supuestamente le dolía el tórax y se le había subido la presión. El médico que lo atendió determinó en la historia clínica que el diagnóstico era normal. Sin embargo, la Clínica del Cesar insistió en que debía mantenerse en observación, en la Unidad de Cuidados Intensivos, con la excusa de que la tensión seguía muy variable y un traslado en avión —hacia Bogotá— era perjudicial para su salud.

Al día siguiente de la captura, la Fiscalía pidió el concepto de un médico de Medicina Legal, que confirmaría que se encontraba estable. "No se observan signos clínicos de alarma. No se evidencian fallas cardíacas o respiratorias, motivo por el cual se puede trasladar a Bogotá de manera medicada y controlada", anotó el médico en un informe.

El lunes 14 de octubre, Kiko Gómez, con una bolsa de suero en el dorso de la mano, fue trasladado en un helicóptero a Cartagena y desde allí lo embarcaron en un avión comercial para Bogotá. En el búnker de la Fiscalía le tomaron las huellas digitales y las primeras fotos penitenciarias. Fue reseñado y luego examinado por un médico. Esa noche durmió en los calabozos de la Fiscalía.

***

Yo sabía que a Kiko Gómez lo iban a capturar, pero no tenía ni idea de que uno de los delitos que se le iba a imputar era el homicidio de mi papá. El periodista Gonzalo Guillén tenía comunicación directa con uno de los agentes del CTI. Él le iba contando en directo cada cosa que sucedía. Como Gonzalo estaba fuera del país, me pidió que llamara a los medios de comunicación para avisarles de la captura y del amotinamiento que había en Barrancas. Era sábado 12 de octubre. Yo estaba nerviosa en Bogotá.

A las siete de la noche, la noticia se difundió por televisión. "Capturado gobernador de La Guajira", anunciaron los noticieros. De repente, el vicefiscal Jorge Perdomo apareció tras un atril. Lo enmarcaban las banderas de Colombia y de la Fiscalía General. "Es capturado por el homicidio del exconcejal Luis López Peralta, ocurrido el 22 de febrero de 1997. López Peralta fue víctima de un atentado en el hotel Iparú, en Barrancas", dijo Perdomo.

No lo podía creer. Me senté en la cama y me eché a llorar. No era felicidad. No era tristeza. Era incredulidad. *Ahora sí va en serio la Fiscalía*, me dije conmocionada.

Al día siguiente, decidí dejar el orgullo y le envié este mensaje a mi hermana Andrea. No hablaba con ella desde hacía tres meses.

Hola hermana. Me imagino que estás al tanto de lo que está pasando. La muerte de nuestro padre no quedó impune y no solamente la de él sino la de varias personas que ese delincuente mató. No es el momento para que peleemos ni nos distanciemos porque era tu papá y el mío también. Y ese señor tiene que pagar por eso. Necesito que estés de mi lado porque yo ya estuve informalmente en la Fiscalía, hay pruebas fehacientes y esta vez va a ser muy difícil que se salga con las suyas. Necesitamos estar unidas ahora más que nunca, porque más importante que metan en la cárcel a Kiko, es honrar y dignificar el honor de nuestro padre. Mi papá de pequeña me enseñó a reconocerlos a ustedes como hermanos. Y sé que él por hacer lo correcto le pasó esto. También me enseñó valores tan importantes como la rectitud y la justicia, y eso es precisamente lo que intento hacer de manera responsable porque siento que es mi deber. Y lamentablemente mi conciencia no me permitió quedarme tranquila y sé que estoy haciendo lo correcto. Quédate tranquila que no va a pasar nada porque hay mucha gente involucrada y ya él no puede tomar represalias contra tanta gente, y no tienes por qué temer cuando se hace lo correcto. Cuento con apoyo de la Fiscalía y ellos están de nuestro lado. Es el momento de dejar los resentimientos estúpidos y que esta experiencia nos sirva para unirnos. He tenido conexión con mi papá, he sentido su presencia y sé que su deseo es que se haga justicia.

Bendiciones para ti. Te quiero mucho. Yo estoy al tanto de todo lo que está ocurriendo y ya las cartas están echadas. Tienes la opción de ignorar y apartarte de todo lo que está ocurriendo, o hacer lo que tu conciencia te dicte. De hecho, no tienes que hacer nada, sino estar de lado de la justicia.

23

La noche era helada y mi corazón palpitaba frenético. Una lluvia ligera golpeteaba la ventana. Estaba presa de emociones desconocidas. Abrí una botella de vino tinto y me serví una copa. Y mientras la saboreaba, llamé a varias de mis amigas para contarles lo que había pasado: después de dieciséis años, el hombre que había ordenado matar a mi papá estaba preso por ese crimen y dos asesinatos más. Todavía me resultaba inverosímil.

En Colombia cerca del noventa por ciento de los asesinatos prescriben y quedan impunes. En la región donde crecí, los crímenes se archivan, los funcionarios se venden o los mismos delincuentes matan al denunciante. Kiko Gómez, por su parte, había creado un *Estado paralelo* contra el que nadie se atrevía a rebelarse. Nunca le había caído el peso de la justicia y el miedo que infundía lo fortalecía aún más.

Entre trago y trago pensaba que de nada le había servido a mi papá hacer buenas obras por la gente. Había sacrificado su vida por un pueblo que a la postre idolatraba al asesino. En Barrancas instalaron varias vallas en las que podía leerse esta consigna: "Kiko Gómez, inocente". La caterva de sus seguidores no aceptaba su captura. Los medios guajiros publicaban que todo era mentira, que la Fiscalía no tenía pruebas, que era una persecución política. En cambio, los medios nacionales habían enfocado todos los reflectores sobre él: era noticia en primera plana. Nunca antes la Fiscalía había capturado a un gobernador en ejercicio de su cargo por homicidio.

El ambiente era de tensión y escepticismo. Después de la captura, nunca más he vuelto a sentir sosiego cuando salgo a la calle. Tengo razones para mostrarme vulnerable. Sus simpatizantes juraron venganza contra todas las personas que colaboramos en la investigación. Que él estuviera preso no garantizaba tranquilidad. Ya arrestado se suponía que iba a scr más fácil que los testigos hablaran en el juicio contra él. Pero las familias de las víctimas seguían negándose a declarar porque Marquitos Figueroa, el jefe de sicarios, estaba libre. Pese a tener varias órdenes de captura, él recorría despreocupado toda La Guajira. Para capturarlo, las autoridades en Bogotá ofrecían hasta 1.200 millones de pesos (alrededor de 600.000 dólares) de recompensa a quien diera información de su paradero.

Mi hermana Andrea estaba preocupada. Afirmaba que el solo hecho de que en las noticias mencionaran a mi papá ponía en riesgo a la familia. Ella me dejó claro que no quería involucrarse en la investigación. No obstante, como en todo pueblo pequeño, se empezó a rumorar que mis hermanos habían estado impulsando el proceso en Bogotá. Pero ellos eran los más reacios. Querían justicia, pero sin comprometerse.

Yo seguía empeñada: colaborar con la Fiscalía era el

camino para que no hubiera impunidad. Y si la justicia triunfaba, Kiko Gómez no seguiría sembrando huérfanos en toda la región. Mi mente vagaba entre el sobresalto y el deseo de justicia. El miedo hacía que reviviera la escena de la muerte. El timbre del teléfono. El velorio. El ataúd. Las coronas fúnebres. El llanto desaforado. La ropa negra. La culpa.

Si algo le llegaba a ocurrir a mi familia era eso lo que iba a sentir: culpa.

"Después de muerto, te comen los gusanos y en diciembre te bailan. Yo prefiero la vida que es muy valiosa", me decía una de mis hermanas cuando le sugería que hablara con los investigadores de la Fiscalía.

Mientras tanto, Kiko Gómez contrató a un jefe de prensa. Creó, además, una página web y un grupo de Facebook, y se mantenía activo en las redes sociales. Los medios guajiros se prestaban para publicarles comunicados y los abogados hacían ruedas de prensa desmintiendo que hubiera pruebas contra él.

***

La Fiscalía desempolvó testimonios como el de José María Benjumea, quien afirmó que sus parientes Rosa Mercedes Cabrera y Luis Alejandro Rodríguez —ambos campesinos de Fonseca— habían sido asesinados por orden de Kiko Gómez y Marquitos Figueroa en 2000. El proceso fue archivado por varias fiscalías de La Guajira. Esos dos homicidios también fueron imputados en la captura, así como

219

el delito de concierto para delinquir con grupos armados ilegales.

"Kiko Gómez es quien aporta a los delincuentes las armas de fuego de largo y corto alcance, vehículos y equipos de comunicaciones para que cometan sus fechorías, creando así el terror, la zozobra y la inestabilidad entre los habitantes del sur de La Guajira", declaró Benjumea. Un mes y dieciocho días después de rendir este testimonio, cuando estaba abriendo la puerta de su negocio en Maicao, fue asesinado. En el atentado también murieron un hijo y un escolta del declarante.

Tres días después de la aparatosa captura, Kiko Gómez fue llevado a la oficina del fiscal Julio Ospino para indagatoria e imputación de cargos. En el pequeño cubículo estaban su abogado Luis Alberto Santana; Gennith Toledo, una procuradora delegada ante la Corte Suprema de Justicia, y el fiscal auxiliar Carlos Pedraza, que grabó en video la diligencia. El acusado estaba sentado, inclinado hacia un lado. Tenía el cabello peinado hacia atrás, las cejas arqueadas, la papada prominente. Llevaba puesta una apretada camisa cuyos botones inferiores parecían estar a punto de salir disparados del ojal.

Antes de comenzar el interrogatorio, el abogado y la procuradora se mostraban serios. El fiscal, entretanto, mantenía su sobriedad de siempre. Kiko Gómez tenía derecho a guardar silencio, pero decidió responder las preguntas. Parecía tranquilo, pero de repente, se cruzó de brazos y el odio se desató en su mirada.

Con el típico acento guajiro, dijo ser un humilde campesino wayú que cultivaba arroz y algodón, y se dedicaba a la ganadería en sus cinco fincas. Negó tener vínculos con Marcos Figueroa a quien describió como "un hombre limpio". Declaró no conocer de él su vinculación con grupos armados ilegales. Escasamente lo conocía por lo que decían los medios de comunicación.

—A Kiko Gómez lo conocen en todo el departamento de La Guajira por ser agricultor, ganadero e innovador —pregonaba de sí mismo.

El fiscal le preguntó por varios delincuentes de La Guajira y él respondía que eran personas honorables. Los Curicheros, dijo, no son una banda de delincuentes, sino una comunidad indígena de Curiche. "Como decir en Colombia, colombianos", explicó.

Por segunda vez negó tener algo que ver con la muerte de mi papá. El fiscal le puso de presente la declaración de Yandra Brito —entregada a la Fiscalía antes de que la mataran— en la que lo sindicó de haber ordenado el asesinato de Luis López Peralta.

Kiko Gómez miró al techo, destapó una botella plástica y bebió un sorbo de agua.

—Vea, Luis López era mi amigo, concejal. En ningún momento estoy yo vinculado a la muerte de él. Y usted puede dirigirse a los concejales del momento, que las relaciones entre Luis López y yo eran buenas (...) Él era del equipo mío —dijo mientras se retrepó en la silla y frunció el ceño. Parecía desconcertado con el interrogatorio.

Sin titubeos y con soberbia, no aceptó ninguna de las acusaciones que le endilgó la Fiscalía y se defendió diciendo que había un complot contra él, liderado por la fiscal

Martha Lucía Zamora. "Ella tiene un cartel de falsos testigos", dijo ofuscado.

El abogado Luis Alberto Santana pidió suspender la indagatoria porque quería escuchar las declaraciones grabadas de los testigos. Sin embargo, pocas horas después Santana renunció a seguir defendiendo a Kiko Gómez. Al día siguiente, cuando la indagatoria se reanudó a las 9:25 a. m. del miércoles 16 de octubre, Iván Cancino se presentó como el nuevo defensor principal y lo fue hasta el final del juicio.

Unos meses después la Fiscalía lo volvió a llamar para ampliar la indagatoria. El fiscal Ospino comenzó a hacerle preguntas relacionadas con las desavenencias que tuvo con mi papá. Gómez estaba vestido de saco y corbata y mascaba un caramelo que abrió en plena diligencia. Se veía un poco más delgado, ojeroso y con el ánimo exasperado.

—Pregunte en Barrancas quién no es amigo mío —le decía, envalentonado, al fiscal cuando este le preguntaba qué relación tenía con los testigos que habían declarado.

Esta vez se refirió a Luis López como su "compadre". El fiscal leía apartes de testimonios que explicaban que el primer desacuerdo surgió cuando mi papá apoyó a un candidato —distinto al de él— en las elecciones de contralor municipal, pese a que eran del mismo partido, lo que pudo ser entendido como una traición.

Kiko Gómez lo escuchaba con las manos apoyadas sobre el mentón y arrugaba los labios con ira.

—Yo quiero que usted respete, ¿oyó? —dijo levantando

la voz y señalando con el dedo al fiscal. De la boca esputó saliva que salpicó al fiscal.

El fiscal se mantuvo inalterable, mientras Kiko Gómez alzaba la voz, agitado, con los ojos sanguinolentos y manoteaba dándole órdenes sobre cómo debía llevar la investigación.

—Aquí el que hace las preguntas soy yo —le aclaró el fiscal.

—Y yo respondo —dijo levantando aún más la voz, gesticulando y manoteando—. Y usted respeta —le volvió a gritar.

El abogado Iván Cancino le dio palmadas en la espalda para que se calmara.

—Yo le estoy haciendo unas preguntas con respeto —dijo el fiscal, mientras se retiraba un poco de la mesa y lo miraba con detenimiento.

—Usted a mí me quiere coartar... —gritaba Kiko Gómez, fuera de sí.

—Espere, señor Gómez, que el señor fiscal termine... —intervino la procuradora.

—¡Que me respete! —decía mientras su voz se imponía sobre la del fiscal, que intentaba continuar con el interrogatorio. La procuradora llamaba a la compostura.

Como en anteriores oportunidades, negó haber tenido problemas con López. Respondió las preguntas de mala gana y en tono iracundo. No aceptó ninguno de los cargos.

Desde ese día, Iván Cancino, se dedicó a interponer recursos de todo tipo para apelar y anular las decisiones del fiscal, no obstante, la mayoría le fueron negados por estar fuera del tiempo y de la ley.

Tres días después de la captura, uno de los testigos que había declarado en favor de Kiko Gómez se comunicó con los investigadores de la Fiscalía. Era escolta y hombre de confianza de Gómez desde enero de 2001.

Su nombre es Erlin Enrique Cortés, el mismo que le había revelado a Yandra Brito cómo habían planeado y ejecutado el asesinato de su esposo, Henry Ustáriz.

En la llamada telefónica se notaba el miedo de su voz. Pidió perdón por no haber dicho la verdad en la declaración rendida un mes atrás. Dijo que la razón de su arrepentimiento fue el temor de que la Fiscalía pudiera incriminarlo por falso testimonio. Señaló que su jefe lo había amenazado en la primera declaración. Había dicho mentiras por miedo de que lo asesinaran, pero ahora estaba dispuesto a contar toda la verdad, le explicó al investigador.

Erlin Enrique Cortés era lampiño, delgado y moreno. Nació en 1966. De origen humilde, no se había graduado como bachiller. Vivía en una pieza de la casa oficial de gobierno de Riohacha, donde el gobernador habitaba por derecho propio.

La fiscal Martha Lucía Zamora viajó con los investigadores a Santa Marta, donde había acordado reunirse con él para tomar la declaración el diecisiete de octubre. En la Fiscalía de esa ciudad, Erlin estaba sentado, cruzado de brazos y se balanceaba, nervioso, en la silla. Clavaba la mirada en el piso. La cara le temblaba del susto. No obstante, respondía las preguntas que le hacía la fiscal Zamora con franqueza y espontaneidad.

El primer trabajo que le asignó Kiko Gómez fue el de recoger información sobre los colaboradores de la guerrilla. Después pasó a ser su escolta y le dio un arma sin salvoconducto para custodiarlo. Desde que empezó a trabajar con él, recibía 500.000 pesos (ciento sesenta dólares al mes). Nunca le aumentó el sueldo ni lo afilió a la seguridad social.

Relató cómo eran las relaciones criminales con Marquitos Figueroa y los paramilitares: "Si había que matar a alguno, lo mataban, o si necesitaban carros, armas…". De hecho, contó cómo Kiko Gómez le confesó que había matado a José María Benjumea, uno de los testigos claves en el largo expediente judicial. Según Erlin, las palabras del gobernador fueron las siguientes:

"Chema Benjumea me denunció a mí en la Fiscalía, que yo era el que tenía los paramilitares aquí, y velo, ahí está comiendo tierra. Lo mandé matar pa' que respete a los hombres" (sic).

De la muerte de Henry Ustáriz, Kiko Gómez también hizo ostentación delante de Erlin: "A ese hijo de puta le di fue duro pa' que respete" (sic).

En su testimonio, Cortés mencionó una larga lista de asesinatos ordenados por su jefe, entre ellos el de mi papá y varias masacres. Su declaración, precisa y detallada, sirvió para que posteriormente la Fiscalía pudiera encontrar el búnker subterráneo en la casa de Gómez. Conocía los nombres de los paramilitares que habían trabajado para él, dónde escondían las armas y las relaciones con militares activos del Ejército, como el coronel Bayron Carvajal, quien fue condenado por la masacre de Jamundí, Valle del Cauca, en la que asesinaron a diez personas en 2006.

"Yo sé que de pronto estoy firmando aquí mi propia muerte, porque yo no me estoy enfrentando a cualquier persona", finalizó Erlin Enrique Cortés. Acordó seguir colaborando con la Fiscalía y pidió protección. "No me dejen solo", suplicó. Sin embargo, no volvió a contestar el teléfono y, pese a que fue citado para volver a declarar en los dos procesos judiciales, nunca apareció. Dos meses después, lo hizo en una entrevista que le realizó Alfredo Montenegro, otro abogado de Kiko Gómez. Afirmó que lo habían secuestrado y obligado a declarar. La supuesta pieza periodística carecía de valor judicial. La retractación de los testigos —bajo amenazas o sobornos— empezaría a ser la constante durante el juicio.

***

Kiko Gómez permaneció en los calabozos del búnker de la Fiscalía, en Bogotá, desde el 14 hasta el 22 de octubre, cuando el fiscal Julio Ospino resolvió su situación jurídica y decidió enviarlo a la cárcel La Picota, ubicada en el sur de la ciudad. El día del traslado, en los alrededores de las instalaciones del búnker, se apostaron más de cuatrocientos indígenas wayú con sombrillas blancas, carteles, volantes, pancartas, camisetas y manillas alusivas a "su inocencia".

Kiko Gómez no pertenece a la casta wayú. No obstante, por estrategia, quería posar como indígena. "Exigimos garantías", "Kiko Gómez, el gobernador que queremos", "Dios está contigo", "No más falsos testigos", "La Guajira te necesita", decían las pancartas, sostenidas por indígenas —la mayoría vestidos de blanco, con sombreros y alpargatas— que habían llegado desde La Guajira en nueve buses.

Otras mujeres lucían mantas wayú y sus rostros estaban pintados de figuras rojizas con *ulisha*, polvo cosmético extraído de un mineral. Otros hombres vestían camisetas naranjas donde se leía: "Kiko, Gobernador". Gritaban arengas en protesta por su captura y bailaban al son de los tambores. "Venimos por él", recitaron. El gentío, apostado en las afueras desde las once de la mañana, había sido contratado para escenificar la protesta.

Mientras tanto, un carro del Instituto Nacional Penitenciario (Inpec), trasladó a Kiko Gómez a la gélida cárcel La Picota. Tenía puesta una camisa, entre rosada y lila, con las mangas recogidas. En la muñeca derecha llevaba un amuleto para la buena suerte. Traspasó unas rejas, custodiado por varios guardias. Uno de ellos requisó su cuerpo y, a continuación, lo hizo pasar por el detector de metales.

Sus pasos y los del guardia de prisiones rebotaban y se mezclaban con el estruendo y los ecos de otros sonidos, provenientes de murmullos, candados y rejas metálicas que se abrían y se cerraban de golpe. Su abdomen parecía más prominente que nunca. Gómez observaba, a través de sus anteojos de montura de oro, los pasadizos desconocidos por los que estaba siendo conducido.

Pasó otra reja y el guardia penitenciario le ordenó sentarse en una silla plástica blanca. Estaba desgreñado y miraba de un lado al otro. Se veía asustado, pero presto y amable. Si no se supiera su historial criminal, pasaría como un hombre muy educado. No se tapó la cara como lo hacen algunos delincuentes cuando los graban. Se veía decente, como si estuviera haciendo un trámite cualquiera o entrara de visita.

Los guardias le ordenaron levantarse de nuevo y prosiguió recorriendo, sin grilletes, los corredores de la cárcel, cundidos de ruidos lejanos y golpes de cerraduras. Mientras subía por rampas escuetas, alternaba su rostro de angustia con saludos de mano y sonrisas dirigidas a conocidos que se topaba por el camino.

Las paredes, los extensos pasillos y los muros de concreto se veían limpios. Cada salón por el que franqueaba estaba precedido por rejas que se abrían a su paso hasta un punto en el que, solitario, fue sentado otra vez, ahora en una silla metálica. Allí permaneció silencioso y pensativo, siempre con guardias vigilándolo. Se quitó los anteojos y se puso a jugar nerviosamente con ellos. Esperaba con paciencia. Le ordenaron ponerse de pie nuevamente y continuó caminando, al mismo ritmo, con el guardián de uniforme azul y bolillo de plástico que ellos mismos llaman *tonfa*.

Abrieron más rejas en el camino, las rebasó y se cerraron detrás de él. Subió escaleras con barandas lisas, traspuso otras rejas y bajó una rampa zigzagueante de hormigón.

Caminaba con soltura en medio de gente que en los pasillos se lo quedaba mirando. Se escuchaban los ecos y el sonido del intercomunicador, por el que hablaba el guardia que iba a su lado. Atravesaron otro portón metálico que, al abrirse, rechinó muy fuerte.

El custodio lo detuvo y saludó a un oficial superior: "Buenas tardes". Siguieron. Otra reja. Y avanzaron hasta un punto en el que el guardián encargado del preso se lo mostró a un jefe de patio de la guardia penitenciaria, a quien notificó que llevaba al gobernador de La Guajira. Kiko Gómez, absorto, saludó al superior y le estrechó la mano.

"Ya está reseñado, valorado por el médico", reportó el guardia e intercambió algunas palabras más con su jefe. "Muchas gracias, muy amable", le dijo Kiko Gómez al oficial, mientras le estrechó la mano nuevamente y sonrió.

Continuaron andando por pasillos y pasadizos laberínticos, a lo largo de los edificios de hormigón de la cárcel más grande de Colombia.

—Venga, ¿no hay que llevarlo a reseña del penal? —le preguntó otro guardia.

El guardián se detuvo.

—No, ya está reseñado aquí, en el ERON (Establecimiento de Reclusión de Orden Nacional), y valorado por el médico, según lo ordenado —le comunicó.

Pasaron otra reja y salieron de un edificio a una calzada. Subieron a Kiko Gómez a una camioneta vino tinto que lo esperaba. Un guardia se montó con él en la silla de atrás, y otro adelante, ambos provistos de fusiles.

El carro emprendió la marcha por una desolada calle interior del complejo penitenciario hasta llegar al pabellón ERON.

Meses después, a través de un recurso de tutela, pediría que lo cambiaran al patio Ere Sur, especial y pacífico, reservado para los delincuentes de mayor alcurnia en Colombia: los llamados "servidores públicos".

24

Al día siguiente del traslado de Kiko Gómez a la cárcel La Picota, Luis Carlos Rodríguez, uno de los investigadores de la Fiscalía, me envió un mensaje. Necesito hablar contigo urgente, me dijo. Eran las nueve de una mañana soleada. Caminaba desde la ruidosa calle 26 —saturada de buses, pitos y carros— hasta mi sitio de trabajo, cuando oí el timbre del teléfono.

"Hoy no puedo ir a la Fiscalía. Tengo mucho trabajo", repuse. Él insistió y unas horas más tarde me escapé de la oficina para hablar con él en las afueras de mi trabajo. Luis Carlos apareció en un viejo Hyundai con otros dos investigadores del proceso: Carlos Pregonero y Jorge Tulio Ardila. Los saludé acercándome a la ventana delantera, pero ellos me pidieron que habláramos dentro del vehículo. Acepté con desconfianza. Recorrimos varias calles hasta detenernos en una vía solitaria y cercana, donde podía parquearse el carro.

Estaba exánime bajo el sol. Ellos me rodearon con la mirada, expectantes, como quien busca una respuesta. Hablaron largo sobre el panorama incierto que se avecinaba: los testigos estaban muertos del pánico y algunos que ya habían declarado empezaban a recular. Entonces, me pidieron ayuda para que mi familia declarara. "La Fiscalía no puede hacer sola el trabajo", argüían.

En Barrancas, ellos habían buscado a mi tío William, hermano de mi papá. Él fue contundente en su decisión: "si declaro hoy, en una semana estaré muerto", dijo a los investigadores. Yo lo había llamado varias veces, pero desde un principio se negó a hablar, pese a que no había sido amenazado directamente. "Que me pongan preso si quieren, yo no voy a ir a declarar. Tengo un hijo pequeño y no quiero dejarlo huérfano", argumentaba. Su testimonio era valioso porque sabía cómo habían matado a mi papá, incluso, había perseguido a los sicarios.

El temor de las víctimas y testigos dificultaba la recopilación de las pruebas.

Me despedí de los investigadores con la promesa de convencer a mi hermana Andrea, a mi tía Gloria (hermana de mi papá) y a mi abuela Gala para que declararan. A Luis Carlos Rodríguez le entregué una foto de mi papá.

Después de la reunión hablé con Andrea. Insistió en dejar las cosas como estaban y no rendir testimonio. Seguía con miedo y suspicacia porque después de dieciséis años la fiscalía apenas estaba actuando. Yo, por mi parte, contacté a un paramilitar en la cárcel y, después de conversar con él, me di cuenta de que no sabía nada del asesinato de mi papá. También busqué a otras víctimas de Kiko Gómez. El denominador común era la aprensión.

***

Las amenazas contra el periodista Gonzalo Guillén se intensificaron. La Unidad de Protección descubrió un nuevo plan para asesinar también a los investigadores León Valencia, Ariel Ávila y Claudia López. Tuvieron que salir del país nuevamente, pese a que sus esquemas de seguridad fueron reforzados.

Guillén seguía informando. En las redes sociales lo colmaban de insultos y amenazas, en la calle lo hostigaban con seguimientos de extraños y su casa era fotografiada y puesta a merced de los sicarios. Entonces, decidió irse para Estados Unidos. Desde allí presionaba a las autoridades colombianas para que capturaran a Marquitos Figueroa y denunciaba abiertamente cómo la Policía de La Guajira protegía al criminal a la vista de todo el mundo.

Los delincuentes que Guillén ponía en evidencia lo hostigaban con mensajes amenazantes; algunos hasta se atrevieron a ponerle denuncias por calumnia. Bibiana Bacci, esposa de Kiko Gómez, llegó a implorarle al presidente que "callara como fuera" a Gonzalo. "Ya se me están agotando los recursos (…) Le pido llamarlo a la cordura y a la prudencia porque su trabajo periodístico pone en peligro a mi familia", le exigía a través de una carta al entonces presidente Juan Manuel Santos.

A Gonzalo aquellas amenazas no lo acobardaban. Un día, cuando hablaba con él por videollamada, en Skype, me aconsejó que lo mejor era que yo interviniera formalmente en el proceso como parte civil y que un abogado me representara. Recuerdo que me dijo estas palabras: "Si quieres actuar no tienes que pedirle permiso a nadie, ni siquiera a tu familia". Después él me presentaría a varios abogados, entre ellos, Víctor Velásquez y Alirio Uribe, quienes no vieron problema en que yo me constituyera como víctima. Era mi derecho.

A finales de noviembre, Gonzalo volvió al país y me propuso una reunión con un amigo suyo, el abogado Carlos Toro López. La oficina queda ubicada en el centro de Bogotá, en un viejo edificio sin mayor valor arquitectónico. Tiene amplios ventanales y un viejo y desvencijado ascensor. La calle es ruidosa, muy transitada.

Eran las cuatro de la tarde. Carlos Toro abrió la puerta de su oficina, me saludó con un apretón de manos y con un ademán me señaló el sofá que tenía frente a él. Gonzalo y yo nos sentamos.

Me presentó a su hijo, Alejandro Toro, también abogado penalista. Trabajaban juntos y compartían casos en el amplio despacho. Por la ventana, los viejos techos cenizos se entremezclaban con el gris del cielo y las palomas volantonas. Había dos escritorios con computadores y, contra la pared, estantes repletos de expedientes. Carlos Toro sirvió café. Él es de estatura baja, delgado y blanco, cabello entrecano, ojos cafés, frente alargada con entradas. Vestía saco y corbata y tenía la mirada profunda. Solía defender casos de gente desprotegida y conocía muy bien el Derecho Penal. Había estado del lado de los victimarios, pero también de las víctimas.

De entrada, se interesó muchísimo en el caso de mi papá y aceptó sin vacilación representarme de forma gratuita. No tuvo temor ni prevención. Me explicó cómo funcionaba la ley penal y sus etapas de instrucción y juzgamiento. Yo me comprometí a sacar fotocopias del expediente, leerlo y hacer resúmenes para ayudarle en el juicio. Debía entregarle un poder, el acta de defunción de mi papá y de mi nacimiento, para que él pudiera solicitar ante el fiscal constituirse como parte civil.

No obstante, mi mayor preocupación seguía siendo mi familia. Aquella mañana, antes de la reunión con los abogados, había recibido varias llamadas. La primera, de una tía angustiada que me culpaba porque a mi mamá se le había subido la presión. Entre mis parientes se había comentado que yo iba a ser testigo contra Kiko Gómez. Lo extraño era que ni siquiera había sido notificada con alguna citación. "La vas a enfermar más", me decía. Al rato, otra tía se atrevió a llamar a mi novio de esa época "para que me hiciera entrar en razón". Y media hora después tuve que salir de la oficina para escuchar por teléfono otra perorata interminable.

La reacción de ellos era propia de la región donde crecí. Allá lo normal es "ser prudente", hacerse el loco y callar los abusos. Es un lugar donde la gente vive de apariencias y presunciones. Donde se alaba al que tiene plata o poder.

En esa tierra donde reina la impunidad, lo malo era que yo defendiera mis derechos.

En esa tierra donde hay miles de víctimas, saludaban con reverencia a los asesinos.

Nací en una tierra donde se mira mal —no al que mata— sino al que denuncia al asesino.

Ellos no entendían que yo tenía derecho a la verdad y a la justicia.

No dudaba de que estuviera haciendo algo mal, pero sí de que mis acciones repercutieran en la salud de mi mamá. El miedo acechaba. ¿Es esto lo correcto? me preguntaba una y otra vez. No esperaba nada porque había perdido la fe en la justicia. Tampoco iba a doblegarme ante el asesino. Yo expresé aquellas dudas al abogado Toro y a su hijo.

—Mira, Diana, siempre va a haber una reacción de la familia con la que vas a tener que lidiar. Pero tú debes tomar una decisión al respecto —observó Carlos Toro.

Me quedé mirándolo en silencio y tomé un sorbo de la taza de café. Alejandro Toro, su hijo, entonces intervino:

—Todo en la vida tiene un riesgo. El solo hecho de respirar tiene riesgos. Tienes dos opciones: apoyar el proceso o apartarte de él, escondiéndote. Tienes unos derechos y tienes la opción de ejercerlos o no.

Después de largas cavilaciones, el siguiente año decidí unirme como parte civil, con una convicción inquebrantable, no con la seguridad de que iban a condenar a Gómez Cerchar por el asesinato de mi papá, sino con la certeza de que era lo que me correspondía como hija. Carlos Toro y su hijo Alejandro se alternaron para acompañarme a las audiencias durante dos largos años.

Yo tenía a toda la familia en contra: la de mamá y la de papá. Pero sabía que actuar desde la clandestinidad iba a hacerme más vulnerable. Si no hacía nada, me convertía en cómplice. Si no hacía nada, permitía que creciera el terror.

Pude quedarme segura, como los barcos que se anclan en los puertos. Pero yo no estaba hecha para quedarme quieta, viendo cómo seguían matando. Era mi deber rescatar la memoria de mi papá.

***

Pese a que no querían declarar, mi hermana Andrea, mi tía Gloria y mi abuela Gala fueron citadas formalmente por la Fiscalía. Yo le pedí a Andrea que declarara. Ella nunca se quiso reunir con los investigadores. Temía que en el pueblo comentaran que ella quería hundir al asesino.

El martes 3 de diciembre, el fiscal auxiliar Carlos Pedraza y el abogado Gabriel Antonio Cancino (hermano del defensor principal, Iván Cancino) viajaron a Barrancas para recibir los testimonios. La primera en declarar fue mi abuela Gala Peralta. Eran las 10:30 de la mañana. Hacía calor y no corría nada de viento.

Mi abuela se sentó en la sala de la casa. El fiscal y el abogado se presentaron. Cuando mi abuela, de ochenta años, escuchó que uno de los hombres que estaba frente a ella era el abogado de Kiko Gómez, se puso lívida y la boca blanca. Comenzó a sudar.

Después de la muerte de mi papá, la salud de mi abuela Gala había empezado a decaer. Era hipertensa y la habían operado varias veces para implantarle cinco *stent*, un dispositivo para abrir las arterias que llevan sangre al corazón.

El fiscal auxiliar le presentó las formalidades de ley y le dejó claro que la declaración que iba rendir era bajo la gravedad del juramento, que no estaba obligada a declarar contra sí misma ni contra sus parientes cercanos. Le preguntó, entonces, si había entendido.

Mi abuela se retrepó en la silla. Tenía la voz trémula y

tartamudeaba del susto. Ella no entendió la pregunta, pero se apresuró a contestar:

—Yo no puedo hablar a favor de él porque él (Kiko Gómez) mandó matar a mi hijo, entonces, ¿cómo voy a estar a favor de ese señor? Todo el pueblo lo sabe. ¡Qué hombre tan malo!

El fiscal le repitió la pregunta varias veces y ella finalmente la comprendió. Estaba absorta. Pensaba que la habían llamado para hablar a favor de Kiko Gómez.

Enseguida, mi abuela contó cómo mi papá tenía muchísima gente que lo apoyaba en sus aspiraciones a la Alcaldía porque era querido por el pueblo. Señaló el corredor de la casa para referirse a cómo Kiko Gómez bailaba y bebía con mi papá. Ella los atendía hasta las tres de la mañana. Lo había apoyado en las elecciones de 1994, cuando él se lanzó a la Alcaldía y mi papá al Concejo. Por eso, no entendía por qué lo había matado y por qué nunca había ido a dar una explicación.

—Si en quince años no vino para aclarar que él no lo había asesinado, ¿por qué ahora manda una sobrina para que yo hable a favor de él? —reflexionó indignada mi abuela Gala, refiriéndose a María Yolety Ucrós, sobrina de Kiko Gómez, quien la había visitado después de la captura de él—. No creo que Dios lo ayude —finalizó diciendo.

A continuación, entró en la sala mi tía Gloria López. En su exposición sobre el asesinato de mi papá, contó que él había recibido una carta días antes de la muerte, firmada por la guerrilla, pero que no llevaba ningún sello. Le pedían que desistiera de sus aspiraciones políticas. Yandra Brito era amiga cercana de la familia y su padre había sido secuestrado en los días en que mi papá fue asesinado. Entonces, como ella estaba en negociaciones para que lo liberaran, mi tía le entregó la carta a Yandra para que averiguara y la guerrilla respondió diciendo que ellos no habían sido.

Cuando la guerrilla cometía un asesinato lo manifestaba públicamente y mi papá no tenía ningún problema con ese grupo criminal.

Mi tía Gloria declaró en los mismos términos que mi abuela, dejando claro que la familia nunca había denunciado porque no tenía pruebas.

En la última declaración, mi hermana Andrea hizo un relato claro y detallado de cómo mataron a mi papá frente a ella, cuando tenía nueve años, y recordó que él ya había pegado afiches en su camioneta Ford 350 de la campaña a la Alcaldía.

—Mi papá fue el concejal con mayor votación en Barrancas. Me acuerdo que su eslogan era "Nací, vivo y aquí me quedo". Tenía la gracia de que caía bien. Todo el mundo decía que mi papá iba a ser alcalde —declaró.

El fiscal Carlos Pedraza le preguntó si mi papá tenía enemigos y a quién se le atribuía la muerte.

—Lo que siempre ha sonado es que a mi papá lo mataron por la política. Siempre ha sonado que fue el doctor Juan Francisco Gómez, más nadie ha sonado, algo que no nos consta ni puedo dar certeza, pero donde él llega, yo me voy. Desde los nueve días de la muerte de mi papá, dicen que fue él —aseveró.

La Fiscalía, en el escrito de acusación contra Kiko Gómez, concluiría que en todas las declaraciones de los testigos "fue notorio su deseo de no comprometerse con los resultados de la investigación por las posibles consecuencias adversas que pudieran derivarse en contra de ellas". Y señalaba, además, que el acusado podía también "emprender labores encaminadas a destruir o deformar elementos probatorios importantes para la instrucción o entorpecer la actividad probatoria". Por eso, muchos testigos tenían miedo.

25

En La Guajira se empezó a comentar que todo el que declarara contra Kiko Gómez iba a ser asesinado. "No van a alcanzar los ataúdes", "las funerarias no van a dar abasto", sentenciaban.

Yo fui citada a declarar, tal como me lo habían advertido mis familiares, el 23 de enero de 2014. Para ese entonces me había distanciado de mi hermana Andrea. Ella no estaba de acuerdo con que yo me constituyera en parte civil. Seguí mi camino, solitaria, y rompí relaciones con todos los parientes que querían imponerme el miedo como forma de vida. ¿Por qué no repudiaban al asesino de mi papá, sino que lo protegían?

Seguir mi camino significaba que ya no me mirarían igual, que sería criticada, que me tratarían de loca. Algunos miembros de mi familia política materna eran también parientes de Kiko Gómez y estaban de su lado. Otros decían que yo solo buscaba una indemnización y que mi interés era económico. A mí me dolía, pero no podía vivir bajo el régimen de los comentarios pueblerinos. La mayoría de la gente que opinaba no había sentido el dolor de haber crecido sin papá. Ellos lo habían tenido todo en la vida.

Enero suele ser caliente y seco en Bogotá, pero yo tenía las manos entumecidas por el frío —o por los nervios—. Una bandada de pájaros gorjeaba en los árboles. El cabello se me levantaba con la brisa.

La cita era a las 2:30 de la tarde en el búnker de la Fiscalía. Llegué vestida con un abrigo blanco y negro. Tenía el cuerpo engarrotado. Una vorágine de sensaciones me roía, como escarabajos revoloteando en el estómago. Tenía un presentimiento, no sabía cuál específicamente.

Evocaba a mi papá: su olor, su abrazo fuerte, sus "te quiero", sus últimas palabras, la promesa de que al día siguiente nos veríamos.

Pero aquella mañana nunca llegaría, papá.

Su olor, con el paso de los años, se había desvanecido y ahora lo que más recordaba eran los momentos terribles de su muerte: el hombre desconocido que nos informó en la clínica que había fallecido, la rigidez de mi cuerpo, la incapacidad de llorar, la multitud en la sala de velación, los gimoteos, el vestido negro que usé la última vez que lo vi y que después tuve que usar en su sepelio, el ataúd que desaparecía bajo las paladas de tierra.

Esas imágenes me laceraban. Había tenido que seguir *la vida* sin haber superado su muerte.

En el interrogatorio que iba a rendir, la presencia del abogado del asesino me parecía intimidante. Pensaba que toda mi declaración iba a ser conocida por Kiko Gómez y que, de inmediato, me iba a convertir en su blanco. El miedo me abrumaba, pero el coraje también me impulsaba a la lucha.

El fiscal auxiliar Carlos Pedraza me hizo las advertencias

legales. Me puse de pie y tomé juramento prometiendo decir la verdad. Él era de porte amable, pero dudaba de todo y hacía una pregunta tras otra, lo que me ponía más nerviosa.

Dónde nací, estado civil, si tenía hijos, mi grado de instrucción, los nombres de mis hermanos y sus edades, el nombre de mi mamá y a qué se dedicaba, cargos que había desempeñado, dónde trabajaba, en qué ciudades había vivido, en qué consistía mi trabajo en la ESAP[11], quién era mi abuela.

Después de responder la retahíla de preguntas, comencé diciendo que no tenía conocimiento directo del asesinato de mi papá. Era muy niña y fue un momento muy duro en el que tuve que hacer frente a dos muertes más. Sin embargo, fui clara en exponer que pocos días después se había empezado a rumorar que Juan Francisco Gómez, el alcalde de Barrancas, lo había mandado matar. Relaté en qué consistían las diferencias políticas con mi papá y dije que siempre ha tenido el poder directa o indirectamente en La Guajira. Declaré que, en una fiesta, él reconoció que había matado a mi papá "por sapo" y que siempre había escuchado que el sicario que le disparó fue un paramilitar.

—Todo el mundo tiene temor, tiene miedo, la gente está aterrorizada —enfaticé en el testimonio.

Cuando el fiscal hubo terminado, el defensor Gabriel Cancino enfocó su interrogatorio en quién me había dicho lo que sabía, la fecha, el lugar, la hora. Preguntó que si me constaban las diferencias políticas que existían entre mi

11. Escuela Superior de Administración Pública.

papá y Kiko Gómez. Muerta de miedo, fui clara en decir que no.

Por último, me preguntó cuál era mi relación con el periodista Gonzalo Guillén, cómo lo había conocido, cómo había sido mi contacto con él, qué información me había "suministrado", cuándo había sido la última vez que habíamos hablado... Entre pregunta y pregunta, no entendía cuál era el afán de saber eso, como si al que se investigara fuera a Gonzalo Guillén y no a Kiko Gómez.

Ahora que vuelvo a escuchar la declaración me hubiera gustado decir más, ser menos pusilánime, más directa y decidida. Pero tampoco tenía en mis manos la investigación que adelantaría después. La chica temerosa que declaró aquel día es otra completamente distinta a la de hoy.

Terminé exhausta. El corazón me latía a mil. Salí de la Fiscalía y regresé a la oficina a seguir trabajando. Algo en la cabeza me daba vueltas: me preocupaba que mis datos de contacto hubieran quedado expuestos. No confiaba en la Fiscalía y mucho menos en el abogado de Gómez Cerchar.

Al día siguiente llamé a Gonzalo. Le conté cómo me había ido, le dije que estaba asustada. Yo nunca había ido a dar una declaración.

En toda mi vida, solo había acudido a la Policía para denunciar varios robos que me hicieron cuando vivía en Barranquilla. Se me vinieron a la cabeza dos imágenes: yo tenía diecisiete años y a las seis de la mañana dos hombres irrumpieron en el bus en el que me desplazaba a la universidad y me apuntaron con un fusil. Me robaron todo, incluso los casetes de un trabajo audiovisual que debía presentar. Otro día, esta vez a los veintiún años, iba llegando a la casa, un domingo a las siete de la noche. Venía del supermercado cuando se me acercó una moto. Un hombre se bajó y blandió un puñal frente a mí. Me tiró al piso y me arrebató el bolso. Me empujó con tanta fuerza que rompió unos yogures que llevaba dentro del talego plástico. Al caer, me raspé las piernas y quedé tendida sobre el andén. Fui incapaz de levantarme. Nadie apareció para ayudarme. Cuando logré hacerlo, eché a correr botando lágrimas, angustia y rabia.

Después del testimonio, me sentía sola. Tenía miedo. Tanta presión me agobiaba. Gonzalo me dijo que habláramos con dos amigos más que eran abogados para pedir otra opinión. La tarde del 24 de enero fui a casa de Gonzalo para reunirnos con el exfiscal Jaime Charry. Él no vio ningún problema en el testimonio que había rendido y me dio alientos para seguir. Después, Gonzalo me presentó a María Elena Triana, abogada jubilada. La reunión fue en la casa de ella, a las siete de la noche. Le conté la historia y me animó. Había que seguir la lucha, decía.

Al rato, María Elena nos brindó unos tamales. Nos sentamos a la mesa a comer. Pasamos a hablar de otro tema, ya no recuerdo cuál, cuando de repente me timbró el teléfono. Yo no quería contestar porque estaba comiendo. Timbró otra vez y otra vez. 'Voy a ver quién es'. Contesté.

—Hija, mataron a Jorge Daza, el hermano de Bladimiro, mataron al hermano de Bladimiro —gritaba, desesperada, Francisca Sierra en la otra línea.

Bladimiro Cuello, contrincante de Kiko Gómez en las recientes elecciones a la Gobernación, era otro de los que aparecía en la lista de víctimas que ejecutaría la banda criminal de Gómez. Ya habían asesinado a Yandra Brito y a La Chachi Hernández. La que me llamaba en ese momento era la mamá de La Chachi, a quien comencé a tratar por la investigación contra Kiko Gómez.

—¡No puede ser, no puede ser! —exclamé sobresaltada. Colgué el teléfono y entre Gonzalo y yo comenzamos a consultar más gente, para confirmar la noticia que ya empezaba a propagarse en las redes sociales.

En varios tuits, Gonzalo se dirigió al entonces comandante de la Policía general Rodolfo Palomino: "Para esclarecer el crimen del doctor Daza debería detener la protección que la Policía da a Marcos Figueroa".

A raíz de las amenazas, Bladimiro Cuello se había exiliado en Estados Unidos desde 2012. Los planes criminales contra él no cesaban. De hecho, le habían advertido que, si él no aparecía, matarían a Jorge Daza, su hermano por parte de madre. Bladimiro Cuello había quedado huérfano muy niño y Daza había sido quien lo había ayudado a salir adelante. Eran inseparables y se querían mucho. Unos días antes del asesinato, Bladimiro fue nombrado cónsul de Colombia en Chicago.

Jorge Daza era un prestigioso médico neurólogo que tenía su propio consultorio en Barranquilla. Había sido secretario de Salud y docente. Tenía sesenta y dos años. Se había especializado en dolor, tema al que le dedicó tres libros. Diariamente podía examinar hasta cuarenta pacientes que llegaban desde varias ciudades de la costa. No obstante, cuando una persona no tenía cómo pagar la consulta, él la atendía y le regalaba los medicamentos.

Afirmaba que todas las personas que asistían a su consultorio tenían un dolor en el alma y por eso padecían problemas de salud. Tenía el don de servir, era una eminencia. Su otra pasión era la música vallenata. Componía canciones y llegó a grabar varios discos. Era padre de tres hijos y pertenecía a una logia masónica.

Durante el año anterior al asesinato, el doctor Daza recibió varias visitas del hijo de Kiko Gómez, Fernando Gómez Bacci, quien acompañaba a su novia a las consultas. Él había sido primero paciente del médico, debido a un tumor cerebral, y después lo fue la novia. La última vez que la acompañó fue en diciembre de 2013, un mes antes del asesinato de Jorge Daza, quien no veía ningún problema en que el muchacho estuviera presente.

La noche que lo mataron, el médico salió del consultorio hacia su casa, en el barrio Ciudad Jardín, en el norte de Barranquilla. Eran las 7:50. Cuando esperaba que se abriera el portón del parqueadero un sicario se apostó al lado de la ventana del carro y le disparó siete veces con una pistola nueve milímetros.

El carro que usaron para matar al médico fue incinerado, una característica del patrón criminal seguido por la organización de Kiko Gómez. Uno de los sicarios era Apolinar Betancour, soldado activo del Ejército. Fue condenado a veintitrés años de prisión.

Las personas que conocieron de cerca al médico Jorge Daza decían que era de una nobleza pura. Tal vez por eso nunca creyó que la orden de matarlo fuera a concretarse. Este asesinato ha sido uno de los que más ha dolido en la región.

"Me siento culpable, hermano mío. Tú no merecías esto. ¿Por qué han cometido esta barbarie? ¿Por qué las autoridades no lo impidieron?", expresó Bladimiro gimoteando en el sepelio, con el rostro humedecido.

Durante el entierro fue fuertemente custodiado por escoltas de la Unidad Nacional de Protección que tuvieron que sacarlo en medio del llanto, porque descubrieron que había sicarios encubiertos entre los asistentes. El plan era matar al médico para que Bladimiro fuera al sepelio y matarlo a él también.

Un general de la Policía le advirtió que debía llevarse del país a su esposa y a su hijo, porque el plan era matarlos a ellos también. Él le contestó que su hijo entraba a estudiar cuarto año de derecho, que no podía dejar en vilo su carrera.

Bladimiro Cuello tuvo que irse con su familia y no ha podido volver a pisar Colombia. Su hijo tuvo que interrumpir sus estudios.

El asesinato de Jorge Daza fue un mensaje claro para toda La Guajira. Si antes a los testigos les daba miedo declarar, a partir de ese momento se instauró el puro y físico terror. El poderío de Kiko Gómez seguía intacto y desde la cárcel él continuaba manejando sus hilos criminales.

26

La Fiscalía planteó como hipótesis que uno de los sicarios que participó en el asesinato de Luis López fue Jesús Albeiro Guisao, conocido con los alias Brayan, El tigre de Urabá, Richard y Jhonatan, entre otros. Llegó al Cesar en 1996 y estuvo al servicio incondicional del comandante de las Autodefensas Jorge 40, de quien fue su hombre de confianza.

Guisao se había atribuido más de mil homicidios, muchos de los cuales confesó en el marco de la Ley de Justicia y Paz, mecanismo jurídico creado en 2006 con el fin de que los paramilitares reconocieran sus crímenes a cambio de pagar una condena nunca superior a los ocho años.

El sicario fue tres veces a La Guajira. La primera estadía duró entre una semana y doce días, en enero o febrero de 1997, según su propio testimonio. El asesinato de mi papá ocurrió el 22 de febrero de ese mismo año. En varias declaraciones, de forma libre, espontánea y sin presión alguna, formuló graves denuncias contra Kiko Gómez.

"En La Guajira me recibió Kiko Gómez, el exalcalde de Barrancas. Ahí en ese pueblo se hicieron varias cosas, hubo varios muertos, más de cinco", dijo en la cárcel de Itagüí, en 2010.

A continuación, confesó varias masacres, algunas cometidas en 1997, en Barrancas, donde llegó con alias Camilo, otro asesino de los paramilitares cuyas características físicas coincidían con las del sicario que le disparó a mi papá. Camilo, asesinado años después, era moreno, grueso y de pelo crespo, tal como lo había descrito mi hermana Andrea. Guisao, era de piel blanca y con facciones similares a las que había detallado la recepcionista del hotel en una declaración que entregó a la Policía. El día que asesinaron a mi papá ella alcanzó a verlo en la puerta del hotel cuando se dio a la fuga corriendo con el otro sicario.

"Éramos dos urbanos inseparables, muy buenos sicarios. Nos cuidábamos la espalda", confesó Guisao.

Como se trataba de versiones libres, el sicario no se explayaba en detalles, caso contrario al de los interrogatorios en los que estaba obligado a responder. Lo importante era confesar el mayor número de delitos con el objetivo de esclarecer la verdad. Sin embargo, Guisao fue explícito y prolífico en relatar todos los macabros pormenores del asesinato de Dailer Alberto Molina, alias Caja negra, el 25 de diciembre de 1997, un crimen de su autoría.

"Lo torturé, le saqué los ojos, le rajé el pecho y le saqué el corazón. Lo castré, le abrí la boca de lado a lado, le metí los testículos en la boca, y muerto, lo arrojé cerca del DAS de Fonseca".

Al lado del cadáver de Dailer Molina fue encontrada una cartulina con la leyenda "Muerte a bandoleros y guerrilleros. Llegamos por el bien de La Guajira y estamos para quedarnos y para la gente de bien. Feliz Navidad y próspero año nuevo". Para aquel entonces comenzaba a crecer el paramilitarismo en la región.

Guisao afirmó que en 2001 tuvo que salir de La Guajira por "problemas con Kiko Gómez".

En el escrito de acusación, la Fiscalía concluyó que resultaba "altamente probable que Gómez Cerchar hubiese contratado a alias Brayan, directamente o por intermedio de alguno de sus jefes, para asesinar a Luis López Peralta".

Desde la cárcel de Montería, donde purgaba múltiples condenas, fue llamado a declarar en febrero de 2014. Extrañamente, frente al abogado de Kiko Gómez, Guisao comenzó a retractarse de sus afirmaciones. Algunas cosas se le olvidaron de repente. Ahora decía que Gómez había sido declarado objetivo militar por las Autodefensas porque él estaba persiguiendo a los paramilitares, aseveración absurda que no encajaba con los testimonios del resto de desmovilizados.

El fiscal Carlos Pedraza le enseñó una foto de mi papá. Era la última que me había tomado con él, en la que estoy a su lado, en mi cumpleaños. Guisao la tomó entre las manos, la observó fijamente y la alejó de la vista, como para verla mejor. El abogado Iván Cancino protestó por el hecho de que el fiscal le hubiera anticipado quién era el hombre que aparecía en la foto.

Guisao dejó la imagen sobre el escritorio sin dejar de mirarla.

—La verdad no me acuerdo bien de este señor. En este momento no tengo claridad de que yo haya cometido este homicidio —repuso ante el fiscal.

Si un delincuente como Guisao no se sostenía por

miedo en su versión sobre las andanzas criminales con Kiko Gómez, ¿qué se esperaba de los demás testigos?

Ya el temor fundado de las mismas víctimas era un impedimento para adelantar la investigación. Pero si los desmovilizados empezaban a recular o a retractarse de lo que habían dicho, el obstáculo iba a ser mayor.

Los cambios de versiones hacían que todo se volviera muy complejo en el ámbito probatorio. La Fiscalía tuvo que hacer un estudio minucioso de cada testimonio: corroborar, comparar las versiones, otear las coincidencias, atar cabos.

Años después, yo buscaría a Jesús Albeiro Guisao y, sola, —en la cárcel— lo enfrentaría para que me dijera la verdad sobre el asesinato de mi papá.

***

Kiko Gómez trazó una maniobra para que su juicio se hiciera en La Guajira, donde nunca lo investigaron, y donde los jueces y fiscales le temían y lo encubrieron: presentó renuncia a su cargo de gobernador. Esta le fue aceptada por el presidente de la república el 26 de febrero de 2014, lo que significaba que perdía la calidad de aforado y debía ser juzgado en el lugar donde ocurrieron los delitos.

El fiscal Julio Ospino radicó una solicitud ante la Corte Suprema de Justicia para que la investigación continuara en Bogotá, alegando que en La Guajira existían circunstancias que podían afectar "la imparcialidad e independencia de la administración de justicia, las garantías procesales, la seguridad e integridad personal de los sujetos procesales, testigos y funcionarios judiciales". En mayo, la Corte resolvió que la investigación y el juzgamiento debían tener lugar en Bogotá.

Por aquellos días, Kiko Gómez tuvo tres reveses más: la Procuraduría lo destituyó e inhabilitó por diecisiete años para ejercer cargos públicos, y la Fiscalía realizó un gigantesco operativo en el que le incautó veinte de sus propiedades, entre ellas, dos casas, un apartamento, siete lotes, un garaje, cinco fincas y cuatro establecimientos de comercio avaluados, según el certificado catastral, en tres mil quinientos millones de pesos. No obstante, el valor comercial real podía doblar esa cifra. Por último, la Contraloría le abrió siete procesos por malversación de fondos públicos.

Durante la etapa de instrucción, la defensa de Kiko Gómez pidió una decena de nulidades contra el proceso alegando falta de garantías y violación de sus derechos, pero la mayoría le fueron negadas sucesivamente. La investigación quedó cerrada y las pruebas se terminarían de recaudar durante el juicio oral que empezaba en pocos meses.

***

Yo había sopesado los pros y los contras de ir al juicio. No era necesario que estuviera presente porque tenía la representación del abogado Carlos Toro, pero no quería perder de vista ningún detalle. Quería mirar a la cara al hombre que mandó matar a mi papá.

No tenía que cumplir horarios de oficina. De modo que me acostumbré a solicitarle permiso a mi jefe y asistí, sin falta, a más de veinte sesiones del juicio durante casi dos años.

La primera audiencia estaba programada para el 11 de septiembre, pero, extrañamente, el Instituto Penitenciario no remitió a Kiko Gómez a los estrados y no pudo realizarse.

El 3 de octubre sería la audiencia preparatoria. Las partes intervinientes solicitarían más pruebas y testimonios para empezar el juicio.

***

El juzgado estaba ubicado en la calle 31 con carrera sexta, de Bogotá. El edificio es de ladrillos, un material característico de la arquitectura de la ciudad. Desde allí se ven las montañas que se yerguen en el oriente.

Yo estaba vestida con una falda negra ajustada a la cintura, una blusa rosada con lazo negro en el cuello, medias veladas y tacones. Llevaba el pelo suelto, ligeramente ondulado. Me sentía fuerte y segura de mí misma.

Entré al pequeño vestíbulo del edificio y me registré tras el vidrio de la secretaría, en el primer piso. La secretaria imprimió un papel con mi foto e identificación que debía lucir a la vista.

Kiko Gómez llegó esposado, con dos guardias que lo asían de los brazos. Estaba pulcramente vestido, con saco y corbata. Sonreía. "Mi gente", exclamó saludando a los guajiros que habían ido a acompañarle.

Las salas de los juzgados penales especializados de Bogotá son recintos de mediano tamaño, algunos sin ventanas, con cuatro pupitres del lado derecho en los que se acomodaban los delegados de la Fiscalía, el procurador y el abogado de la parte civil. En el lado izquierdo hay otros dos pupitres para el acusado y su defensor. Todos ellos están separados del público por un muro de mediana altura. Una silla especial es reservada para el testigo que debe declarar. Los espectadores se sientan en bancas de madera, como de iglesia, o en sillas plásticas negras, pegadas unas a otras. Las de un sector las ocupan generalmente quienes están del lado de la parte acusadora; las del otro, los amigos del acusado que, por lo general, son más.

Muchas veces el acceso a la prensa es restringido por la Policía a pesar de que la Constitución nacional dispone, sin excepciones: "No habrá censura".

Cuando ingresa el juez con su toga negra —costumbre recientemente implantada en Colombia— el público se pone de pie en un acto de cortesía y respeto como preámbulo a la ceremonia que habrá de realizarse.

Cada pupitre tiene un micrófono, aunque no siempre todos funcionan. Las paredes son blancas, pero debido al paso del tiempo el color de la pintura ha cambiado tornándose hueso, y en las orillas y los rincones se ven manchas de mugre y polvo. Del centro del techo cuelga una cámara de video con la que se filma cada audiencia. Por lo común está mal enfocada, de manera que apenas queda el registro de las voces de quienes intervienen.

Estas salas de audiencias no inspiran el respeto y tampoco poseen la magnificencia que reclama la justicia, como ocurre en las de países como Gran Bretaña, Estados Unidos o Alemania.

La juez Ximena Vidal Perdomo —joven, de cabello negro y revestida de cierta solemnidad— era quien presidía la audiencia. Al lado suyo reposaba la bandera de Colombia y diagonal a ella se ubicaba la secretaria del despacho.

El juicio era público y la prensa podía entrar. No obstante, la juez prohibió la presencia de cámaras.

A la primera audiencia fueron todos los sujetos procesales: el fiscal Julio Ospino y su auxiliar Carlos Pedraza, el procurador Rubén Escobar, el defensor Iván Cancino, el acusado y el abogado Carlos Toro en representación mía como víctima. Ni mis hermanos ni los familiares de los otros dos asesinados se constituyeron en parte civil.

En el salón el público estaba conformado, en su mayoría, por fervientes seguidores de Kiko Gómez —que viajaron desde La Guajira—, algunos periodistas y policías escoltas de la juez.

El fiscal me saludó estrechándome la mano, con su semblante templado. El abogado Iván Cancino también lo hizo con cordialidad.

Me senté detrás del abogado Carlos Toro, entre el público. Siempre llevaba una libreta para tomar apuntes —que aún conservo— y una grabadora. Aparte de Toro, nunca nadie me acompañó a las audiencias. De hecho, me desplazaba al juzgado en bus o en taxi.

La audiencia comenzó a las 11:27 de la mañana. La juez ordenó más de treinta y cinco pruebas, dispuso las reglas de juego (no usar el teléfono, no permitir personas de pie, etc.) y fijó las fechas de las próximas audiencias.

La sala estaba atestada. Algunos me tomaron fotos antes de que empezara la diligencia. Yo asumí una actitud audaz. Estaba preparada para lo peor. Los áulicos de Kiko Gómez no me intimidaban.

La audiencia terminó dos horas después y no pudo continuar en el resto del año debido a una huelga de la rama judicial.

El 22 de octubre de 2014, Kiko Gómez sufrió una nueva derrota: su jefe de sicarios, Marquitos Figueroa, fue capturado por la Policía en Boavista, norte de Brasil, donde se había escondido. Las autoridades colombianas le emitieron circular roja de Interpol (Organización Internacional de Policía Criminal). Marquitos se había fugado de la cárcel en 1998 y desde entonces siguió delinquiendo sin que nadie lo detuviera. En la casa donde fue capturado tenía un cuarto atiborrado de velas, santos y otros objetos para rituales nigrománticos. Esa vez los hechizos no pudieron salvarlo.

***

A principios de 2015 comencé a fotocopiar el voluminoso expediente. Cada cuaderno contenía no menos de trescientas páginas. Al final resultaron veinticinco cuadernos, es decir, más o menos siete mil páginas que fui leyendo metódicamente en jornadas que organicé de la siguiente manera: madrugaba, tomaba un bus, me bajaba en la carrera trece con calle 32, caminaba hasta la carrera sexta —donde estaban los juzgados—, me prestaban un cuaderno, caminaba varias cuadras hasta una fotocopiadora cercana, devolvía el expediente, tomaba otro bus para ir al trabajo y en la noche leía el expediente.

Estaba ansiosa por saber qué contenían las páginas de la investigación sobre el asesino que dañó mi vida. A veces, sin darme cuenta, me sorprendía el alba. Era ahí cuando reparaba que no había dormido nada. Cuando terminaba de leer le entregaba los cuadernos al abogado Carlos Toro para que él también los revisara. En la mañana siguiente repetía la rutina, un día tras otro.

La siguiente audiencia se fijó para principios de febrero. Kiko Gómez, desde la cárcel, decidió cancelarla arbitrariamente y su abogado Iván Cancino no se presentó alegando que estaba enfermo. A la juez eso la perturbó. ¿Cómo era posible que el preso resolviera cuándo empezaba el juicio y los guardias acataran la orden de no trasladarlo a los juzgados?

La juez Ximena Vidal tuvo que llamar al director de la cárcel y le recordó que su obligación era trasladar al acusado, pues ella no había aplazado la diligencia. Kiko Gómez fue conducido a regañadientes en horas de la tarde. En vista de que el defensor principal no iba a ir, la secretaria del despacho llamó al abogado suplente, Alfredo Montenegro. Él le mandó decir a la juez, muy orondo, que hiciera lo que quisiera porque no iba a ir.

Al escuchar el recado del defensor suplente, a la juez se le crispó el rostro.

—No permito aplazamientos, ni memoriales de aplazamiento, sobre todo porque las audiencias han sido concertadas con las partes —sentenció indignada.

La audiencia no pudo realizarse.

Pocos días antes de reiniciar el juicio comencé a recibir las primeras amenazas en el celular, escritas con una inquietante cacografía: "Tú quien te crees. Te boy aprovar que no se juega conmigo", "diana a ti te toco perder", "Malparida deja de joder o te mueres".

Antes, en las redes sociales, me habían insultado deshonrando la memoria de mi papá. Uno de los mensajes entró a las once de la noche. Yo daba vueltas. No podía dormir. Entonces, llamé al periodista Gonzalo Guillén y él me recomendó que hiciera la denuncia. Me levanté de la cama, prendí el computador, la escribí y me dormí aterrorizada.

El fiscal contra el crimen organizado que recibió mi denuncia ordenó investigar los números desde los cuales me hostigaban. Poco tiempo después pude saber que los mensajes provenían del peligroso barrio La Chinita, de Barranquilla. No hubo capturas y la investigación no siguió. Envié una carta a la juez advirtiendo de las amenazas y, cuando esta se incluyó en el expediente, extrañamente me dejaron de enviar mensajes.

Opté por ser reservada. No publicaba nada en las redes sociales. No quería empeorar las relaciones con mi mamá. Si un periodista me pedía una entrevista, yo lo ponía en contacto con mi abogado Carlos Toro y era él quien siempre respondía ante los micrófonos. Mi objetivo no era otro que buscar la verdad y la justicia. Pero me preguntaba: ¿A qué costo? ¿Habrá otro muerto?

***

El juicio se reanudó el 20 de marzo de 2015 con la indagatoria. La juez comenzó a interrogar a Kiko Gómez, que vestía saco negro y corbata roja, frente a una amplia concurrencia. Él tomó el micrófono y saludó a sus partidarios enviándoles un peculiar "abrazo wayú". A mí me tocó sentarme al lado de sus familiares, lo que me hizo sentir muy incómoda.

El interrogatorio fue tedioso: una y otra vez el acusado repitió que se había urdido un complot en su contra. Estaba cruzado de brazos y tenía los labios apretados.

—El fiscal me ha convertido en el peor bandido, en el peor criminal, cuando él hace parte de una banda de falsos testigos. El fiscal tiene que ubicarse —proseguía como en la perorata de la indagatoria anterior.

La expresión se transfiguró en ira: el ceño encapotado, los labios torvos, el rostro adusto, el tono de voz desatado en improperios contra el fiscal.

El fiscal Julio Ospino pidió a la juez que lo reconviniera en sus afirmaciones para que lo respetase. La actitud agresiva que tomó Kiko Gómez lo hundía cada vez más. La juez lo llamó a la discreción.

El apoderado de la parte civil, esta vez Alejandro Toro, hijo de Carlos Toro, volvió a preguntarle sobre mi papá. Gómez insistió en la amistad que supuestamente tenía con él y que había "lamentado mucho su muerte". Que era amigo de mi abuela y que las relaciones con mi familia eran tan buenas que siempre tomaba en alquiler el hotel para celebrar sus actos sociales. Lo decía como si eso lo absolviera de la responsabilidad del crimen.

Nada de lo que decía me asombraba. No obstante, hubo algo que despertó en mí el espíritu de investigar. Alejandro Toro le preguntó si sabía las circunstancias de tiempo, modo y lugar en las que se cometió el homicidio.

—Sí, fue asesinado en el municipio de Barrancas (…) y cuando supimos la noticia, nos dirigimos hasta el hospital donde estaba y fue en el carro mío que transportaron a Luis López hasta Valledupar, a la clínica Valledupar, donde falleció —contestó Kiko Gómez.

¿Qué pasó durante ese trayecto en el que mi papá viajaba moribundo en el carro del hombre que había ordenado su muerte? ¿Por qué el asesino ordenó que lo llevaran en su propio vehículo?

Las preguntas, todas juntas, empezaron a martillar en mi cabeza.

27

Las campanas de la iglesia tocaron a rebato. Se escuchaban toques prolongados y desesperados. Mi papá dormía en el tercer piso del hotel Iparú, en Barrancas. Se levantó de golpe. Una vaharada de humo se había colado por la ventana.

—Se está quemando la iglesia —gritó alguien en la calle.

En las viejas iglesias es costumbre tañer las campanas para anunciar un funeral, una misa o cualquier acto religioso. Pero ahora se escuchaban con un repiqueteo incesante para advertir una tragedia o un peligro inminente.

Mi papá descorrió la cortina y vio que se estaba incendiando la Alcaldía, situada frente al hotel. Dos muchachos corrían veloces, tal vez huyendo del lugar.

Extrañado, miró el reloj: eran las 12:15 de la noche. Se vistió rápidamente y bajó corriendo por las escaleras. Los aturdidos vecinos se empezaron a aglomerar afuera de la Alcaldía. Pedían auxilio en medio de la confusión. Corrían de un lado al otro, tocaban puertas de las casas. "¡Ayuda!", voceaban.

La Alcaldía tenía un vigilante permanente. Todos pensaron que él se estaba quemando. Así que zafaron el candado que estaba unido a una cadena y forzaron la puerta metálica para entrar.

Al lado del edificio había un negocio de comidas rápidas que, por la hora, estaba cerrado. Los vecinos sacaron ollas, baldes plásticos y toda clase de recipientes. Los llenaron de agua, entraron por la puerta de la Alcaldía y subieron al segundo piso, donde empezó a propagarse el incendio. La gente arrojaba el agua a la topa tolondra, bajaba a buscar más y volvía a subir. Mi papá era uno de ellos.

En Barrancas no existían bomberos ni vehículos para atender ese tipo de siniestros. En medio del barullo gritaban: "Llamen a Intercor, llamen a la Policía". Intercor era el nombre de la antigua mina de carbón a cielo abierto que después fue vendida a Cerrejón. Ellos tenían carros de bomberos.

"Eso no se me olvida porque nunca había tirado tanto balde de agua. Es más, todavía me duele el brazo de tanto balde de agua que tiré", rememoró un vecino del pueblo.

En la calle había un hidrante, pero no servía ni tenía agua. Gente de otros barrios se sumó a la empresa de apagar el incendio. Sacaban agua de las casas y de unos extintores que había en el primer piso. Alrededor de cuarenta personas se organizaron en una hilera para pasarse los recipientes de agua y acelerar el proceso. El último de la fila lo esparcía en el segundo piso del edificio. El fuego logró ser apagado dos horas después.

Mi papá revisó el edificio, pero no había nadie. El vigilante, ileso, salió por una ventana del Concejo que quedaba en la parte trasera de la misma edificación.

La Alcaldía tenía cuatro plantas. En el segundo piso, la

262

oficina jurídica se quemó en su totalidad. También ardió parte del despacho del propio alcalde Juan Francisco Gómez, quien no demoró en concluir públicamente que el incendio había sido provocado por un cortocircuito. No obstante, en el edificio nunca se fue la luz.

Los expertos aseguran que cuando hay un cortocircuito se disparan los interruptores automáticos y eso no ocurrió.

La oficina jurídica tenía cinco metros de largo por cuatro de ancho. Era el cuarto destinado al almacenamiento de todos los archivos. Contratos, licitaciones, hojas de vida de los funcionarios, constancias y documentos reposaban en viejos archivadores metálicos. El fuego abrasó todo.

—Voy a destapar las ollas podridas de esa Administración y a denunciar ante la Procuraduría esto que está pasando —advertía Luis López Peralta en las sesiones del Concejo. El incendio ocurrió pocos días después de su anuncio.

Mi papá ayudó a apagar la llama que consumió todos los documentos que necesitaba para denunciar al alcalde por malversación de fondos públicos y enriquecimiento ilícito.

Meses después, la Alcaldía tuvo que reparar y remodelar toda la segunda planta: reponer el piso, el cielorraso, poner nuevas ventanas e instalaciones eléctricas, y pintar las paredes.

La fecha del incendio es un enigma que no he podido precisar. Algunos dicen que ocurrió quince días antes de que mataran a mi papá. "Entre el 7 y el 15 de febrero de 1997", me dijo un exfuncionario de la Alcaldía. Otro habitante del pueblo entendía que había sido en enero y otro, que ocurrió a finales de diciembre.

Mi papá reconoció a los dos muchachos que vio corriendo cuando abrió la cortina del cuarto: eran parientes del propio alcalde.

El propósito del incendio fue desaparecer las evidencias de las corruptelas administrativas de Kiko Gómez y esto desencadenó el móvil del asesinato de mi papá. Porque él no se quedó callado. No era de hablar por la espalda, tal como operan los sicarios y sus patrones. Él enfrentaba con decisión. Entonces, fue a la emisora del pueblo y denunció con nombre propio a Gómez Cerchar como el autor de la quema de los archivos.

—El incendio fue provocado por el alcalde —sentenció—. Si el acceso a la Alcaldía era limitado, ¿por qué justamente quemaron la oficina jurídica? —se preguntaba.

Acusar públicamente al alcalde fue su sentencia de muerte. Mi papá fue asesinado días después de aquellas declaraciones.

Pero yo quería saber cuáles eran los documentos que él requería para denunciar al alcalde de la época. Así que en sendos derechos de petición a la Alcaldía y al Concejo, solicité a la primera el listado de todos los contratos de 1995 a 1997 y el reporte detallado de daños ocurridos a raíz del incendio. Al segundo, le pedí entregar copia de todas las actas de las reuniones en las que mi papá había participado y las proposiciones que había presentado como concejal.

La Alcaldía y el Concejo alegaron no tener a nadie en el archivo que pudiera encargarse de esa tarea. Sin embargo, la información que yo pedía era pública, carecía de reserva legal alguna y era obligación de las autoridades ponerla a mi disposición, no solo por ser ciudadana, sino periodista.

Tuve entonces que radicar una tutela contra Jorge Cerchar, alcalde de Barrancas y primo de Kiko Gómez. Un juez municipal falló a mi favor, obligándolo a entregarme en el término perentorio de dos días la información requerida.

La Alcaldía me respondió diciendo que no había encontrado ningún documento que diera certeza sobre la fecha del incendio ni tampoco reporte pormenorizado de los daños. De igual manera, me envió un desordenado listado de los contratos que suscribió Kiko Gómez en su primer periodo como alcalde. Obviamente, no aparecieron los contratos que yo estaba buscando.

El Concejo me envió copias de las actas y proposiciones de 1995 (la mayoría manuscritas e ininteligibles) y solo tres de 1996, entre esas, una sesión en la que mi papá cuestionaba la ejecución del contrato del acueducto regional. Barrancas debía aportar cien millones de pesos para terminar la planta de tratamiento, pero el alcalde no los había desembolsado.

—Han existido fallas (…) porque no se han hecho los gastos correspondientes. A estas alturas a la comunidad no se le puede salir con esto. Hay que poner interés en brindarle a los que tanto lo necesitan. La situación de la falta de agua es bastante preocupante —decía Luis López en mayo de 1996 frente a los demás concejales.

Resultaba inverosímil que el Concejo solo se hubiera reunido tres veces en todo 1996 y que no existiera ningún acta de enero y febrero de 1997. Era insólita la desaparición de todas las actas para que no quedara evidencia de algún debate que mi papá hubiera promovido, con miras a denunciar hechos delictivos o de corrupción administrativa.

La explicación, según el Concejo, es que el agua que apagó el incendio acabó con muchos de esos documentos.

Yo estuve detrás de varios de los concejales que compartieron recinto con mi papá. Solicité entrevistas, me acerqué de varias formas, pero no logré reunirme con ninguno. Uno de ellos, incluso, era víctima porque la organización criminal de Kiko Gómez le había matado a un pariente. En un par de ocasiones hablé por teléfono con ese concejal. Después no me volvió a contestar. Ahora todos eran amigos de Kiko Gómez.

Por todos los medios busqué la noticia del incendio en los archivos de periódicos locales y regionales. Pero el mismo reporte del hecho también había desaparecido. En los archivos de *Causa Guajira*, uno de los periódicos que existía en aquella época, no apareció ningún ejemplar de los años 1996 y 1997. Supuse, entonces, que la Fiscalía de San Juan había abierto una investigación para determinar los daños y encontrar a responsables del incendio. La respuesta era esperable: "No se encontró ninguna anotación al respecto", contestó en un derecho de petición.

***

Luis López y Kiko Gómez fueron amigos, compañeros en la política y en las parrandas. Pero se convirtieron en rivales cuando mi papá comenzó a forjar su propio destino y a rechazar todo tipo de corruptelas.

—El alcalde se ha apropiado del erario, por eso el pueblo no avanza, está sometido —señalaba. Él no pertenecía a la coalición mayoritaria que apoyaba a Gómez.

266

Otro hecho, tal vez el más decisivo en el primer distanciamiento, fue la reunión que mi papá lideró con un grupo de concejales para apoyar a un candidato a contralor, distinto al que respaldaba el alcalde.

—A Luis lo mató la envidia —dice uno de sus amigos, en Barrancas, que se abstiene de mencionar el nombre del criminal.

Era claro que, si mi papá continuaba su campaña, iba a ser el próximo alcalde de Barrancas. Kiko Gómez quería impedirlo. No estaba dispuesto a perder el poder. Por eso ordenó asesinarlo.

***

—No fue mayor cosa. No hubo pérdidas. No se quemaron documentos. No se supo si fue un cortocircuito o un petardo porque para esa época se ponían bastantes petardos —respondió Kiko Gómez cuando el fiscal Julio Ospino le preguntó sobre los hechos.

El fiscal auxiliar Carlos Pedraza viajó a La Guajira para tomar las declaraciones de siete concejales de la época que fueron llamados a testificar no solo sobre el incendio sino sobre los hechos que rodearon el asesinato de mi papá. Cipriano Pinto, uno de ellos, confirmó que el incendio sí se había presentado. "Se quemó bastante papel, al día siguiente todo estaba quemado", explicó. También mencionó que Luis López Peralta era polémico, le gustaba trabajar por la comunidad y aspiraba a la Alcaldía. "Él tenía vocación de servicio", exaltó.

Algunos de los concejales minimizaron el incendio y se

mostraron como defensores a ultranza del asesino. Tal fue el caso de Carlos Alberto García que, en su evidente sesgo, se atrevió a asegurar que todo lo que le atribuían a Kiko Gómez era mentira, que Marquitos Figueroa no era narcotraficante y que nunca le había conocido banda criminal. Al jefe de sicarios dijo conocerlo personalmente y ser su amigo. Es un simple agricultor, dijo. A este respecto, la única posibilidad de considerarlo agricultor era porque sembraba la muerte y cultivaba el terror.

Concejales de la época como Pedro Castilla y Rafael Carrillo decían haber escuchado el nombre de Marquitos solo por los medios ahora que tanto lo mencionaban las noticias. El primero llegó a señalar que dentro del Concejo nunca se presentó oposición al alcalde. Se le aprobaban todos los proyectos, nadie protestaba. "Hasta donde supe, las relaciones entre Luis López y Kiko Gómez fueron buenas", declaró.

Otros, como Oswaldo Fonseca, no recordaban discusiones o discordias que se hubiesen presentado en el Concejo. Ramiro Mejía reconoció que mi papá "era del equipo político contrario". Sin embargo, la totalidad de los concejales que declararon habían votado por Kiko Gómez y por los alcaldes que le sucedieron.

En lo que sí hubo consonancia entre los testigos fue en considerar a mi papá trabajador, amigable, buen compañero, bonachón.

"Era una persona que se había ganado el respeto como concejal y estaba en un camino muy próspero hacia una futura Alcaldía", testimonió Jaime Mejía, que en su declaración atribuyó el incendio a "un cortocircuito".

Otros declarantes ratificaron la intención que tenía de aspirar a la Alcaldía, que no había sido amenazado y que no se le conocían enemigos declarados.

Lo cierto es que hasta el inicio de la investigación nunca se había señalado a otra persona distinta a Kiko Gómez que tuviera la intención de acabar con la vida de mi papá. Sin embargo, la defensa esbozaría la peregrina teoría de que habían sido otros los autores del asesinato.

28

A mi papá lo mataron dos veces.

Lo mataron prolongando el hilo de su agonía durante casi dos horas en las que no recibió atención primaria. Lo mataron a lo largo del camino desde Barrancas hasta Valledupar. Lo mataron queriendo ensuciar su memoria.

Mi papá, herido, fue llevado al hospital de Barrancas aquel 22 de febrero de 1997. Un torrente de sangre brotaba de su cuello, donde había recibido el disparo. Estaba pálido. Tenía los ojos desorbitados, los movía de un lado al otro intentando hablar con ellos, transmitir su desesperación. Acostado en una camilla, agitaba las manos y acezaba. ¿Qué querría decir? ¿Qué habría dicho si hubiese podido hablar?

El hospital era supuestamente de primer nivel y ofrecía atención básica. No obstante, no había nada para atender a mi papá: ni una bala de oxígeno, ni medicinas. La joven médica de turno estaba haciendo el año rural, un servicio social obligatorio que deben cumplir los recién egresados para obtener la autorización del ejercicio en medicina. Ella no tenía experiencia y estaba sola.

En pocos minutos el hospital se atiborró de gente

abrumada con la noticia. Incluso, Kiko Gómez llegó en el carro oficial de la Alcaldía, según su propio relato en el juicio. Mi tía Gloria, hermana de mi papá, llegó corriendo. "Mataron a Luis", exclamaba azarada y bañada en llanto. El aire, sumado a la desesperación, se hacía más sofocante.

Las ruedas de la camilla, donde yacía mi papá agonizando, resonaron de vuelta hacia la puerta del hospital. No le prestaron ningún auxilio distinto a suministrarle suero gota a gota.

Decidieron remitirlo a una clínica en Valledupar. El hospital contaba con una vieja y desvencijada ambulancia Land Rover fuera de servicio y, si funcionaba, era muy lenta, según dijeron funcionarios. Kiko Gómez puso a disposición su carro, Mitsubishi Montero blanco, que estaba parqueado a las afueras.

—Un chofer, un chofer —suplicó Alcibiades Pinto, cuñado de mi papá. Él era el esposo de Gloria.

Habían pasado poco más de veinte minutos. Entre el gentío que se aglomeraba afuera del hospital apareció Martín Alonso Monsalvo, amigo de mi papá. Él se ofreció de conductor, pero observó que no podía llevarlo en su carro porque era de placa venezolana y solo estaba autorizado para transitar dentro de La Guajira. Monsalvo estaba vestido de bermuda y con los pies descalzos.

Al final, subieron a mi papá al carro de Kiko Gómez. Mi familia y los más cercanos amigos hasta ese momento ignoraban que él era el asesino.

Recostaron los asientos y tendieron a mi papá sobre una colchoneta. Alcibiades iba en el asiento del copiloto y la médica y Carolina Gámez, novia de mi papá, se embarcaron en la parte de atrás del carro.

Martín Alonso puso el motor en marcha hacia una larga carrera contra la muerte. Mi papá estaba al borde del abismo. Sangraba a chorros. Sus ojos eran dos espejos que se abrían cada vez más, y sus labios intentaban balbucir alguna palabra sin lograrlo. Era consciente de su angustia y dolor en todo momento. Se iba muriendo lentamente.

Detrás del carro iban varios amigos. Martín Alonso animaba a Luis en el camino:

—Compadre, no se preocupe que el que lo llevo soy yo. Te vas a salvar —le decía mientras conducía a 120 kilómetros por hora.

El carro se detuvo en el hospital de Fonseca para tratar de conseguir una bala de oxígeno. Pero no había y continuaron el camino hasta el siguiente pueblo. En Distracción tampoco tuvieron suerte.

Mi papá se iba ahogando con su propia sangre que le manaba por el cuello. Lo único que hacía la médica era limpiarlo con una gasa. Estaba nerviosa y no tenía idea de cómo actuar. En el recorrido, ella recibió una llamada en el celular, pero Alcibiades la previno: "No le digas a nadie por dónde vamos". Todavía faltaban cuarenta minutos de camino para llegar a Valledupar.

Monsalvo siguió timoneando hasta llegar a San Juan del Cesar, donde se suponía que el hospital estaba en mejores condiciones porque era de segundo nivel.

—Hermano, ánimo. Ten fuerza —le alentaba esta vez Alcibiades sobándole la cabeza.

En San Juan la médica se bajó a pedir auxilio, pero

supuestamente tampoco tenían una bala de oxígeno ni aparatos para intubarlo. Martín Alonso le quitó a mi papá la gargantilla y la pulsera de oro que tenía puestas. Las lavó en una fuente de agua y le entregó ambas joyas de oro a Carolina Gámez, la novia de mi papá.

Él nunca cerró los ojos y sus pupilas estaban cada vez más dilatadas. Su expresión denotaba mayor quebranto. Luchaba por no apagarse. Seguía respirando, latiendo, desafiando la muerte. Pero en cada segundo que pasaba perdía fuerzas.

—La orden era rematarlo en el camino o en el hospital. Y si llegaba vivo a Valledupar, había que rematarlo —me dijo, dieciocho años después, un testigo que siempre ha preferido no revelar su nombre.

Esta es la razón principal por la que cuento esta historia. Para que nunca sea olvidada. Para que se eternice. Para contar lo que mi papá no pudo durante sus últimos minutos.

La médica llamó a la Clínica Valledupar para alertar que iba con un paciente moribundo que necesitaba atención inmediata y transfusión de sangre tipo B positivo. Debían alistar la sala de cirugía para recibirlo.

La marcha continuó hasta la siguiente bifurcación. El timón giró a la izquierda para entrar a Villanueva, donde tampoco había tanque de oxígeno en el hospital. El medidor de la gasolina comenzó a marcar en rojo y, saliendo del pueblo, se detuvieron en una estación de gasolina. Alcibiades conocía a uno de los empleados y le pidió que le fiara unos galones para llegar hasta Valledupar. A la velocidad que iban, podían llegar en menos de veinte minutos.

Descendieron por la carretera que se abría paso por otros pueblos y caseríos. Urumita. La Jagua del Pilar. Varas Blancas. La Paz. Mi papá seguía respirando. Faltaba poco para llegar.

En la puerta de urgencias de la Clínica Valledupar ya se había apostado una decena de personas que esperaban la llegada. El carro frenó en seco y los acompañantes se bajaron. En la puerta estaban dos hombres raros. Alcibiades tomó la pistola de mi papá y se las esgrimió.

A mi papá lo iban a sacar por la puerta de atrás, pero justo en ese momento se trabó y decidieron abrir la delantera para trasladarlo a una camilla de la clínica.

Cuando lo cargaron en brazos para subirlo a la camilla, de su cuello se desprendió un gran coágulo de sangre.

—Carajo, se va a morir —pensó William Berardinelli, uno de los amigos que había acompañado todo el recorrido desde Barrancas.

Lo sentaron en la camilla. Se veía extremadamente blanco y lívido. Tenía un gran hematoma en el cuello y sus ojos eran sombríos pero abiertos de par en par. Los movía con desespero. Su presión estaba en 80/65 (muy por debajo de la normal: 120/80) y el pulso en 54 por minuto. Le administraron líquidos, le transfundieron medio litro de sangre, le conectaron electrodos y lo internaron en el quirófano donde lo intervendría el médico oncólogo Rafael Zabaleta.

Extrañamente, dentro de la clínica también estaba el médico ginecólogo Mario Gómez Cerchar, hermano de Kiko Gómez. Él vivía en Valledupar y en esa clínica atendía por consulta externa. No obstante, ese sábado no tenía turno. Había llegado apenas se enteró de que a mi papá lo trasladarían allí para ponerse a disposición por ser "paisano", según él mismo lo confesaría años más tarde.

Eran las 11:30 de la mañana. En el patio de la clínica se reunieron parientes y amigos cercanos para implorarle a Dios por la vida de mi papá. Recuerdo la imagen de las paredes blancas y la fuente sin agua sobre la que clavé la mirada cuando llegué con mi mamá.

El doctor Zabaleta no podía intubar a mi papá porque la lesión del cuello había obstruido la vía aérea. Entonces le hicieron una traqueostomía, por medio de una incisión, para facilitar el paso de aire a los pulmones y así poder iniciar la cirugía. Pero mi papá no respondía. Tenía las pupilas dilatadas y su presión descendió: 40/30. Al bajar la tensión arterial, su corazón comenzó a bombear más rápido, elevándose a una frecuencia de 150. Tenía taquicardia. Su respiración aumentó a treinta y seis (lo máximo es veinte) y la hemoglobina bajó a ocho (el valor normal es entre catorce y dieciséis). Los médicos le abrieron la piel y buscaron directamente una vena para canalizarlo. Le suministraron más líquidos y comenzaron con las maniobras de resucitación.

El corazón se detuvo. Había dejado de llegarle oxígeno al cerebro.

En el monitor cardíaco apareció la línea horizontal plana y resonó el pitido de la muerte. No había nada que hacer. Eran las 12:30.

El calor del mediodía, aunado a la impotencia del asesinato, retumbaba como ráfaga de fuego.

Al cabo, salió el médico Mario Gómez, vestido de ropa

particular, sin la respectiva bata blanca. Hizo un ademán para llamar a mi tía Gloria y comunicarle la noticia: mi papá había fallecido. Hubo un instante de silencio, después del cual se desataron gritos y lamentos inundados de lágrimas. Otros quedaron mudos y se limitaron a extender abrazos de sentido pésame.

El cadáver fue trasladado a la morgue del Hospital Rosario Pumarejo de López para practicarle la necropsia. En ese lugar también trabajaba como ginecólogo Mario Gómez desde 1992. Él llegó para seguir pendiente y ayudar a agilizar los trámites, sin que nadie lo hubiera pedido y sin que fuera su obligación. En medio del dolor, aquello no causó sospecha pues él era el padrino de uno de mis primos y todavía no se rumoraba quién había mandado matar a mi papá.

En los últimos años mi papá había engordado. Pesaba 102 kilos, así que no era fácil conseguir una urna acorde con su cuerpo. Mario Gómez, hermano del asesino, ayudó a conseguir el ataúd y prestó un cheque para pagarlo.

Ahora trato de dilucidar aquella escena: ¿El hermano de Kiko Gómez era parte de la estrategia? ¿Lo mandaron o fue por voluntad propia? ¿Ignoraba que su hermano era el asesino? ¿Era, entonces, solamente un espectador de la situación?

Hoy quiero darle el beneficio de la duda y prefiero pensar que cayó en una trampa, que estuvo ahí porque en realidad quería ayudar.

Lo cierto fue que haber llevado a mi papá en el mismo carro del asesino fue una manera de terminar de matarlo. De matarlo por segunda vez.

29

En el expediente del asesinato de los campesinos —que también se le imputaba a Kiko Gómez en el mismo juicio— se incluían mapas sobre cómo ocurrieron los hechos y diagramas del curso de los proyectiles en los cuerpos de las víctimas. No obstante, en el de mi papá no había nada de eso. El expediente solo incluía el acta de levantamiento de cadáver y la necropsia que establecía la causa exacta de la muerte.

Yo necesitaba reconstruir toda la historia, así me doliera. Saber la verdad tal vez mitigaría el desconsuelo. Y contar la historia, paliaría la impotencia que me oprime desde niña.

Como una de las personas que pasó los últimos días con él fue su novia Carolina Gámez —a quien nunca conocí—, decidí enviarle un mensaje por Instagram, contándole que era una de las hijas de Luis López y que quería escuchar su versión. El primero se lo envié en octubre de 2018. No me respondió y, al cabo de unos meses, volví a escribirle, además para preguntarle si ella se había quedado con las joyas de mi papá que nunca aparecieron. La respuesta me aterró: Dijo que era una abusiva y atrevida, y que si yo "la seguía acosando me iba a denunciar". Me aterró saber que mi papá le hubiera dedicado tiempo a esta mujer. No volví a escribirle.

Por otro lado, solicité la historia clínica de mi papá en el hospital de Barrancas, pero la gerente adujo que no la había encontrado porque el documento solo podían conservarlo en el archivo durante máximo veinte años. La Clínica Valledupar tampoco halló los libros de turnos de urgencias y afirmó que el médico Mario Gómez Cerchar no tenía relación laboral con la clínica para aquella fecha.

A principios de mayo de 2015, en medio del juicio, decidí buscar a un médico forense por recomendación del periodista Gonzalo Guillén. Necesitaba que me explicara la necropsia y cómo había sido la herida de mi papá. En una ojeada que le había dado al documento me di cuenta de que el disparo había sido en el cuello, y no en la cabeza, como siempre había pensado.

Aquello no dejaba de inquietarme. Entonces, le hice la consulta al médico forense Aníbal Navarro. Le envié la necropsia y nos pusimos cita unos días después.

El doctor Navarro, con más de una década de experiencia profesional en aquel momento, era profesor universitario y había trabajado durante cinco años en el Instituto de Medicina Legal. A lo largo de su vida había realizado más de setecientas necropsias y resuelto decenas de casos de desapariciones y violaciones de derechos humanos.

Eran las cuatro de la tarde. Le estreché la mano y nos sentamos en una cafetería bulliciosa cerca de la Universidad Libre, en el occidente de Bogotá. El doctor Navarro es alto, de ojos verdes, labios gruesos y barba. Tenía puesto una chaqueta azul turquí y yo llevaba un abrigo negro, pero aun así el frío me calaba los huesos.

Pedimos café y nos acomodamos en unas sillas de madera sin espaldar. Yo encendí la grabadora y él su tableta para buscar una imagen de la anatomía del cuello humano. La mostró frente a mí y comenzó a explicar cuál era la lesión que había tenido mi papá:

—A su padre le dañaron la arteria facial externa derecha y la vena yugular externa derecha, que es la que irriga las mejillas, nariz, labios y el piso de la boca. Si hubiera sido la interna se muere enseguida porque es la que lleva la sangre al cerebro.

Luego, en la misma postura, Navarro prosiguió:

—Él empezó a desangrarse por ahí. En todo el cuello hay cinco venas. A su papá le dañaron la vena yugular, que es la que recoge la sangre de la parte superficial del cuello. A él debieron haberle puesto lo básico: necesitaba oxígeno porque tenía menos sangre y eso hace que el esfuerzo del cuerpo sea mayor, debieron canalizarlo para ponerle líquidos endovenosos y mantener el volumen sanguíneo y, ante esa lesión, haberse preparado para intubarlo. El oxígeno existe desde la Segunda Guerra Mundial.

Si a mi papá lo hubiesen estabilizado desde que fue llevado al hospital de Barrancas, con seguridad estaría vivo. Al no haber controlado su sangrado durante más de dos horas, cuando llegó a urgencias a la Clínica Valledupar ya era muy tarde para salvarlo. Lo dejaron morir. Había perdido mucha sangre y los órganos habían sufrido porque no les llegaba el oxígeno suficiente.

Miré a los ojos al médico forense y después volví a enfocar la vista en la imagen del cuello que estaba expuesta en la pantalla.

El cuerpo humano tiene cinco litros de sangre, explicó el doctor Navarro. "Cuando te baja a cuatro, fuerzas el corazón, fuerzas los pulmones, fuerzas todo. Lo pones a trabajar más de lo necesario. Si tú le das líquido al corazón para que funcione, vas a estar con menos sangre, menos oxígeno, pero vas a tener más chance de vida".

Di un prolongado suspiro y le pregunté:

—¿Qué debió haber hecho la médica?

—Si tenía conocimientos de anatomía, podía usar seda y bisturí para hacer una incisión y encontrar la vena y la arteria, y ligarlas, cerrándolas definitivamente. La naturaleza es sabia y suele tener otros caminos para conducir sangre. Así habría parado el sangrado y su papá se habría salvado —respondió.

Como a mi papá no le hicieron absolutamente nada en el hospital de Barrancas, su tráquea se apretó y prácticamente murió ahogado. Se desangró porque pasó más de dos horas sin asistencia médica. A lo largo del camino pudo haber perdido hasta tres litros de sangre.

Lo observé fijamente, tratando en vano de no quebrarme. Seguí con la mirada a un carro de helados que pasaba por la calle en ese momento. Sonaba la melodía *Para Elisa*, de Beethoven, lo que me hizo recordar mi infancia. En la ciudad había empezado a oscurecer.

Quedé estupefacta, me había topado con una parte desconocida pero abyecta de la historia: mi papá se hubiera podido salvar, pero hubo negligencia.

Mi cuerpo se puso igual de rígido que cuando supe la noticia de que mi papá había muerto en la clínica Valledupar. Tenía la voz rota, los músculos tensos de la cara. Atribulada, intentaba continuar con la entrevista.

Su imagen, moribundo, me venía a la cabeza —una y otra vez— como una salva de disparos que me cortaba la respiración.

¿Era eso real?

El dolor era asfixiante. Apesadumbrada, revivía una y otra vez la agonía de mi padre: como si pudiera modificar el final, como si pudiera cambiar su dolor. Entré en un soliloquio de preguntas: ¿Cómo no hicieron nada? ¿Cómo lo dejaron morir?

Cada nuevo detalle sobre la manera como mi papá había agonizado, amenazaba con derrumbarme. El médico seguía hablando, pero yo ya no escuchaba. De pronto, volví en mí cuando al instante reveló:

—Esas lesiones bien tratadas no llevan a la muerte. Él murió por un choque hipovolémico, es decir, se desangró.

Me preguntaba si sentía dolor, si estaba mareado o si se desvanecía como cuando yo había tenido desmayos en la niñez. ¿Qué se siente quedarse sin sangre?

Me puse de pie y me despedí agradeciéndole por su tiempo y explicación. De regreso a casa en el primer taxi vacío que tomé vi un celaje de nubes entre anaranjadas y violetas. Una ráfaga fría se colaba por la ventana silbando al unísono con los pitos de los carros. Acodada en el reposabrazos, gemía. Me faltaba el aire. Entonces, prorrumpí en un llanto desconsolado. Todas las lágrimas que no derramé en el entierro comenzaron a salir a raudales.

Empecé a temblar de frío. Había estado, a lo largo de la vida, coleccionando tristezas y soledades. Ahora lo que más me dolía era el sufrimiento desbordado de mi papá. Un sentimiento de inconformidad estallaba en mí.

Si no me doliera, aún después de veintitrés años, no escribiría este libro.

La muerte de mi papá ya era diáfana: había estado agonizando durante horas vacías hasta que no aguantó más. Era eso lo que más me dolía.

Otro concepto —en el mismo sentido— me lo dio, días después, un médico de Estados Unidos al que también consulté:

"La fuente del sangrado fueron unos vasos sanguíneos del lado derecho de su cuello, que realmente no eran vasos muy grandes o que normalmente se consideran como fuentes peligrosas de desangrado si hay atención adecuada (…) Lo primero que debía hacer era parar la hemorragia desde el momento del impacto. Aplicando presión a la herida adecuadamente se hubiera disminuido mucho la pérdida de sangre".

Todo me daba vueltas. Sentía náuseas. En el trabajo no lograba concentrarme. La comida me caía mal. La piel me dolía. El llanto desgarrado se precipitaba en cualquier lugar: en los pasillos del edificio donde trabajaba, en la calle, en el bus…

Llevaba dos semanas así cuando le conté a mi amiga Astrid. Le había escuchado hablar de una terapeuta que decía ser muy buena. Yo necesitaba ayuda porque empezaba a perder el sentido de vivir. Cuando a mi papá lo mataron, también murió una parte de mí.

***

La terapeuta Rosita Uribe me recibió a las siete de la maña-na a finales de mayo de 2015. En el consultorio las campa-nas repicaban con el viento que entraba por la ventana. Yo estaba vestida de negro de pies a cabeza. Inconsciente-mente había elegido aquel color desde hacía varios días.

Me concentré en la melodía que creaba el tintineo de los tubos al chocar con la madera, de la campana suspen-dida en el aire, que era iluminada por el sol incipiente de la mañana. Rompí en llanto. Rosita estaba frente a mí, senta-da en una silla de madera. Era su primera paciente del día.

Con la mirada lánguida y turbada por lo que ahora sa-bía sobre la muerte de mi papá, le conté que ya no quería vivir. Que la vida me era extraña, le dije con un hilo de voz. Por más maquillaje que me hubiese aplicado tenía ojeras y la cara tan hinchada como el alma.

Me había dado cuenta de que había hecho, por retazos, el duelo por el asesinato de mi papá. No había podido des-prenderme de la imagen de su tumba y esa iniquidad me había rondado siempre. Era como si no hubiese vivido la vida, sino la vida a través de la sombra de la muerte de mi papá. Comprender eso, por fin, me resultaba liberador.

Ahora que ya sabía por qué y cómo lo habían matado, me sentía con potestad para llorar, y con el valor para exi-gir justicia.

A sus cincuenta y cuatro años, Rosita era una mujer sonriente y cálida. Sabía escuchar y yo me sentía confiada en su consultorio. Me dijo que era importante que empezara a encauzar mi vida. Me preguntó qué quería y le dije que quería escribir una crónica. Ella me animó. "Pero antes tienes que salir del negro. Llena tu vida de color. El lunes viste de amarillo, el martes de rojo…" y así continuó con una lista de colores que debía usar la semana siguiente.

La miré de soslayo, no muy convencida. Rosita llevaba varios años trabajando en una terapia basada en la descodificación biológica de enfermedades. Para ella todo tenía un sentido, incluso el oficio que cada cual había elegido.

—Las profesiones y los oficios son la solución de nuestros conflictos. Por eso te volviste periodista, por la necesidad de reconstruir la historia de tu papá —me explicó.

Seguí yendo a su consultorio todas las semanas para hacer el duelo. Una de las terapias consistió en regresar al momento de la muerte para vivirlo —ya no en silencio— sino aceptando y dejando fluir el magma de sensaciones ajenas a mí: la impotencia, el desconsuelo, el agobio, la frustración de haber podido salvarlo…

"Había un vacío muy grande en la construcción de tu estructura, como si lo único que te importara fuera la muerte de tu papá, como si hubieses crecido por inercia. Tenías que aceptar y conectarte con tus emociones porque resistirse a ellas es lo que crea el caos", me aclaró Rosita unos años después de aquellos primeros encuentros.

Al tiempo que hacía las terapias, comencé a escribir la crónica sobre el asesinato. No obstante, había un sueño recurrente que me atormentaba: veía a mi papá regresando a la vida, incólume y radiante, como si nada hubiera pasado. Sonreía. Había estado escondido en algún lugar todos estos años. En el horizonte se vislumbraba una luz blanquecina que solamente dejaba ver su silueta en una calle inhóspita y desconocida cuyo viento mecía las ramas de los árboles del andén. Al verlo, sentí una punzada extraña de felicidad y de rabia. Felicidad porque estaba vivo y rabia porque se había escondido de mí. ¿Por qué se había perdido durante todo este tiempo?

De alguna manera siempre he querido comunicarme con él y este sueño era el miedo mismo de publicar la historia. Como periodista, había publicado varios reportajes, pero sabía que la revelación podía quitarme el sosiego. Rosita me decía: "Tienes que tomar una decisión. ¿De qué lado quieres estar?". Era evidente que yo era muy vulnerable. Siempre fui enfermiza, insegura, pusilánime. Esta vez sabía lo que quería, pero temía dar el paso.

Cerca de la fecha de publicación llamé a mi mamá. Le conté que iba a publicar algo sobre mi papá. Ella me pedía prudencia, es decir, silencio. Pero ¿cómo me iba a quedar callada ante un crimen tan atroz como el de mi propio padre?

Silenciarme era como estar del lado del asesino, como aprobarle que lo hubiera matado. Yo sentía culpa por la angustia de ella. Pero prefería correr el riesgo que vivir entre las grietas del miedo.

En el pasado sus amonestaciones y palabras siempre se cumplían: "Bájate de ahí, que te vas a caer", me advertía cuando era niña. Y me caía. Ahora no sabía si me lo advertía por miedo o porque presentía algo.

Mi papá dejó ocho hijos, pero yo fui la única que denunció al asesino con nombre propio. Y lo hago una y otra vez, no para vengarme, sino para preservar su memoria.

La verdad, escondida y silenciada, fue lo que no borró el desierto.

Publiqué una crónica, que fue leída y compartida por miles de personas, y desató todo tipo de comentarios y conmoción en mi región. Revelé detalles que fueron significativos y que sirvieron de base para varios interrogatorios en el juicio. Ya no tenía miedo.

El problema ahora era mi familia: me criticaban y juzgaban. Incluso, tenía el rechazo de mi propia madre. Ella se puso furiosa y dejó de hablarme varios días. Me dijo que cómo era posible que me atreviera, que dejara eso quieto, que "tanta gente que habían matado", como si ello fuera un argumento o una justificación. "Mami, si no lo hacía no iba a estar tranquila, y callar también es un guiño cómplice con el asesino", le dije, pero no alcanzó a escuchar porque, enardecida, colgó intempestivamente el teléfono.

La relación empeoró cuando a las dos semanas fui a La Paz para su cumpleaños y —como era una zona de alto riesgo— llegué acompañada de dos policías enviados por la Dijín para mi protección, a petición del fiscal que llevaba mi caso por amenazas. Para ella eso era la reconfirmación de que sí estaba en problemas. Me increpaba: ¿Qué has hecho? ¿En qué lío te has metido? Era difícil explicarle que era otra, que había vencido el miedo y que nada me haría desistir de las aspiraciones de justicia.

A mi mamá la emponzoñaban varios parientes cobardes que habían normalizado el silencio frente a las injusticias. Intentaban amedrentarme por todos los medios posibles para que me retirara del proceso. Una de las parientes me escribía a menudo reconviniéndome sobre la actitud majadera que había asumido, llamándome a la "sensatez" y culpándome porque la salud de mi mamá hubiera decaído. "La estás matando", me decía en tono áspero. "Te hace falta buscar a Dios", remataba.

La situación se puso peor cuando el hermano médico de Kiko Gómez me denunció por presunta calumnia y empezaron a llegar —a la casa de mi mamá— reiteradas citaciones para una audiencia de conciliación con él en Valledupar. Lo más sorprendente era que un funcionario judicial me anunció por teléfono que si no iba, entonces, me imputarían cargos. Presa de temor, le solicité al fiscal general que trasladara el proceso a Bogotá por falta de garantías, lo que, en efecto, se hizo, y unos años después fue archivada la denuncia por el fiscal delegado del caso.

Todo era espectral y repleto de incertidumbre. Recuerdo las palabras de Gonzalo Guillén un día que lo llamé en medio de aquellas vicisitudes, no solo de tensión en mi familia sino de amenazas: "El tema siempre ha sido gravísimo. Asesinaron a tu papá. Así escondas la cabeza entre la tierra como el avestruz, la realidad es muy grave y dolorosa. Estás haciendo lo correcto".

Denunciar a Kiko Gómez cambiaría muchas cosas: en adelante fue como vivir bajo la espada de Damocles.

***

A finales de agosto de 2015 comencé —sin saberlo— a tener súbitos desmayos. La primera vez ocurrió cuando me bajaba de un bus, en la carrera trece con calle 32, a pocas cuadras del juzgado. Un muchacho que se había apeado antes corrió a auxiliarme. Cuando abrí los ojos estaba tumbada en la acera y la gabardina blanca que tenía puesta quedó tiznada de mugre. Seguro me doblé el pie, pensé confundida. Antes, cuando era niña, sentía que me sobrevenía el síncope. Esta vez no presenté ningún síntoma. Ni mareos previos, ni palidez.

La segunda vez tuve múltiples golpes en las rodillas y en los labios. Me había levantado de la cama y dos pasos después estaba en el piso. Nuevamente la confusión: ¿con qué me enredé? ¿por qué me caí? Y después otra vez, y otra vez, hasta que fui al médico y me ordenaron exámenes. "Tienes un bloqueo en el corazón", me comunicó el cardiólogo.

Mientras avanzaba el juicio yo estaba viviendo ese torbellino de síntomas. Tensiones bajísimas. Mareos. La vista nublada. Fatiga. Mucha fatiga. Me costaba despertarme.

Otro día, después de desayunar, y con mi mamá de visita en Bogotá, entré al baño a lavarme los dientes y empecé a sentir calor en todo el cuerpo. Me desplomé. "Te pusiste morada", me contó después mi mamá, que sabiamente me extendió las piernas hacia arriba y me aplicó alcohol en la nariz, hasta que volví en mí.

La raíz de los síncopes, no obstante, era aún inexplicable para los médicos. Dos años después el cardiólogo me implantaría un monitor cardíaco y me diagnosticaría disautonomía, una falla del sistema nervioso autónomo cuyo papel central es regular las actividades involuntarias: el pulso, la respiración, la presión, la temperatura, la digestión. Una serie de hábitos pueden mejorar parcialmente los síntomas, pero no hay cura.

Mi vida había sido una sucesión de muertes. La de mi papá, mi abuela, mi bisabuelo, mi tío.

Cuando me desmayaba también sufría otras repentinas pequeñas muertes.

30

Todo estaba planeado para que Kiko Gómez saliera de la cárcel legalmente. Glorioso, saldría por la puerta que había entrado un año y medio antes para no volver jamás. Su plan era valerse de su ciudadanía italiana para refugiarse en ese país al que huiría en un vuelo chárter. Huir de la justicia. Huir de las víctimas. Huir de los cargos que le acusaban en Colombia.

A las once y media de la noche del sábado 11 de abril de 2015, el abogado Carlos Jiménez Otálvarez presentó ante un juzgado de Barranquilla, en el norte de Colombia, una solicitud de libertad para su cliente Kiko Gómez a través de un recurso jurídico de *Habeas Corpus*. Argumentó falta de garantías y prolongación ilícita de su detención.

El juez civil Abelardo Andrade —orondo, de cara tosca y mofletuda, y apasionado por el trago y las parrandas vallenatas—, concedió el recurso sin estar de turno aquel sábado y sin conocer el expediente. Lo hizo en las primeras horas del lunes 13 de abril, como lo había acordado previamente con el abogado de Kiko Gómez.

Dos minutos después de que el abogado Carlos Jiménez radicara la solicitud de libertad de Kiko Gómez, presentó otra idéntica para el jefe de una banda criminal, decisión que le fue conferida por el mismo juez y con los mismos argumentos que la de Kiko Gómez.

Todo ciudadano que considere que se le esté violando su derecho a la libertad, ya sea porque se haya rebasado el plazo legal para que inicie su juicio, se hayan vencido los términos procesales, o bien se esté vulnerando cualquiera de sus garantías, puede interponer la acción constitucional *Habeas Corpus* y un juez —de la ciudad donde esté recluido o donde se haya producido el arresto ilegal— tiene un plazo de treinta y seis horas para resolverlo a favor o en contra.

En el caso de Kiko Gómez no había razones para concederle la libertad, menos aun tratándose de delitos gravísimos como homicidios y concierto para delinquir con grupos armados ilegales. El juez Andrade estaba a mil kilómetros de distancia de Bogotá y no conocía el proceso. Era imposible que hubiera leído —en menos de dos días— cuatro mil páginas del expediente.

El juez convino la decisión, fallo por el que recibió más de mil millones de pesos (alrededor de 400.000 dólares, al cambio de la época). Entonces, expidió la boleta de libertad y, desde Barranquilla, la envió al Instituto Penitenciario y a la juez Ximena Vidal en Bogotá, que llevaba la causa por el homicidio de mi papá. Ella se mostró extrañada con la decisión, dado que la solicitud de libertad —en caso de haberle vulnerado algún derecho o sobrepasado el plazo de juzgamiento— debía haberse elevado primero ante ella, que era la competente para decidir.

El martes 14 de abril, en la madrugada, el periodista Gonzalo Guillén se enteró de que Kiko Gómez se aprestaba a salir de la cárcel. A esa hora llamó, para dar aviso, al entonces vicefiscal general Jorge Perdomo. Las autoridades, ignorantes del plan, corrieron a desempolvar otra investigación —que andaba a pasos de tortuga— y profirieron una nueva orden de captura por los asesinatos de José María Benjumea, su hijo Edwin y el escolta Elías Plata Mendoza, ocurridos en agosto de 2000.

Un agente de la Fiscalía, vestido de negro y con las insignias de Policía Judicial, acudió ese mismo día en la cárcel La Picota, sur de Bogotá, para anunciarle a Gómez la nueva orden de captura por los tres homicidios.

Gómez se disponía a salir a toda prisa de su celda. Tenía las maletas listas cuando fue llamado a la reja por uno de los guardias. Él pensó que era el aviso ansiado de su libertad. Atravesó los pasillos hasta llegar al cuarto donde lo esperaba el agente de la Fiscalía.

Tenía puesta una camiseta blanca del equipo de fútbol Real Madrid, en cuya espalda se podía leer James, el nombre del célebre jugador colombiano. Estaba cruzado de brazos, tal vez intentando tapar su abombada barriga que parecía haber disminuido durante su estancia en prisión. Su cabello ondulado estaba revuelto y sus uñas, pulcramente cortadas y pintadas de brillo. El sol reverberaba tras las rejas carcelarias.

—Señor Juan Francisco Gómez, le informo que la Fiscalía 74 del Tribunal de Bogotá, ordena su captura por el delito de homicidio dentro del proceso 18684 —el funcionario judicial leyó un documento que sostenía en las manos. Hizo una pausa para mirarlo a los ojos.

Kiko Gómez observaba estremecido el papel y curvó

los labios. Tal vez trataba de buscar en su memoria cuál de todos los homicidios le imputarían ahora. Comprendió que su plan se iba al garete.

—Este procedimiento es para notificarle de esta orden de captura —dijo el funcionario, trastabillando—. Le recuerdo que usted tiene derecho a indicar a qué persona comunicar de su aprehensión, derecho a guardar silencio... —prosiguió.

Kiko Gómez permanecía atónito, con el rostro huraño y sin musitar palabra. Cuando el funcionario le preguntó a qué persona podían notificarle, le hizo un ademán al guardia de la cárcel para que llamaran a su otro abogado, Sergio Ramírez, que en ese momento esperaba su salida en la oficina de dirección del penal. El agente de la Fiscalía apuntó el nombre del abogado y le acercó el documento para que firmara la orden de captura.

—No, yo no firmo. Sin el abogado, yo no firmo —masculló Kiko Gómez mientras se rascaba la barba.

Dio un paso atrás, castañeó y acercó a su boca un palillo de madera. Escarbó con nerviosismo las junturas de los dientes y a la vez lo mordía repetidamente. Por el palillo rodaba saliva y restos de comida que luego sorbía con estruendo. Se balanceaba y arrugaba la frente.

El funcionario le aclaró que la firma era para que quedara notificado de la orden de captura. Gómez se negó con la cabeza mientras seguía limpiándose las muelas con el palillo y rechinando los dientes.

—Esperemos al abogado —dijo determinante.

Luego de un rato y sin que el abogado llegara, pidió un bolígrafo al guardia, se acercó a una mesa desportillada y llena de cochambre, y, derrotado, anotó en un papel los datos de la causa de su nueva detención. Se despidió y se retiró de la sala visiblemente desencajado.

Entre tanto, el juez Abelardo Andrade —que ordenó la libertad— fue capturado una semana después por los delitos de prevaricato por acción y abuso de la función pública. Contra el juez había una decena de investigaciones por fallos corruptos. Su negocio era venderlos. Estaba lejos de impartir justicia.

***

La Fiscalía presentó como testigos en el juicio a los agentes judiciales que viajaron a La Guajira a investigar. Ellos dieron constancia de los atestados judiciales que habían realizado en el extenso expediente. Manifestaron sentir temor por las dificultades afrontadas en el curso de la investigación y las labores propias de policía judicial que desempeñaron, tales como buscar testimonios e inspeccionar archivos.

Alberto Jiménez, uno de ellos, relató el seguimiento de una camioneta de vidrios polarizados cuando estuvo en Riohacha, capital de La Guajira. Jorge Tulio Ardila, otro investigador, recordó el miedo de la gente a colaborar y cómo algunas víctimas contaban sucesos que decían conocer, pero al pretender oírlas con las formalidades legales, en un interrogatorio, no se atrevían. Carlos Pregonero dio cuenta de la aprensión y aspereza con las que mi tío William, hermano de mi papá, recibió a los investigadores de la Fiscalía, negándose rotundamente a colaborar.

Pregonero continuó diciendo que mientras recibían la declaración de Juan Carlos León, uno de los compinches de Kiko Gómez, se asomaron por un ventanal cuatro hombres con armas en el cinto, en clara señal de intimidación.

Otros testigos aparecieron para moderar la versión que dieron en la etapa sumarial, para así favorecer al acusado. Al que no compraban con dinero, lo amenazaban. A algunos no tenían necesidad de amenazarlos porque el mismo miedo los hacía reconvenir, si bien el hecho de declarar contra Kiko Gómez llevaba implícita una tácita amenaza. No precisaban, entonces, una advertencia en voz alta, ni que les mandaran recados, ni que los prendieran a tiros para saber que declarar contra Gómez Cerchar era una sentencia de muerte.

A lo largo del juicio, que duró más de un año y medio (con interrupciones de meses), se presentaron cerca de treinta testimonios, algunos en conexión virtual desde La Guajira, Barranquilla o Estados Unidos, y los demás de forma presencial. De vez en cuando, Kiko Gómez y yo nos cruzábamos las miradas. La suya ardía por el odio. Desde la banca donde me sentaba —siempre detrás de mi abogado— yo observaba cada uno de sus gestos. Algunas veces se mofaba, envalentonado, pero en silencio, de los testigos. El respaldo al hombre que había ordenado crímenes y asesinatos durante más de veinte años era evidente: sus seguidores abarrotaban la sala.

La juez abría la sesión, verificaba que todas las partes estuvieran presentes para instalar la audiencia y concedía la palabra a cada una de ellas. Rara vez hacía preguntas. Al final de cada jornada, yo terminaba agotada y con dolor de espalda por la incomodidad de las bancas. Cada interrogatorio era extenuante.

Kiko Gómez tenía jefe de prensa y página de fanes en Facebook. Los periódicos y emisoras guajiras publicaban notas amañadas de las audiencias. Todo el tiempo reiteraban que no había pruebas en su contra.

El fiscal Julio Ospino, sagaz y demoledor al preguntar, dejó al descubierto la actitud de los amedrentados o comprados testigos pues respondían calculada y cuidadosamente para no comprometerse. Algunos decían conocer las actividades criminales de Kiko Gómez y Marcos Figueroa solo por los medios de comunicación.

Sandra Patricia Ibarra —una de los testigos que había declarado contra Kiko Gómez en 2009 cuando la incipiente investigación avanzaba a marcha lenta— cambió súbitamente su testimonio. Antes de que iniciara el juicio, apareció por medios de comunicación desde Chile. Acusaba a la Fiscalía de haber falsificado su firma, alegando que ella sí había hecho una denuncia, pero no tenía relación alguna con Kiko Gómez. El ente acusador ordenó a Medicina Legal que hiciera el cotejo grafológico y concluyó que sí era su firma.

Ibarra se presentó intempestivamente en el juicio pese a no haber sido citada para ese día, a principios de abril de 2015. Dijo tener prisa pues su vuelo de regreso a Chile salía esa misma noche. Eran las cinco de la tarde. De tez morena y facciones toscas, bramaba furiosa porque su denuncia aparecía en el expediente y retiró lo dicho en medios: ahora sí reconocía como suya la firma, pero no la declaración porque jamás había oído mencionar a Kiko Gómez.

La juez ordenó designar un perito para analizar el computador desde donde fue tomada la declaración y así determinar si había sido modificada. El informe del perito concluyó que el archivo no había sufrido cambio alguno. El resultado fue corroborado por la fiscal que tomó la declaración en 2009, también citada para testimoniar en el juicio. La capacidad de mentir de Sandra Ibarra era aterradora. El cambio inesperado de versión, en lugar de favorecer al acusado, lo perjudicaba. Pero esa no fue la única estratagema del juicio.

La defensa se centró en demostrar que Luis López no aspiraba a la Alcaldía de Barrancas, que no tenía intenciones de denunciar a Kiko Gómez y esbozó la hipótesis de que lo había asesinado la guerrilla. Para sustentarla, presentó testigos que así lo planteaban desde la etapa de instrucción sumarial.

Dos de ellos llegaron desde Barrancas a testimoniar en febrero de 2014 cuando aún no se había cerrado la investigación. El primero, José Javier Iguarán, declaró que los guerrilleros solían quedarse en el motel —de propiedad de mi papá— "y lo tenían como si fuera de ellos". Que mi papá había sido intermediario en el secuestro de un "gringo" —sin identificar quién era, ni cuándo fue secuestrado, ni cuál fue el apoyo prestado— y que por ahí le había venido la muerte. En pocas palabras expuso una tesis que nunca antes mi familia había escuchado. Remató diciendo que el día que lo asesinaron, cuando fueron a perseguir a los sicarios, el Ejército les impidió pasar porque en la zona estaba la guerrilla y los soldados les confirmaron que los guerrilleros lo habían matado. Si hubiera sido así, ¿por qué el Ejército no persiguió a los guerrilleros?

A cambio de este testimonio —en el que básicamente se quiso enlodar la memoria de mi papá— Kiko Gómez consiguió emplear a un hijo de Iguarán como secretario de Obras en la Gobernación de La Guajira y, unos años después, lo postuló a la Alcaldía de Barrancas, pero perdió.

Por otro lado, Wilman Pitre fortaleció la hipótesis de la guerrilla como autora intelectual del homicidio. Comenzó diciendo que "hace años venía con la inquietud de dejar claro por qué y cómo habían sido los hechos". Y, acto seguido, se aventuró a afirmar que quince minutos antes del día de la muerte, él fue donde Luis López para decirle que se cuidara, que la guerrilla lo iba a matar.

De ser cierto, y con lo malicioso que era mi papá, ¿no se habría espabilado? ¿La oficina del hotel —donde fue acribillado— la habría dejado abierta? Él no tenía sospecha alguna. Cuando lo mataron estaba tranquilo y segundos antes reía con mis hermanas.

Pitre continuó con las mentiras: inventó que había visto a los sicarios cuando estaban sentados en el borde de la jardinera, antes de entrar al hotel a asesinarlo, y después los vio pasar corriendo. Carlos Pedraza, fiscal auxiliar, le preguntó cómo iban vestidos. Pitre se pifió: dijo que uno usaba suéter blanco y el otro, azul. Cuando el fiscal le interrogó qué clase de "suéter" tenían puestos, Pitre trastabilló diciendo que "no lo había podido identificar porque todos los suéteres son parecidos". Obviamente, la descripción no coincidía con los pistoleros.

Minutos antes de que narrara los detalles de la ropa y

los zapatos de los asesinos, el fiscal le había preguntado su grado de instrucción y respondió que era bachiller, pero que no recordaba cuándo se había graduado. Entonces, ¿cómo recordaba el atuendo y hasta el color de ojos de uno de los asesinos —hace diecisiete años, en el momento de su declaración— pero había olvidado cuándo había estudiado?

La exposición mendaz y preparada de Pitre se notaba al desconocer también los bienes de Kiko Gómez en La Guajira. "Lo único que le conozco es la casa", dijo. En cambio, le adjudicó a Luis López una fortuna y cuestionó lo que tenía, es decir, el hotel y el motel en el pueblo, que levantó a pulso. "No sé de dónde sacaba el dinero para hacer esas inversiones ni generar empleo", dijo Pitre.

Otro testigo de la defensa en el juicio fue Carlos Figueroa, cuñado de Kiko Gómez. Él se atrevió a testificar que en Barrancas no había habido paramilitares, solo guerrilla, y que Marcos Figueroa era su amigo. "Un simple agricultor. Él es pobre", precisó al apoyarlo abierta y emocionalmente.

Desconocer la existencia de los paramilitares en La Guajira, en particular en Barrancas, era como haber vivido en Bogotá y nunca haber sentido frío. Algo fuera de lugar y que restó credibilidad a varios de los impostados testigos que llevó la defensa. Para exculpar, o no incriminar a Kiko Gómez, declararon —contra toda evidencia— nunca haber conocido la grave situación de orden público del pueblo en esos años, pese a que los mismos paramilitares habían reconocido ya varios de sus delitos. Los testigos hundían más al acusado.

Carlos Figueroa, en conexión virtual desde Riohacha, relató un episodio —a todas luces inverosímil—que solo a él le constaba: supuestamente en 1994, Luis López lo llamó para presentarle al comandante Pedro de la otrora guerrilla Ejército Popular de Liberación (EPL) mientras departían una cerveza en Barrancas. "Compadre, tú sabes que hay que estar bien con esta gente porque yo tengo problemas con las FARC, me están extorsionando", recordó que mi papá le había dicho. La anécdota nunca se la contó a nadie y de pronto la rememoró frente a las partes. En la audiencia aprovechó para decir que mi papá no tenía ninguna posibilidad para llegar a la Alcaldía y que las relaciones entre él y Kiko Gómez fueron "excelentes". "A Luis López lo mataron las Farc por extorsión", sustentó en su relato, socavando así la culpabilidad de Gómez y ratificando la desmesurada hipótesis que sostenía la defensa.

Carecía de mérito el testimonio de Figueroa, era cuñado del procesado y uno de los principales contribuyentes —había aportado casi sesenta millones de pesos (alrededor de 33.000 dólares de la época)— a la campaña a la Gobernación de Kiko Gómez en 2011.

El fantasioso episodio de mi papá con el comandante del EPL fue desechado de plano si se tenía en cuenta que esa guerrilla dejó de existir en 1991, pero además durante su accionar criminal se situaron lejos de La Guajira (principalmente en el Urabá antioqueño y la región del Catatumbo, Norte de Santander). Por tanto, cuando supuestamente mi papá estaba reunido con aquel comandante, ya habían pasado tres años desde la dejación de armas de ese grupo.

A los estrados subió otro testigo de la defensa: el coronel Juan Carlos Vargas, segundo comandante del Batallón Rondón en La Guajira entre 2000 y 2002. Tampoco recordó la presencia de los paramilitares. Dijo nunca escuchar el nombre de Marcos Figueroa ni de ninguna banda criminal al mando de Kiko Gómez. Nunca escuchó ninguno de los nombres de los paramilitares preguntados por el fiscal y solo por televisión se había enterado de la existencia del exjefe Salvatore Mancuso (¿dónde vivía este coronel?). De Gómez, a quien se refería como "doctor", dijo que cuando era alcalde su reacción fue atacar a los grupos subversivos, pero negaba a toda costa que él hiciera parte de ellos. Solo recordaba a la guerrilla y escudó su desmemoria diciendo que su trabajo era únicamente ejecutivo, por lo que no tenía contacto con lo operativo.

¿Cómo podía hacer parte del Ejército colombiano un coronel que desconociera los grupos criminales que operaban en la zona? ¿Cómo decía no estar al tanto de lo que hacía su unidad militar y de lo que sucediera en la región donde trabajaba? Ello se explica porque el Ejército, cuya misión es proteger a la población civil, estaba aliado con los mismos delincuentes.

El abogado de la parte civil, Carlos Toro López —en representación mía—, le preguntó si en La Guajira hizo presencia el EPL. El coronel Vargas contestó que ese grupo no operó allí, respuesta que deslegitimó la película del testigo Carlos Figueroa.

El hermano de Carlos, Víctor Figueroa, también fue citado al juicio para continuar con la mendacidad de la guerrilla como autora intelectual y ensalzó la imagen de Kiko

301

Gómez al retratarlo como ganadero y agricultor. "Amante de los cultivos. Nunca vi bandas criminales en la finca de él. Ahora que está en este problema es que los medios dicen eso", precisó.

Dos concejales de la época de mi papá —llevados también por la defensa al juicio— hablaron desde videoconferencia: el primero, Cipriano Pinto, fue ambivalente. Declaró que había escuchado que a mi papá lo mató la guerrilla y que él nunca se quejó de hechos de corrupción en Barrancas. El abogado Iván Cancino siempre iniciaba el interrogatorio cuando el testigo era de él, es decir, de la defensa. No obstante, cuando le llegó el turno al fiscal Ospino, Pinto decía no escuchar las preguntas. Muy pronto el fiscal dejó en evidencia las contradicciones de su primer testimonio rendido en la etapa de instrucción sumarial y el de ahora.

El segundo concejal, Carlos García, dejó claro su lazo de compadrazgo y de amistad con Kiko Gómez, y, como era de esperarse, lo exculpó de cualquier responsabilidad criminal.

—El orden público era bien, había mucha seguridad en todos los aspectos —declaró Carlos García. Pero más adelante, concatenado con la estratagema de la defensa, repitió que a Luis López lo había matado la guerrilla.

—Si para 1997 usted dice que no existía actividad criminal de la guerrilla ni de las AUC, ¿cómo se explica que la guerrilla fue la que atentó contra Luis López Peralta? —preguntó el fiscal Julio Ospino.

García cayó en la cuenta de su contradicción y trató en vano de enmendarla, no sin antes reiterar que en Barrancas no habían estado los paramilitares y que nunca los vio en la zona.

La defensa solamente necesitaba generar dudas a la juez: la duda se resolvía a favor del acusado. Si la juez no tenía certeza de los cargos que la Fiscalía le atribuía a Kiko Gómez, lo absolvería. El reto del fiscal era demostrar en el estrado la fortaleza de su acusación.

31

Los seguidores de Kiko Gómez organizaron un homenaje para celebrar su cumpleaños. La plaza principal del pueblo se abarrotó de gente aleccionada que pedía solidaridad y libertad para él. Era agosto de 2015.

Todos estaban de blanco, y portaban globos anaranjados, sombrillas y carteles con mensajes alusivos a la inocencia del criminal. Recorrieron las calles bajo el sofocante sol de las tres de la tarde. Entraron a la iglesia y el sacerdote Jesús Darío Vega (el mismo que en el funeral de mi papá decía que Dios había permitido el asesinato para probar la fe de la familia e invitaba a que no investigáramos nada) ofició una misa en la que se rindió ante Kiko Gómez. Lo dibujó como un hombre de paz y le pidió a su Dios que pronto fuera liberado porque hacía falta en la región (¿sería para asesinar?).

El evento fue convocado a través de vallas publicitarias instaladas en la vía principal. Un carro perifoneaba por todo el pueblo llamando a la marcha en la que se regalaba ropa y sombrillas. Después, en la tarima de la plaza, conjuntos vallenatos ofrecieron serenatas y amigos de Gómez echaron discursos sentimentaloides. No aceptaban su captura y pedían "justicia".

En el hotel donde mi papá fue asesinado, frente a la plaza atiborrada de fanáticos de Kiko Gómez, alquilaron el salón para hacer también una rueda de prensa. Los periodistas fueron invitados a una comida y el abogado Sergio Ramírez dio declaraciones diciendo que no había pruebas directas contra Gómez. ¿Por qué hacer una rueda de prensa en el lugar donde fue asesinado mi papá para decir que su asesino era inocente? ¿Acaso querían demostrar que la familia estaba de acuerdo con la inocencia del procesado? ¿Acaso buscaban profanar la memoria de la víctima?

El abogado Ramírez respondió —dirigiéndose a los más de quince periodistas que lo rodeaban— que todas las acusaciones que le endilgaban eran mentiras y que Kiko Gómez tenía una buena relación con la familia López, que incluso había facilitado el lugar como muestra de conciliación. Su respuesta, además de mentirosa, resultaba indignante.

En medio del festejo, Katia Ospino, una de las periodistas que cubría el evento para *Noticias Uno*, fue agredida por una turba enardecida fuera de la iglesia. La empujaron, le halaron del pelo, la insultaron y la amenazaron de muerte. A su camarógrafo le quitaron el equipo y lo estrellaron contra el pavimento, como lo hicieron el día de la captura de Kiko Gómez. La caterva pateó la cámara y la destruyó. El material grabado quedó inservible.

—Vete de aquí que te vamos a quemar viva —gritaban enfurecidos.

Katia, de cabello negro y ojos verdes, fue golpeada y arrastrada hasta la calle. Como pudo, se levantó y corrió despavorida hacia la estación de Policía del pueblo para denunciar lo que acababa de pasar. Si no fuera por el escolta que la acompañaba, la habrían linchado. El policía que estaba de turno se negó a dejar constancia de la denuncia aduciendo que no quería tener problemas con Kiko Gómez. Era increíble que, aún preso, los policías siguieran bajo sus órdenes. Ella tuvo que llamar a su jefe en Bogotá y esta, a su vez, llamar al comandante nacional de la Policía para conminar a sus subordinados en el pueblo para que registraran la anotación y la ayudaran a salir de allí.

Katia rescató su carro, que había quedado abandonado, y se dirigió a la oficina de la Fiscalía en el siguiente pueblo, Fonseca. El funcionario prendió el computador y, cuando ella comenzó a relatar los hechos, le dijo "¿Usted está loca? Ni nosotros nos atrevemos a meternos allá armados". "¿O sea que usted me va a regañar por hacer mi trabajo? Hágame el favor y recíbame la denuncia", le pidió Katia.

La periodista siguió recibiendo amenazas, pese a que no vivía en el pueblo sino en Valledupar. En las llamadas le decían que la iban a matar, picar y desaparecer. Prácticamente no pudo volver a Barrancas. Si lo hacía, debía disfrazarse y pedir un carro prestado para no ser identificada. Aun así, los delincuentes se enteraban y un día atacaron a golpes su carro y le rociaron gasolina cuando ella salía de cubrir una noticia sobre el fiscal corrupto de Fonseca que le archivaba las investigaciones a Kiko Gómez.

—Que sea la última vez que vienes aquí —gruñó un hombre apuntándole con arma.

Dos años después de los peligros que había corrido Katia en La Guajira, y cuando las cosas en apariencia estaban calmadas, en febrero de 2018, le hicieron un atentado del que, por suerte, salió ilesa. El escolta que esperaba fuera de la casa de ella repelió a dos sicarios.

Katia no fue la única víctima de persecuciones y amenazas. Otra periodista de *Noticias Uno*, Amalfi Rosales, padeció el horror de ser intimidada solo por hacer imágenes y buscar información relacionada con Kiko Gómez. Vivía en Barrancas cuando llegó una moto sin placas y se paró frente a su casa. Los hombres, sin quitarse sus cascos de motociclistas, le apuntaron con el arma y anunciaron: "Deja de andar hablando porque te vamos a pegar un tiro en la boca. Ve comprando tu cajón".

A Amalfi le temblaban las piernas. Al día siguiente salió espantada para Venezuela donde se refugió unos meses. Volvió al pueblo, pero continuaron amenazándola hasta hacerle un atentado: una madrugada atacaron su casa a tiros. Esa vez tuvo que exiliarse en Ecuador, con su hijo, durante más de un año.

***

El jefe paramilitar Arnulfo Sánchez, alias Pablo, ratificó su declaración rendida en 2013, con respecto a las relaciones criminales que mantuvo con Kiko Gómez en la década de 2000. En octubre de 2015 habló a través de videoconferencia desde la cárcel de Estados Unidos donde purgaba condena. Contó que un inspector de policía de La Guajira acompañaba a matar y, después, el mismo inspector hacía los levantamientos de los cadáveres. El testimonio de alias Pablo fue contundente: "Todo el personal de La Guajira

307

siempre tuvo el respaldo de Kiko Gómez, él era una persona muy importante para el grupo Autodefensas. Ningún grupo ingresa a una zona sin tener un apoyo, una coordinación. Empezamos en el sur de La Guajira porque (…) nos brindó apoyo. Las Autodefensas se ubicaron en la finca La Curva de Kiko Gómez. Dio apoyo económico y logístico. Si había un problema con el Ejército, se le informaba. Nos reunimos con un funcionario de la mina para darle de baja a los guerrilleros que estaban infiltrados en la mina. En esa reunión estuvo alias Ramiro y Kiko Gómez" (sic).

Más adelante, alias Pablo declaró: "Marquitos (Figueroa) es el brazo armado de Kiko Gómez. Es el delincuente detrás del político. Marquitos siempre estuvo en la casa de Kiko".

La juez dio trato de coacusado a Marcos Figueroa, quien declaró desde una cárcel de Brasil a finales de enero de 2016. Figueroa pidió un minuto para advertir que siempre mantenía una sonrisa en el rostro y no quería ser malinterpretado por ello.

—Yo soy un agricultor de prestigio. Sembré sorgo, maíz, arroz, algodón… —dijo Marcos Figueroa. Después contó:
—Tenía diez o doce armas con salvoconducto: pistola, revólver, escopeta, carabina… todas legalmente —aclaró.

Si era campesino, ¿por qué tenía tantas armas? ¿Por qué el Estado no examinó qué hacía con ellas?

Figueroa, denominado como el jefe de sicarios de Kiko Gómez, obviamente rechazó cualquier relación criminal con él. Explicó que lo conoció porque como alcalde fue mediador en un acuerdo de paz entre clanes guajiros, a principios de los años 2000. En ese acuerdo, Figueroa desconoció que el propósito de los acuerdos fuera frenar los asesinatos continuos entre las dos familias implicadas en una guerra.

—No se hablaba de muertos sino de malos entendidos y problemas entre las partes, infidelidades o que el ganado mío se comió el cultivo de fulano… —explicó sin vergüenza Marcos Figueroa.

Era de esperar que no se autoincriminara y menos que declarara en contra de su cómplice. Ello habría sido confesar su responsabilidad criminal.

Algunos testigos citados por la Fiscalía nunca aparecieron, pese a las reiteradas citaciones. El fiscal Julio Ospino —temiendo que se vencieran los términos— decidió desistir de ellos. Loli, mi hermana mayor; mi tío William, hermano de mi papá; Alcibiades Pinto, cuñado de él, y la secretaria de mi papá fueron citados durante más de un año, pero no aparecieron.

La juez ordenó que fueran conducidos por la Policía a las oficinas de la Fiscalía de Riohacha, donde había una sala habilitada para la presentación virtual de los testigos de La Guajira en la audiencia. William, impelido por motivos que no quiso develar, no solo había sido renuente a recibir el escrito de notificación —en más de siete citaciones— sino que se negó a declarar. Desde mucho antes había advertido que guardaría silencio, en caso de ser llevado al juicio contra su voluntad.

—No quiero declarar. Las preguntas que me haga no se las voy a responder —le informó William al fiscal.

—¿Es verdad que usted le dijo a los investigadores que

si declaraba en una semana estaba muerto? —preguntó Ospino.

Hubo silencio en la sala y después el testigo reafirmó su determinación:

—No quiero declarar. No sé nada. No sé por qué estoy metido en esto.

La juez Ximena Vidal le advirtió las sanciones legales que podían devenir de la decisión de no declarar: si la ley encontrara falso su testimonio —que no es solo decir mentiras sino callar la verdad— podría ir a la cárcel.

William no cedió y la juez estimó que, si bien podía adoptar medidas en contra de él, no podía obligarlo a declarar.

Otro testigo, cuyas mentiras quedaron en evidencia, fue Alcibiades Pinto, excuñado de mi papá. Tuvo la desfachatez de decir que Luis López no aspiraba a la Alcaldía sino a la Asamblea Departamental y que el incendio en la oficina de la Alcaldía se apagó con ocho baldes de agua, pese a no haber estado allí esa noche, y redujo la causa del mismo a un cortocircuito. En efecto, él aspiró a la Alcaldía tras la muerte de mi papá, pero perdió, como todos los opositores de Kiko Gómez. No obstante, después se volvió amigo de él.

En su declaración, Alcibiades admitió haber estado visitando a la mamá y a la hermana de Kiko Gómez, en Barrancas, luego de lo cual fue de compras a Maicao. Después de las referidas visitas se presentó al juicio, citado por una persona que no supo quién era pero que lo llamó. Ni el juzgado, ni la Policía, ni la Fiscalía habían logrado su comparecencia. Cuando el fiscal lo inquirió por las visitas a la parentela del acusado y sobre lo que compró en Maicao, Alcibiades se mostró sumamente molesto y la juez tuvo que reconvenirlo.

Alcibiades volvió a decir, como si lo hubiera acordado con los demás testigos de la defensa, que entre mi papá y el acusado no hubo diferencias. Kiko Gómez se giró a la derecha, nos cruzamos las miradas y, acto seguido, se rio socarronamente.

***

Yo estaba molesta con Loli, mi hermana mayor, porque, tras buscarla varias veces para que declarara, me evadía. "Mira, Loli, ¿por qué no hablamos con el fiscal?", le pedí. Ella rehuía.

Un día me dijo que quería enviar una carta dirigida a la juez porque no pensaba ir a la audiencia. Yo me ofrecí a redactarla y se la envié por correo en junio de 2015 pero nunca la firmó ni me la envió de vuelta para hacerla llegar al proceso.

Cuando apareció de pronto en la puerta de la sala del juzgado, el penúltimo día de la audiencia, yo me extrañé. Era 2 de febrero de 2016.

Ella y yo no hablábamos desde hacía más de siete meses y a esas alturas pensaba que era mejor que no compareciera. Yo tenía las esperanzas bastantes perdidas y me desanimaba aún más el hecho de ver que cada testigo que llegaba venía a pisotear la memoria de mi papá, y a lisonjear y enaltecer al asesino.

Mi hermana había sido citada múltiples veces antes de

que decidiera asistir. Faltaban menos de cinco testigos para concluir el juicio. Algunos de ellos ya no iban a ir, por lo que solo quedaban por evacuar el testimonio de mi hermana y el de la secretaria de mi papá.

Loli se acercó hasta la banca y me saludó. Tenía los labios pintados de carmesí y el cabello suelto. Me dijo que había ido por cumplir, pero que no iba a hablar. Pensé que era mejor así. El abogado Carlos Toro estaba sentado en el pupitre releyendo sus apuntes. Le toqué el hombro. Él ladeó la cabeza y se levantó del puesto. Le presenté a mi hermana y conversamos brevemente sobre su decisión. Él estuvo de acuerdo. "Ella está en su derecho de acogerse a guardar silencio", observó. Desde el otro extremo, Kiko no paraba de mirar.

La audiencia comenzó a las nueve de la mañana. Loli se sentó en la silla dispuesta para los testigos, frente al asesino, en la sala del primer piso del deslucido edificio del juzgado. Yo estaba a la expectativa.

Luego de tomar juramento de pie, como lo exige el procedimiento penal, el fiscal prendió el micrófono y comenzó el interrogatorio.

—¿Por qué no había venido, señora Loli? —preguntó el fiscal Julio Ospino.

—Porque no lo veía conveniente ni pertinente —repuso visiblemente asustada.

—¿Por qué? —continuó el fiscal.

Loli suspiró.

—Porque no quería. Era la decisión que había tomado.

—¿Tiene miedo? —le preguntó Ospino.

—No —respondió.

Yo estaba inquieta al ver que había comenzado a hablar y no había hecho alusión a lo que le escuché decir minutos antes: que, en efecto, le diría a la audiencia que no iba a declarar nada. ¿Cómo entender esa actitud ambivalente? ¡Bah! No era capaz de escribir en mi libreta. Crucé una pierna sobre la otra, apoyé fuertemente la mano sobre el mentón y me incliné sobre el respaldar de la banca. Suspiré perpleja y ansiosa.

Acto seguido, Loli contó cómo había sido el asesinato de mi papá. Al tiempo que avanzaba en su relato, la voz se le empezó a quebrar y los iris negros de sus ojos brillaron, en un intento por contener las lágrimas. Parpadeaba seguido y se notaba el esfuerzo de hurgar en su memoria aquel trágico momento que cambió nuestras vidas.

Loli, nerviosa y sudorosa, respondía con evasión las preguntas del fiscal. Tenía los brazos rígidos y su actitud dejaba entrever miedo pese a que no quiso reconocerlo.

—¿Usted sabe a quién se le atribuye la muerte de su señor padre?

—No tengo las pruebas para decir quién mató a mi papá.

—¿Escuchó de su abuela o de sus tíos algo sobre el particular?

—Pues, lo que siempre se ha comentado.

—¿Qué es?

—Que era Kiko Gómez.

—¿Qué es lo que ha escuchado de por qué mataron a su padre?

—No te puedo decir por qué lo mataron porque yo no sé.

El fiscal continuó con el hilo de preguntas. En las relacionadas con las razones por las que lo mataron y sindicaciones a Kiko Gómez, Loli decía no saber nada. Ni siquiera sugería los motivos: simplemente rechazaba de plano algún conocimiento sobre las acusaciones que le endilgaba la Fiscalía. Pero pedía justicia.

En aquel momento critiqué a mi hermana. ¿Cómo era posible que no fuera capaz de incriminar directamente a Kiko Gómez? Ella había crecido escuchando quién era el asesino. ¿Por qué ahora no era capaz de pronunciar su nombre, ser tan imprecisa y esquiva en sus respuestas? La juzgaba y, aunque teníamos la misma ausencia, no era fácil estar en su lugar: yo no crecí con la imagen de mi papá, a sus pies, moribundo. Hoy, por eso, disculpo su actitud.

No era fácil estar frente al asesino, con un público indolente que aplaudía sus delitos.

32

Durante los dos juicios llevados a cabo contra Kiko Gómez (uno por el asesinato de mi papá y otro por el homicidio de Yandra Brito, su esposo Henry Ustáriz y un escolta), sus abogados defensores asumieron una actitud soberbia y hostil. En ambos casos, la táctica fue increpar e intimidar a los testigos. "¿A usted le consta? ¿Usted estuvo ahí? ¿Comprobó esas afirmaciones?", eran sus preguntas estelares. Obviamente, muchos de los testigos eran de oídas y no estuvieron en el lugar de los hechos cuando Kiko Gómez ordenó matar a mi papá o cometió cualquiera de sus delitos.

El abogado Iván Cancino —siempre afable conmigo— hablaba en un tono de voz alto y ejercía la defensa con la intención de deslumbrar a Kiko Gómez. Pedía nulidad de las pruebas, que no se aceptasen los testimonios de los peritos de la Policía Judicial, que la juez no tuviera en cuenta las declaraciones que habían sido trasladadas de la otra causa. A veces parecía no que preguntaba, sino que tronaba. Cortaba abruptamente las respuestas de los testigos para contrapreguntar y, cuando el fiscal era quien tenía el turno, objetaba. Usaba esa estrategia para que los testigos no dijesen la verdad. Pero su actitud retadora, en vez de ayudar, hundía a Kiko Gómez.

En esa misma postura se mantuvo Sergio Ramírez, defensor en el caso de Yandra Brito, juicio que también avanzaba para esas mismas fechas. En abril de 2014, Martha Lucía Zamora —la fiscal que llevaba el caso— renunció y la causa fue asumida por Jenny Claudia Almeida. Al retirarse, Zamora había logrado una segunda orden de captura contra Kiko Gómez, en medio de insultos lanzados por seguidores de él, en el Tribunal de Bogotá.

En este caso, la estrategia de la defensa consistió en argumentar que Yandra tenía relaciones con los paramilitares. La fiscal Jenny Claudia Almeida presentó como testigo en el juicio al periodista Gonzalo Guillén, quien acudió a los estrados vestido de saco y corbata y acompañado de escoltas (provistos por el Estado), armados de fusiles. La orden era asesinarlo, por lo que su esquema de seguridad tenía más de ocho hombres.

Gonzalo se sentó en la silla dispuesta para los testigos. Kiko Gómez entró esposado y sonriendo como si fuera la figura central de un homenaje. El guardia de prisión le liberó las manillas. Saludó a la fiscal, a la representante de víctimas y a la delegada de la Procuraduría y, acto seguido, se acercó al puesto de los testigos. Le alargó la mano a Guillén, pero él se quedó cruzado de brazos, sin alzar la vista.

—¿Cómo está? —le preguntó Kiko Gómez.

—¿A usted qué le importa? —respondió Guillén. Después me confesaría que a un asesino de esa naturaleza no le estiraba la mano ni por equivocación.

Kiko Gómez se sentó en el banquillo. La audiencia

comenzó. La fiscal Jenny Claudia le preguntó a Gonzalo cómo llegó al caso y en qué había consistido la investigación que había hecho sobre el acusado, presentada ante la Fiscalía. Él respondía cada pregunta con desenvoltura.

—El relato que me hizo Yandra fue de matones, como en un cuento de Borges. Es un verdadero terror que para referirse a Kiko Gómez o a Marcos Figueroa dicen "KG" o "MF" —esto último lo dijo en voz baja, remedando a los testigos amedrentados.

La audiencia se tornó tensa cuando al abogado Sergio Ramírez le tocó su turno. Él había llegado a ser el defensor por recomendación del exfiscal Mario Iguarán, el mismo al que Yandra Brito le había suplicado que se hiciera justicia por el asesinato de su esposo. Resulta que Brito, agobiada porque las autoridades judiciales no hacían nada en La Guajira, le dirigió una carta en 2009 al entonces fiscal general Iguarán. En la misiva le pedía protección por las amenazas que estaba sufriendo. La Fiscalía no investigó y Yandra Brito fue asesinada tres años después. Iguarán dejó el cargo y ahora era el defensor del acusado en otro caso. Gonzalo solicitó formalmente al Consejo Superior de la Judicatura que investigara la conducta antiética del exfiscal. No obstante, no pasó nada.

En la audiencia, el abogado Ramírez manoteaba, gesticulaba y hablaba en un tono amenazante. Preguntaba con inquina. Pretendía que Gonzalo le revelara sus fuentes, a lo cual se negó —obviamente— explicándole que ello era parte del sigilo profesional protegido por la Constitución. En otros interrogantes, con voz estentórea, le exigía que respondiera "sí" o "no": Si él había contactado a alguno de los autores materiales de los homicidios, si le constaba que Kiko Gómez era el asesino, si tenía pruebas…

El abogado buscaba desestimar el trabajo periodístico, refiriéndose a este como "de oídas, por comentarios y que nada le constaba directamente". Gonzalo reconvino a Ramírez pidiéndole respeto y que dejara de gritarlo. Le explicó que no era necesario estar en el lugar para investigar, pues de lo contrario ningún periodista podría publicar un informe sobre un hecho. Basta con que haya hablado con testigos y víctimas. Él se reclinó en su asiento, tomó aire y le dijo: "En periodismo, muchas veces solamente hay que oír bien".

Gómez tenía la mirada torva y la acritud y el desdén se notaba en las muecas de la boca. La audiencia terminó a las 11:30 de la mañana. Gonzalo fue uno de los pocos que se atrevió a incriminarlo de frente en el juicio. Varios testigos —incluso dos hermanos del escolta asesinado junto a Henry Ustáriz— fueron comprados con contratos para declarar a favor del procesado y tres de los sicarios que participaron en el homicidio de Yandra fueron asesinados. El principal testigo que reveló quiénes fueron los matones y cómo se había planeado el asesinato de Yandra Brito en Valledupar fue desaparecido.

El esclarecimiento del homicidio de Yandra Brito se le debe en buena parte a la dedicación insomne del investigador Wadith Velásquez, de la Dirección de Investigación Criminal e Interpol. Velásquez manejaba un bajo perfil, sobre todo en casos judiciales que solamente llegan a buen término por su entrega de días y noches sucesivos de pesquisas, en condiciones de peligro y dificultades marcadas por el signo de la muerte. Él era el jefe de homicidios de la

Policía en Cesar cuando ocurrió el asesinato. Tomó las primeras declaraciones, estuvo en el lugar de los hechos e identificó —después de una compleja investigación— cuál era el patrón criminal de la organización de Marcos Figueroa. Pudo determinar que en varios de los homicidios los sicarios siempre usaban el mismo tipo de pistola —Glock—, viajaban desde Barranquilla en la misma línea de buses, se hospedaban en el mismo hotel en Valledupar y festejaban la muerte con trago y música vallenata.

***

La etapa probatoria del juicio por el homicidio de mi papá quedó cerrada a principios de febrero de 2016. La defensa no quería desistir de los testigos que faltaban por declarar, pese a que no se habían presentado a ninguna de las sesiones, algunas de las cuales tuvieron que cancelarse. De esa manera el juicio se postergó. El tiempo del debate se había extendido. La juez fijó las audiencias de alegatos de conclusión para el mes siguiente.

Desde unos meses atrás, yo había estado buscando contactos con la guerrilla de las FARC, que en ese momento estaba en diálogos de paz con el Gobierno en La Habana. Si lograba conseguir un pronunciamiento oficial de las FARC que dijera que no habían matado a mi papá, disiparía cualquier duda que hubiera quedado de los testigos mentirosos que llevó la defensa. Ello podría orientar la decisión de la juez.

Entonces, pedí una cita con el senador Iván Cepeda, uno de los facilitadores del proceso de paz, a finales de

2015, y le expuse el caso del asesinato. Le rogué encarecidamente que le entregara una carta de dos páginas dirigida a la delegación de las FARC en Cuba. En el escrito preguntaba si ellos habían matado a Luis López o si en algún momento él había sido víctima de extorsión y, en caso de no ser cierto, emitieran una declaración oficial negando su participación en el asesinato. Al regreso de su viaje, el senador Cepeda aseguró que la guerrilla haría una investigación interna con el frente que operaba en La Guajira y, cuando estuvieran seguros, me darían una respuesta.

El periodista Gonzalo Guillén, por su lado, también le entregó una carta al asesor de paz Álvaro Leyva —con el compromiso de hacerla llegar a los jefes de las FARC en La Habana— en la que le pedía contestar si reconocían como suyo el asesinato de Luis López Peralta. Mi abogado Carlos Toro también indagó en las cárceles donde había guerrilleros presos, ya que algunos eran clientes suyos. No hubo respuesta.

A la espera de alguna contestación, conseguí el correo de Benkos Biohó, uno de los negociadores que estaba en La Habana. Le escribí a principios de enero de 2016. No respondió y le envié un nuevo correo pasados unos días. Esa misma noche me aseguró que había trasladado la pregunta al frente de La Guajira y, una vez conociera la respuesta, me la informaría.

Al cabo de unos días, cuando el reloj de mi habitación marcaba las 7:45 de la mañana, me llegó una carta estampada con los logotipos de la guerrilla y firmada por Iván Márquez, jefe de la delegación de las FARC en La Habana. En la comunicación, a nombre de la tropa, la organización negaba haber cometido el asesinato o hecho alguna exigencia económica a Luis López.

La carta llegó cuando se había vencido el plazo para presentar pruebas. No obstante, se la hice llegar, junto con un memorial, a la juez. El periodista Guillén publicó una crónica en *Semana* sobre la búsqueda persistente de este comunicado. La hipótesis de que las FARC eran las asesinas de mi papá había quedado desvirtuada. En el expediente no había un solo motivo serio que explicara las razones por las que la guerrilla podría haber matado a mi papá. El otrora grupo criminal, cuando cometía asesinatos o cualquier otro delito, se lo adjudicaba y, precisamente ahora que estaba en conversaciones de paz, se había comprometido a esclarecer la verdad. De hecho, ya había reconocido varios de sus crímenes y pedido perdón a algunas víctimas.

En aquellos meses emprendí un viaje a La Guajira. Yo no pensaba en otra cosa distinta al juicio: era mi obsesión. No me bastaba con la carta. Yo quería hablar frente a frente con los guerrilleros, que me dijeran si habían conocido a mi papá y qué trato tuvieron con él.

En esa zona, el frente de las FARC se había concentrado en una vereda conocida como Pondores, en el sur del departamento. Recorrí una hora y media desde La Paz hasta Fonseca y después cuarenta y cinco minutos más en un mototaxi con carpa que me condujo por un camino ondulado, lleno de piedras y arena. El vehículo se zangoloteó durante todo el trayecto hasta llegar al campamento de la guerrilla, próxima a desmovilizarse. En el aire fluía una brisa fresca, preludio de un aguacero que caería horas más tarde.

Había ido a grabar un reportaje sobre cómo vivían los guerrilleros *ad portas* de firmar el acuerdo de paz con el Gobierno. Era increíble poder transitar por ese terreno que antes era teatro de combates. En la entrada a la vereda había tanquetas del Ejército. Los militares, antes enemigos de las FARC, custodiaban la zona.

En el campamento los guerrilleros vestían de civil. El zumbido de un mosquerío que salía de entre los matorrales, el cloqueo de las gallinas, los ladridos de los perros que anunciaban la llegada de un extraño, la ropa colgada en improvisados alambres y el vallenato que sonaba de un radio con antena, daban el aspecto de estar en una finca común y corriente, no de hombres armados.

Busqué con la mirada a un guerrillero moreno, de contextura delgada y bigotes, que apareció para saludarme. Me senté con él bajo la sombra de un árbol y comenzamos a conversar...

—Nosotros nunca amenazábamos a nadie para que desistiera de una aspiración política. Si era objetivo militar, lo mataban —me dijo.

Otro de los hombres que llegó intervino:

—Nosotros no tuvimos ningún problema con Luis López y no podíamos ajusticiar a nadie sin previa orden de un superior. Y tenía que haber múltiples motivos.

No dudaba sobre quién había matado a mi papá, pero necesitaba escucharlo de los propios guerrilleros. De su viva voz.

***

El último comodín que Kiko Gómez jugaría en el juicio y, con el que, de paso, se zafaría de la cárcel, fue el de lograr una cita médica con hospitalización incluida. Un cardiólogo particular ordenó concederle una incapacidad, sin haberlo examinado antes. De hecho, ni siquiera lo conocía.

Con ese pretexto, Gómez salió a escondidas de la prisión, a un hospital de Soacha, población aledaña de Bogotá, a finales de febrero de 2016. Solo los guardias de la cárcel sabían de su misteriosa salida. Diez días después me enteré por una fuente de sus planes de fuga. La noticia se extendió en los medios y llegó a conocimiento de la juez del caso.

El dictamen médico mencionaba múltiples patologías, algunas asociadas al corazón, y otras comunes como obesidad, hipotiroidismo, gastritis, estrés y ansiedad. Con base en ese diagnóstico, Gómez pidió a la juez que aplazaran las audiencias de alegatos, a lo cual accedió mientras le hacían —supuestamente— un cateterismo y una angioplastia.

Un médico forense del Gobierno avaló la incapacidad y el "estado grave" sin haberlo auscultado de manera directa, es decir, basándose solamente en el criterio del cardiólogo particular que había visto a Gómez. Con ese respaldo, pidió que volvieran a aplazar las audiencias porque "no se sentía en capacidad de soportar las largas jornadas del debate y no había podido preparar su exposición final".

Sorpresivamente Kiko Gómez se opuso a que otro médico lo examinara y, pese a que el Instituto Penitenciario ordenó su traslado al estatal Hospital Simón Bolívar, también se negó.

La siguiente maniobra se veía venir: uno de sus abogados solicitó que le dieran casa por cárcel alegando que la enfermedad era "incompatible con su vida en reclusión".

—La cárcel no cuenta con servicios para ser atendido en una eventual crisis —argumentó el abogado en una audiencia ante la fiscal Jenny Claudia Almeida y un juez de control de garantías—. (…) Dejarlo allí sería darle un trato cruel, inhumano y degradante —añadió.

Almeida desbarató al instante los argumentos del abogado. Mostró, con pruebas, que había varias similitudes entre la solicitud que había hecho antes Juan Carlos León, otro de los procesados por la muerte de Yandra Brito, y la de Kiko Gómez. En primer lugar, los había examinado el mismo cardiólogo y el mismo médico de Medicina Legal. Y, en segundo lugar, extrañamente los aquejaban los mismos padecimientos. Con el diagnóstico que ahora presentaba Gómez, León ya había obtenido prisión domiciliaria el año anterior.

El cardiólogo trabajaba para dos clínicas, ambas del mismo dueño, y la abogada que había gestionado las citas médicas, además de ser la misma, tenía procesos penales abiertos por estafa, falsedad en documento público y fraude.

La intervención de la fiscal Almeida fue demoledora: comparó los diagnósticos y puso en evidencia que en ambos casos el cardiólogo había ordenado un cateterismo —arguyendo que tenían riesgo de infarto— y los habían dejado hospitalizados de una vez. No obstante, y pese a la gravedad de las supuestas enfermedades, los pacientes presos se negaban rotundamente a ser valorados por otro médico.

—Existen serias dudas sobre el diagnóstico presentado por el médico. Solicito que se niegue la petición de la defensa —determinó Jenny Claudia Almeida.

El semblante del abogado defensor se transformó en un rictus de asombro. El juez, después de escuchar las intervenciones, recordó que Kiko Gómez era un peligro para la sociedad y debía permanecer en la cárcel mientras fuera juzgado.

—Si la cárcel es incompatible con su tratamiento, su casa también lo es —sentenció el juez.

Con el pretexto de la pretendida enfermedad, Gómez siguió postergando las audiencias. Solamente faltaban las conclusiones finales de cada parte y el veredicto de la juez.

A menos que se declare como crimen de lesa humanidad, el tiempo para investigar y juzgar un homicidio en Colombia es de veinte años. De lo contrario, la causa prescribe.

Faltaba poco para que se cumplieran veinte años de la muerte de mi papá y aún no había justicia.

33

—Por favor, tengan piedad de mí —exclamó Kiko Gómez, con la voz lastimera, antes de que comenzara la audiencia de alegatos.

Kiko Gómez hablaba desde el hospital donde seguía internado. Suplicaba que la audiencia no se hiciera. La juez Ximena Vidal se negó. Habían pasado dos meses y medio después de concluida la recolección de pruebas y ya se habían aplazado varias de las audiencias. Unos días antes, la juez había entrevistado al cardiólogo del acusado y él concluyó que lo grave había pasado y que el tratamiento podía continuar de forma ambulatoria. La juez le dio a Kiko Gómez la opción de designar un vocero.

Las demás partes estaban presentes en el edificio del juzgado, donde se podía escuchar al acusado por el altavoz desde la sala de audiencia. Gómez pidió que la cámara no lo enfocara.

La audiencia comenzó. Cada parte tenía tres horas para leer sus alegatos. Estaba cundida de nervios. Me había tomado un café amargo y cargado. Necesitaba estar despierta, no perderme ningún detalle.

El fiscal Julio Ospino fue el primero en intervenir: hizo

un recorrido detallado por cada testimonio, analizó las pruebas, los informes policiales, las denuncias, las indagatorias del acusado y mencionó la carta que las FARC me enviaron desde La Habana.

Apenas se escuchaba el movimiento de las páginas que el fiscal iba pasando mientras leía. Había silencio en la sala. Detrás de mí, algunos periodistas tomaban notas. Las luces blancas, las paredes sin ventanas, y las baldosas agrietadas y frías daban un aspecto lúgubre.

—La Fiscalía estima que se han superado con creces las exigencias probatorias para condenar al señor Juan Francisco Gómez Cerchar como determinador de los homicidios agravados del entonces concejal Luis López Peralta —dijo Ospino—. Y de Luis Alejandro Rodríguez y Rosa Mercedes Cabrera, y autor penalmente responsable de conciertos para delinquir agravados... —agregó.

Di un respingo, como si no hubiera estado consciente de que la intervención del fiscal estaba dirigida a pedir un fallo condenatorio. Un ligero escalofrío me recorrió el cuerpo. Sentía ganas de llorar, no sé muy bien por qué, pero contenía la respiración tratando de calmarme. Una emoción indescifrable retumbaba en mi corazón. Latía a mil por hora. ¿Incredulidad? ¿Conmoción? ¿Sorpresa? ¿Nostalgia? ¿Euforia?

El asesinato de mi papá había ensombrecido tanto mi vida que pensar en una posibilidad de justicia me resultaba inverosímil.

El fiscal Ospino dijo que la pretensión punitiva debía corresponderse con los graves delitos que cometió "Gómez Cerchar en forma dolosa y con plena capacidad de conocer la ilicitud de sus actos, pese a lo cual, de manera libre y voluntaria, decidió actuar en contra del derecho, sin que concurra a su favor ninguna causal que lo exonere de responsabilidad". Es decir, pidió la pena máxima.

Cuando, al cabo de tres horas de alegatos, el fiscal ratificó, ante la juez, la petición de condena, comencé a llorar descontroladamente. No podía creerlo. Las lágrimas salían a raudales sin poderlas detener. Me cubrí el rostro con las manos. Quería aplaudir al fiscal. Quería decirle: gracias, gracias, gracias infinitas.

En la sesión de la tarde intervino el representante de la parte civil, mi abogado Carlos Toro. Su discurso se centró en desarmar la teoría del acusado según la cual el juicio penal no era estrictamente jurídico, sino que tenía motivaciones políticas.

—El procesado, sencillamente, se contentó con lanzar al aire la teoría de la conspiración, en forma general y abstracta, pero no la concretó en el tiempo y en el espacio, ni expuso los móviles del complot. Ni la defensa material ni la defensa técnica lograron probar que había un complot contra Juan Francisco Gómez —expuso Toro, que respaldó su conclusión en varias decisiones de la Corte Suprema de Justicia.

En la jornada del día siguiente, el representante de la Procuraduría habló durante hora y media. Cotejó cada testimonio y concluyó que algunos testigos habían planteado la hipótesis de la guerrilla —como autora del crimen— para desviar la atención. Al final de su intervención, pidió que Kiko Gómez fuera condenado.

El defensor Iván Cancino argumentó en sus alegatos

que no había ninguna prueba directa contra el acusado y citó los testimonios que le convenía para pedir la absolución.

—Este proceso está lleno de "presumo, me dijeron, me contaron" —adujo Cancino manoteando—. (…) En el entierro, el orador incluso fue Kiko Gómez —agregó convencido de su argumento— (…) La duda es superior a la certeza —concluyó.

Al final de la tarde el juicio quedó cerrado. Ahora solo faltaba la sentencia.

***

Junio 27 de 2017. Había pasado un año y dos meses desde la última audiencia. Era un mal presagio que la juez no hubiera decidido ni dado a conocer el sentido del fallo. El Código de Procedimiento Penal establecía quince días como plazo. Así que redacté una carta y prometí que apenas saliera de la cita médica que tenía en la mañana, la llevaría al juzgado.

Hacía poco más de un mes me habían implantado un monitor justo encima del corazón. La piel se veía levantada y, al palparla, parecía un bulto del tamaño de una memoria USB. Solo tenía una pequeña cicatriz de dos centímetros, pero el pecho aún me dolía y no lograba acostumbrarme. Dentro del bolso llevaba siempre un control que debía presionar cuando tuviera síntomas de decaimiento. Lo debía acercar al aparato implantado y él emitía un pitido para confirmar que había empezado a grabar y registrar el signo de alarma.

El asesinato de mi papá había ocurrido hacía dos décadas. Yo pensaba que el dolor se iría con el tiempo, con las oraciones, las terapias o el desapego. Temía que su imagen se fuera desdibujando con los años. Pero nada de eso ocurrió. Ahora había vivido más tiempo del que estuve con mi papá. Ahora tenía treinta años y todavía vagaba en el mismo círculo... con la diferencia del nuevo y angustiante compás de espera de un fallo.

Cuando aguardaba el turno para una cita médica, me sonó el teléfono. Rebusqué en el fondo del bolso.

—Aló —contesté.

Era Luis Carlos Rodríguez, uno de los investigadores del proceso.

—Diana, ¿cómo estás? Condenaron a cuarenta años a Kiko Gómez —me dijo exultante.

—¿Cómo? ¿Estás seguro? —atiné a decirle, perpleja.

—Sí, sí.

—¿Pero estás seguro de que fue por lo del asesinato de mi papá?

—Sí, segurísimo.

Yo no creía. El corazón me latía agitado. Sentía calor. Consternada, caminaba de un lugar al otro en la sala de espera, con el cuerpo petrificado, divagando entre la tristeza y el frenesí. Era una sensación extraña. Al fondo, por los altoparlantes, escuché el eco de mi nombre. Me acerqué al consultorio, abrí la puerta y me senté frente al médico. Yo no recordaba a qué había ido. Tenía la mente en blanco y las mejillas enrojecidas por las lágrimas. Nunca imaginé que ese momento llegaría. No sabía cómo reaccionar.

El médico frunció el ceño, pensando que de pronto algo

me dolía. "¿Qué sucede?", me preguntó. Yo tardé en responder, no sé cuánto. Estaba ida. De repente, me despabilé.

—Doctor, acabaron de condenar al asesino de mi papá, después de veinte años. Me tengo que ir —la voz me temblaba. Me levanté y cerré de golpe la puerta.

Salí a la calle y, sin pensarlo, tomé el primer taxi que pasaba. Estaba a pocas cuadras del juzgado, pero en un lapsus de desorientación, había tomado el taxi en dirección contraria adonde iba. Debía ir hacia el sur. El carro serpenteó por un callejón y recobró el sentido. Rápido, señor, le pedí al taxista. El cuerpo, trepidante y sudoroso. Las manos, ateridas y violáceas. El cielo, resplandeciente y azul. Llegué.

Subí presurosa los escalones del edificio de ladrillos y me detuve en seco en la entrada. Enseñé mi identificación en la recepción y me volví hacia el policía para pedirle que desactivara el arco detector de metales. No podía pasar por ahí por el monitor cardíaco. Coloqué mi bolso en los Rayos X y lo recibí del otro lado. Sentía calor.

Ansiosa y con el corazón al galope, subí hasta la secretaría, en el segundo piso, y me acerqué al mostrador. Le pedí a la secretaria que me prestara la sentencia que acababa de proferir la juez Ximena Vidal, que necesitaba fotocopiarla urgente. La secretaria miró el reloj de pared: eran las 12:45 del día. Negó con la cabeza y me explicó que el juzgado estaba próximo a cerrar y la copia destinada para préstamo externo se la había llevado el defensor. Volverían a abrir a las dos de la tarde.

Hice cara de asombro y, cuando me disponía a dar media vuelta, de pronto apareció detrás de mí Iván Cancino, el abogado de Kiko Gómez. Me estrechó la mano y me preguntó cómo estaba. Le dije que estaba bien pero que necesitaba una copia urgente de la sentencia. Él había sacado tres: una para el ahora condenado, otra para la familia de él y una última para él mismo.

—Pero yo te doy una de estas, si quieres. Te la regalo —me ofreció.

Acepté y le agradecí. Abrí el voluminoso cuaderno de 250 páginas y me fui directamente a la última, donde decía "Resuelve". Necesitaba verificar que la condena fuera por el asesinato de mi papá. Di un hondo suspiro de alivio. Detrás de la página, junto a su firma, Cancino escribió "Obviamente apelo". Alcé la mirada.

—¿Cómo le cayó la noticia? —le pregunté.

—Yo ya sabía… —replicó.

—Ah…

—No me odias, ¿verdad? —me preguntó.

—¿Por qué habría de odiarlo? Usted estaba haciendo su trabajo —le contesté y me despedí.

Mi teléfono no paró de sonar en todo el día. Amigos, conocidos, periodistas… Mucha gente estaba conmovida con la noticia. De mi familia solo recibí el mensaje de voz de mi tía Gloria, hermana de mi papá. Lloraba. "Gracias a ti se hizo justicia", me dijo.

Yo pendía de un hilo pensando en la angustia de mi mamá cuando se enterara. No me atrevía a llamarla. Dimensionaba el tamaño de la cantaleta.

Tomé un taxi y, sin saber a dónde ir, me bajé a medio camino y entré a un café. Pedí un vino. Del calor pasé al frío, y del llanto a los nervios. Se me agolpaban pensamientos de todo tipo: imágenes del juicio, el miedo cerval… mi papá. Un rayo de sol entraba oblicuo por la ventana.

En la noche me metí en la ducha, cerré los ojos y dejé correr el agua un buen tiempo hasta que me impregnara de calor. Estaba demasiado agotada.

Cuando regresé al cuarto, tenía unas llamadas perdidas de Gonzalo Guillén, que estaba fuera del país, y entonces le marqué.

—Óyeme bien: no vayas a salir sola. Una fuente me acaba de decir que activaron una orden para matarte. Ya hablé con el director de la Unidad de Protección. Mientras yo llego, te van a acompañar mis escoltas, ¿oíste? —el tono urgente de Gonzalo me asustó.

—Bueno —apenas alcancé a balbucir.

Y desde ese día, 27 de junio de 2017, no volví a salir sola a la calle. Contra todo pronóstico, contra toda negación a vivir sin justicia, Kiko Gómez había sido condenado con la pena más alta que se le ha impuesto a un funcionario en Colombia. Cinco meses antes, había sido condenado a cincuenta y cinco años también por tráfico y porte de armas, y por los homicidios de Yandra Brito, Henry Ustáriz y el escolta Wilfredo Fonseca.

Además, llevaron a juicio y fueron condenados el juez Abelardo Andrade (que ordenó la libertad de Kiko Gómez), Alcides Pimienta, el fiscal de Fonseca que archivaba las causas y tres de los sicarios que participaron en el asesinato de Yandra Brito.

Cuatro años atrás había visto por primera vez a Kiko Gómez durante un evento en Medellín en el que él era gobernador de La Guajira, y yo una reportera. Ese día me le acerqué y él tomó mi escarapela para mirar el nombre. Me dio pánico. Creí que nunca le iba a pagar a la sociedad el asesinato de mi papá. Ahora tendría que cumplir dos condenas que sumaban casi cien años.

34

Me desperté sobresaltada antes de que sonara la alarma del teléfono. Eran las cinco de la mañana. La ansiedad podía justificarse. Tenía una cita crucial. Cuando salí de la ducha me incliné sobre la maleta. Indecisa, saqué toda la ropa y me medí, una por una, las blusas que había llevado. Resolví ponerme unos *jeans*, unas sandalias tres puntadas y una camiseta de colores. Abrí la persiana y divisé las palmeras que se mecían frente al hotel donde me había hospedado, en el norte de Barranquilla. Faltaba poco para confirmar otra verdad: enfrentar en la cárcel a Jesús Albeiro Guisao, uno de los probables asesinos materiales de mi papá. Era el último día de septiembre de 2018 y yo me moría de los nervios.

Seis meses atrás le había enviado una carta, a través de su abogado Deibys Barraza. Le pedí una entrevista, de manera general, sobre el paramilitarismo en la costa norte colombiana. El abogado Barraza prometió ayudarme.

—Tenemos historias parecidas. Tú a los diez y yo a los once. A mi papá lo asesinaron cuando yo tenía once —me escribió el abogado en un mensaje. Él había leído una nota que habían publicado sobre mí.

Luego del primer contacto, Guisao fue renuente y me cortó de golpe: no quería hablar sin garantías. Después de desmovilizarse del Bloque Norte de las Autodefensas, en 2006, —en el que fue uno de los peores sicarios bajo el mando del jefe paramilitar Jorge 40— Guisao se acogió a la Ley Justicia y Paz y estaba próximo a cumplir ocho años de pena, la máxima en delitos graves.

Pero en 2016, tras retractarse de las acusaciones que había hecho contra Kiko Gómez, fue excluido de la ley transicional y ahora debía responder, ante la justicia ordinaria, por más de veinte condenas por masacres, homicidios, desapariciones y desplazamiento forzado. Estaba preso desde 2009 y le esperaban —por lo menos— cincuenta años más de cárcel.

Pensaba que si estaba condenado por tantos delitos ya no tenía nada que perder si reconocía un homicidio más. Sin embargo, a la vuelta de mi solicitud de entrevista, ante el Instituto Penitenciario, respondió que no aceptaba.

El abogado Barraza perdió contacto con Guisao y, un mes después, yo ya no tenía cómo saber de él. Obstinada, me empeñé en buscarlo. No era una veleidad: yo necesitaba hablar con él. Verle la cara, saber cómo había ejecutado la orden de matar a mi papá y qué lo llevó a trabajar como sicario de Kiko Gómez.

Su testimonio era importante. Era uno de los pocos paramilitares vivos que había estado en La Guajira. A la mayoría de ellos los habían matado. Otros ya estaban libres. Guisao nunca había sido entrevistado por un periodista.

Un día, me dediqué a llamar a la cárcel Modelo de Barranquilla, donde estaba recluido. Nadie atendía al teléfono.

Cuando al fin me contestó un funcionario, le expliqué mi urgencia de hablar con Guisao. El guardián me dio su número personal y me hice su amiga. Por intermedio suyo, le enviaba mensajes a Jesús Albeiro. Le pedí que aceptara hablar conmigo sin cámaras y le anticipé mi interés por conocer los delitos que había cometido en La Guajira.

—¿Usted sabe el terreno que está pisando? —me preguntó Guisao.

—Sí —le respondí sin asomo de duda.

De modo que debía entrar a la cárcel, no como periodista, sino como visitante. Esperé dos meses más, hasta que él pudo actualizar la lista de las personas que estaban autorizadas para visitarlo en su celda. La visita de las mujeres era los domingos. Viajé el sábado desde Bogotá a Barranquilla. Una semana antes había reservado por Internet el turno para entrar a la cárcel. La cita era a las ocho de la mañana.

Cuando salí del hotel, a las siete de ese domingo de septiembre, las calles estaban tan solitarias como el primer día de año nuevo. En una bolsa plástica metí gaseosa, agua, un cuaderno nuevo, dos lapiceros y pañuelos de papel.

Le pedí al conductor que aparcara el carro a tres cuadras de la cárcel. Pese a que era temprano, el sol descendía picante. Caminé hasta un ruidoso grupo de personas que se agolpaba en la calle.

La cárcel Modelo de Barranquilla fue construida en 1942. El edificio es una estructura sólida con columnas, muros y pisos en concreto. Está ubicado en la legendaria Vía 40, cuyas calles se adornan de colores en el recorrido del desfile del carnaval que se celebra los cuatro días precedentes al Miércoles de Ceniza en febrero desde el siglo XIX.

Llegué hasta la muchedumbre y pregunté por cuál turno iban. Una mujer joven, hablando entre dientes, dijo que debía primero "reseñarme allá", y señaló una ventanilla en la que un guardia verificaba la identificación y el número de ingreso asignado. El guardia me tomó una foto, me estampó un sello en el brazo y me entregó una escarapela autoadhesiva de papel que debía llevar a la vista.

Pedí permiso para pasar en medio de las bulliciosas mujeres. Una de ellas, vestida con andrajos, me obstruyó el camino a empellones.

—¡Eeyyy qué! ¿te vas a colar? —preguntó energúmena.

Otra mujer, regordeta y morena, protestó:

—Doña, van por números. No se quiera pasar por avispada.

Un guardia trataba de mantener el orden.

—Salgan de ese hueco. Parecen animales salvajes. Las que no hagan la fila, las entro a las doce —se refería a las mujeres amontonadas y ansiosas por entrar que entorpecían el paso.

El calor, en las puertas de la cárcel, se sentía como una oleada de vapor que aumentaba al tiempo que mis nervios.

Intenté avanzar esquivando unas vallas y subí los escalones hasta llegar al guardia que voceaba los turnos. El mío era el treinta y dos. Entré a la cárcel y entregué la bolsa plástica para que pasara por los rayos X. Un guardia me estampó otro sello y ordenó que me sentara en una silla. Otro atravesó el pasillo con un perro que olisqueaba a cada mujer en busca de drogas o elementos prohibidos en el

338

penal. Algunas de ellas solían esconderlos entre sus partes íntimas.

Trémula, sentía el palpitar de la muñeca, los jadeos impetuosos y las burbujas de sudor que se me empezaban a formar en la frente. Sentada, mientras esperaba el turno de la requisa, inhalaba y exhalaba profundamente, esperando que cada suspiro me trajera calma, que apaciguara mis pensamientos.

—Tengo un dispositivo en el corazón. Aquí tengo el certificado —le expliqué a la guardiana. Me miró con recelo y pasó un detector de metales manual de la cintura para abajo.

—Separa las piernas. Date la vuelta —dijo con imponencia. Me palpó el pecho y anunció que podía seguir.

El custodio me entregó la bolsa plástica y me explicó que a la cárcel no se debía entrar ningún tipo de líquido.

—Me tomaré su gaseosa —avisó sin sonrojarse.

No me molestaba el calor, ni la requisa de los guardias, ni la certeza de saber que iba a estar frente a uno de los más temidos asesinos. Lo que me angustiaba era qué actitud asumir si me decía: "sí, yo lo maté". Pensaba que tenía que ser seria, pero no áspera, porque de lo contrario no me lo iba a confesar.

Atravesé una reja rechinante, bajé una rampa y, mientras esperaba que abrieran el patio dos, me percaté de la mugre que cubría las paredes deslucidas, respiré el olor del sudor humano y reconcentrado y la herrumbre de las rejas. El guardia abrió el candado y entré.

Una multitud de presos cantaba alabanzas dentro de

un recinto. Eran fieles de una iglesia llamada "Nueva Jerusalén". Me asomé por los barrotes para observar de cerca.

Los gritos de júbilo en el improvisado templo, chillones y exasperantes, junto con el calor intenso del Caribe, rompían de golpe la ansiedad que me corroía.

Crucé a pasos largos el primer pasaje que conducía a otro extenso, oscuro y estrecho pasillo. De lejos reconocí a Jesús Albeiro Guisao. Comencé otra vez a sudar, pero esta vez sentí algo parecido a un escalofrío. El acelerado pulso del corazón se me había subido a la garganta. Las piernas me temblaban y los pasos se volvieron pausados. Él pareció haberme distinguido desde lejos. Nos detuvimos frente a frente.

—Hola, ¿cómo está? —lo saludé con la mano pétrea del susto.

—Bien, gracias —repuso arqueando las cejas—. Permíteme —tomó con cortesía la bolsa.

—Traje gaseosa y agua, pero me las quitaron —comenté en un intento de crear confianza.

Atravesamos el patio descubierto donde suelen hacer deporte los presos y subimos las escaleras. Guisao me ofreció una toalla para limpiarme el sudor. Entramos a una pequeña sala. Había dos desgastadas sillas, un mesón de cemento pegado a la pared, un lavaplatos y una pared desconchada que dividía el baño.

—Buenas, ¿qué tal? —saludé.

—Este es un amigo mío —me presentó a un hombre paisa, de unos cuarenta años, que cumplía una condena por tráfico de drogas—. Siéntese acá. Disculpe la silla —ofreció Guisao.

—Tranquilo.

—¿Desea tomarse un tintico, madre? —preguntó con ese acento singular de los paisas, la designación para referirse a los habitantes de los departamentos Antioquia, Caldas, Risaralda y Quindío en Colombia.

—No, prefiero agua —contesté.

—Ande ligero y me compra unas seis botellitas de agua —le ordenó a un compañero moreno, de rostro lánguido.

Guisao es de estatura mediana, ojos cafés, acuerpado y blanco. Tiene un lunar en el párpado inferior derecho. Frisaba los cincuenta años, pero podía aparentar diez menos. Su semblante siempre se mostraba apacible y de buen humor. No parecía que hubiera empuñado un arma. Vestía una camiseta color cian y unos *jeans* azules.

—Estoy sorprendida de que haya una iglesia aquí —dije.

—Esta es compartida. Pentecostal, evangélica y católica. Eso es todos los días a toda hora.

—La gran mayoría de los que están ahí son violadores —aclaró el paisa condenado por droga.

La algarabía se escuchaba hasta el segundo piso. Además de los coros, se oía la trifulca de las visitas. El penal albergaba más de mil presos, pese a que la capacidad máxima era de 460. Nada raro, pues el hacinamiento carcelario en Colombia superaba el 50 %.

Jesús Albeiro se levantó y trajo un paño con mentol. Me humedeció el brazo y me limpió los dos sellos que me habían estampado. Le agradecí, aterrada de la gentileza de ese hombre. Él era la representación de la dualidad: ser amable y, a la vez, asesino. En la cárcel todos lo saludaban con cariño y camaradería. Por eso insistía en que lo llamara por su mote: "amiguito".

Otros presos se sentaron alrededor de mí. Contaban cómo era vivir ahí: se quejaban de la pésima comida, de las colchonetas cundidas de ácaros, los mosquitos, la poca asistencia médica, la dura convivencia y el robo entre los mismos reclusos. El paisa era el que más hablaba.

Había pasado más de una hora desde que llegué.

—Bueno, los dejo. ¿Les cierro la reja? —preguntó el paisa.

—Hágale pues —repuso Guisao.

Batí la mano derecha para despedirme y otra vez sentí que me subió el susto a la garganta.

—Doctora, venga le muestro mi residencia —me convidó a entrar a su celda.

Rápidamente miré por el rabillo del ojo de arriba abajo y concluí que este podía ser un modesto cuarto de hotel de pueblo. No le faltaba nada: una cama, una hamaca, un pequeño baño, un televisor pantalla plana, sistema satelital, parlantes, un extractor de aire, dos ventiladores y un mueble para guardar ropa y útiles de aseo. Me sorprendió la pulcritud del dormitorio recién pintado de blanco.

—Acomódese con confianza —trajo varios paquetes de papas y chicharrones y los puso encima de una improvisada mesa de madera. Giró uno de los ventiladores hacia mí, cerró la puerta con seguro y se tumbó en la hamaca colgada de ambos extremos de la pared. Yo me senté en el borde de la cama. Era sencilla, limpia, con sábanas amarillas, verdes y naranjas. Abrí el cuaderno —donde

había escondido una foto de mi papá para mostrársela—
y, en adelante, escribí como poseída, algunas veces fuera
de las líneas y las márgenes, pero sin parar de hurgar en su
mirada.

Encaminé el relato hacia el principio de su carrera criminal: cómo llegó a ser sicario de los jefes paramilitares
más cruentos de Colombia: Carlos Castaño[12], Salvatore
Mancuso y Jorge 40. Me contó que prestó el servicio militar en el Ejército durante un año y, cuando regresó a Urabá —de donde es oriundo—, comenzó a trabajar en oficios
varios en una finca bananera. Corría 1991.

—En ese tiempo yo pensaba organizarme con alguna
novia, tener hijos y trabajar sanamente. Pero empezó la
presión de la guerrilla para reclutarme. A mí me dijeron "o
se mete a la guerrilla o empezamos a quitarle la vida a sus
hermanos". Yo les dije "no se metan con ellos. Mátenme a
mí". Allá la ley era la guerrilla —relató Guisao.

Yo me mantenía rígida, cruzada de piernas y la espalda
encorvada escuchando atentamente.

—Ya habían matado a uno y les dije: "Muchachos, ¿nos
vamos a dejar matar?". Ellos me decían 'deje todo en manos de Dios'. Cuáles manos de Dios ni que nada, ¿acaso
Dios va a bajar a defendernos? Él está muy ocupado y todo
el mundo le pide; hay que ayudarle también. Y empezaron
a matarlos, uno detrás del otro. Me mataron cuatro hermanos. Entonces yo decidí armarme y enfrentar a la
guerrilla.

12. Máximo líder de las Autodefensas Unidas de Colombia.

Guisao fue primero sicario en los Comandos Popula-res[13]. Este grupo se fundió después con el grupo paramilitar que comandaba Carlos Castaño (Autodefensas Campesinas de Córdoba y Urabá). En sus filas fue un destacado asesino.

—Yo estaba catalogado en las Autodefensas como el mejor de los sicarios. A mí todo el mundo me respetaba. ¿Por qué cree usted que estoy vivo? Yo cometí la masacre de Policarpa (en Apartadó, Antioquia) el 3 de abril de 1996. Yo llevé diez hombres armados de fusiles, buenos proveedores y granadas. Fueron como catorce muertos y el mismo número de heridos. Una niña de seis o siete años murió. Resulta que cuando iba por un comandante de la guerrilla, el hombre se escondió en una casa y cuando entré al cuarto le dije "salga, que vengo por usted". Él estaba agachado al pie del nochero de la cama. Cogió a la niña por los bracitos poniéndola de escudo, y sacó la pistola. Él creía que por encima de la niña me iba a disparar y yo tuve que dispararles a los dos. Eso me marcó la vida (…)

—¡No! ¿Y entonces? —pregunté pasmada.

—Ahí yo me caliento mucho porque un obispo (Isaías Duarte Cancino), que hablaba mucho con los hermanos Castaño, le puso quejas, que cómo era posible que en Semana Santa un tal tigre paramilitar haya matado tantas

13. Grupo armado creado un año después de la desmovilización de la guerrilla Ejército Popular de Liberación (Epl). Sirvió de base para que las Autodefensas Campesinas de Córdoba y Urabá (Accu) se expandieran hacia esa región agroindustrial. https://verdadabierta. com/comandos-populares-de-uraba-base-de-las-accu/

personas, porque eso fue un Jueves Santo. En ese tiempo mi alias era El Tigre de Urabá. Yo llegué donde Castaño y ese señor casi me mata. Me pegó una vaciada[14]. Que "cómo era posible que iba por tres personas y mató a catorce". Eso sí tenía ese señor, que era muy correcto. Yo le expliqué: "Comandante, usted sabe que soy muy respetuoso y he cumplido las órdenes, pero cuando llegué allá encontré una resistencia muy fuerte. Me disparaban de todos lados y me tocó defenderme". Entonces me tuve que ir de Urabá porque ya había cometido dos masacres más.

—Oiga, y usted cuando iba a cometer esas masacres, ¿no se asustaba?

—No, relajado.

—¿Y el primer muerto no lo desveló?

—Le voy a decir la verdad. El primer muerto que uno comete el remedio es otro, porque el primero uno lo ve hasta en la sopa. A los días uno va a cascar al otro, y tan tan, se le pasa.

Yo transcribía todo lo que me iba contando. A veces me sudaba la mano, pero la frotaba con los *jeans* y seguía. Los dedos se me agarrotaban. Apenas hacía preguntas para precisar algún detalle. Guisao estiró el brazo hacia el mueble de madera y cogió dos agendas donde había anotado las fechas y los hechos delictivos en los que había participado. Me sorprendió la rigurosidad con que había apuntado los nombres de las víctimas. Me aterrorizaba saber que ahí podía estar mi papá.

Guisao me contó que los jefes paramilitares, a veces,

14. Reprimenda muy severa.

daban la orden de matar con "silenciador", pero no se refería al dispositivo que se les pone a las armas de fuego para reducir el sonido del disparo. Silenciador, en el lenguaje de ellos, significaba matar con arma blanca para no hacer bulla. Otras veces cometían una masacre y dejaban los muertos regados en varios lugares para que los asesinatos parecieran distantes el uno del otro.

Me sorprendía sobremanera el lenguaje que usaba para referirse a los asesinatos. A veces decía "entonces, fui a hacer un trabajo", o "yo recogí a esos tipos", o "lo levanté", o "fui por ellos", o "se hizo varias cosas en esa zona", o "hice limpieza". Me sacudió ese eufemístico argot. Ni su rostro ni su cuerpo —tendido en la hamaca y con la cabeza sobre el codo— encajaban con lo que me estaba contando. Era frívolo, y su expresión, afable y despreocupada. De repente, me hablaba de una pistola Browning (yo no sabía qué era eso) y la describía como "hermosa", y que los balines rebotaban "sabroso" en una persiana de acero. Yo ignoraba que un arma debía limpiarse. Jamás he tocado una.

—¿Cuáles fueron las otras dos masacres que cometió?

—Yo cometí la masacre de Pueblo Galleta (Turbo, Antioquia) en septiembre de 1995. Fueron siete muertos —dijo mientras corroboraba la fecha en la agenda—. Fuimos una comisión especial por orden de Carlos Castaño. Un grupo de ochenta hombres más o menos, porque era una zona sumamente guerrillera. Yo maté muy feo a un comandante de la guerrilla y ahí reconfirmaron más mi alias de Tigre, porque yo fui muy sangriento. Yo le moché la cabeza, lo capé.

—¿Ahí ya le había disparado?

—No.

—¿O sea que usted se la cortó estando vivo?

—Sí, claro. Vivo. ¿Muerto para qué? Vivo, delante de la mujer. Le dije "vea, dele el último besito porque no lo va a volver a ver más". Lo tiré al piso y pateé la cabeza como jugando fútbol, y la pobre señora llorando. Y le dije "se lo maté porque él mató a mi hermano". Porque él fue el que dio la orden de matar a uno de los cuatro hermanos.

Me imaginaba la escena, los detalles, pero aquello no me cabía en la cabeza.

35

En la cárcel las horas pasaban rápido. Jesús Albeiro se levantó y dijo que saldría de su celda a fumar un cigarrillo.

—Este es mi único vicio. Porque nunca me he tomado un trago ni he consumido drogas —aclaró—. Si quiere bañarse, ahí hay una toalla limpia —ofreció.

Cerré la puerta del cuarto y pulsé el botón para asegurarla. Me observé en un pequeño espejo y vi mi rostro lívido y graso. Sentí ganas de vomitar. Languidecía y la vista se me encapotó de centelleos. Quité el seguro, y volví a sentarme en la cama.

Mientras aguardaba a que volviera, detallé todo el cuarto: la ropa perfectamente doblada, los útiles personales en línea recta, la cama impecablemente tendida, el piso limpio. Traté de recuperar el aliento. Me dolía el dolor de las víctimas que yo ni siquiera había conocido. ¿Cómo puede ser posible que pase esto?

Al rato volvió brindándome café negro. Esta vez acepté y abrí un paquete de papas fritas. Pese a que me trataba con hospitalidad, esmerándose para que me sintiera cómoda, yo estaba perpleja.

Estando frente a frente, otra vez, decidí que si él

confesaba toda la verdad sobre el asesinato de mi papá lo iba a perdonar y no buscaría que iniciaran un proceso penal en su contra. Era algo que había meditado antes. Para mí lo más importante era saber la verdad.

—Usted dice que tiene mil homicidios bajo su responsabilidad —observé.

—Claro —repuso.

—¿Y directos? Que usted haya dicho "yo lo maté".

—La verdad, no sé. Perdí la cuenta. Yo la llevaba cuando iba en doscientos. La perdí en Valledupar porque una vez fui a matar a un *man* (sic) y se me pararon en la raya, y maté como tres o cuatro. Ahí se perdió la cuenta porque de ahí para acá lo que hubo fue muertos.

—Bueno, ¿y usted cómo llegó al Cesar?

—Hubo una reunión de comandantes y Mancuso le dijo a Castaño: "necesito llevarme a los mejores hombres porque eso está muy caliente. Necesito gente que no le dé asco bolear bala" y Castaño le respondió: "le tengo a dos hombres perfectos para eso, El Tigre y Camilo Carevieja". De ahí arrancamos para Valledupar y fue cuando conocí al viejo 40 (Jorge 40). Hubo reuniones con políticos, comerciantes y ganaderos. Eso fue a finales del 96. Pasamos diciembre allá, dañándole la Navidad a más de uno. De día andábamos de escolta de él y en la noche salíamos a hacer recorridos por todas partes y matábamos tres, cuatro, cinco personas. Llegábamos en la madrugada y nos íbamos a dormir. Hubo una época que a mí me dieron la orden de que si íbamos a matar a un guerrillero, y estaba con tres personas más, las matáramos a todas, porque teníamos que hacernos sentir ¿Para qué? Para que sintieran el peso y respetaran a las Autodefensas. Y lo conseguimos.

—¿Usted nunca sentía miedo?

—¿Miedo de qué?

—Miedo de matar gente.

—No, madre. Con decirle que a mí me daba más pesar matar a una gallina o un marrano que matar a una persona, siempre y cuando fuera guerrillero.

—Pero la mayoría no eran guerrilleros.

—Pero yo no conocía a nadie. ¿Quién es el culpable? El que lo mostraba. Yo soy de Urabá, no costeño. ¿Cómo iba a saber quién era guerrillero y quién no?

Guisao se levantó de la hamaca, abrió la puerta y prendió otro cigarrillo. El calor era asfixiante. Dejé el cuaderno sobre la cama y me puse de pie para estirarme. Toda la tensión se me había acumulado en el cuello. Caminé hasta el pasillo y lo acompañé, acodada sobre el balcón. Al cabo, apagó el cigarrillo y volvimos a su habitación.

—¿Cómo era un día suyo en Valledupar?

—Para mí todos los días eran iguales. No existía domingo, ni sábado, ni festivo. Un día normal era levantarme, desayunar, me metía en una hamaca a ver televisión con el teléfono pendiente. Limpiaba la pistola para tenerla lista y esperaba la orden. Es más, si me servían un desayuno bien bueno, como a mí me gustaba, con arepa, queso, chocolatico, y me llamaban "qué hubo. Hay que ir a matar a un *man* que está en la esquina". Yo tapaba el desayuno, iba a matarlo y después seguía comiendo normal, como si nada hubiera pasado. Nosotros andábamos con la Policía pa' arriba y pa' abajo. Nos colaboraban en todo.

—¿Ustedes tenían algún distintivo?

—Nosotros andábamos con un brazalete que decía "AUC".

—¿Y uniforme?

—No, yo andaba de civil.

—Pero si usted se ensuciaba la ropa con un homicidio, ¿la botaba?

—No, no había necesidad. Nosotros éramos los dueños de todo. A nosotros, ¿quién nos buscaba? El que se metía, le dábamos plomo y, además, nosotros éramos hasta más que la Policía.

—¿A usted a qué le olía la sangre?

—Normal.

—¿O sea que no le daba asco ni nada?

—No. Yo cogía un cuadro de esos del cuerpo humano y les decía "muchachos, cuando yo los mande a matar a una persona, tienen que pegar el tiro en tal y tal parte. Denle en la cabeza, que si no queda muerto, queda bobo" (…)

—¿A usted no se le ha aparecido ninguno de los muertos?

—No. ¿Quién va a aparecerse?

—¿No tiene pesadillas?

—Nada. Yo duermo tranquilo, relajado. No me doy mala vida.

—¿Cuánto les pagaban a ustedes?

—Yo, que era comandante de los urbanos, ganaba 300.000, 500.000, 800.000. Eso variaba mucho. Cuando uno trabaja allá es de corazón (…) Todo el que robaba en las Autodefensas se moría. Yo estoy vivo porque nunca robé. Hoy estoy pobre pero vivo y todo el que me conoce dice: "El Tigre es una gran persona".

—¿Y cómo era un día suyo en La Guajira? —entré en materia.

—Sencillo: los urbanos iban, buscaban información y se planeaba el operativo. Se cuadraba que no fuera a haber choques entre la Policía y los pelaos. Yo manejaba la zona, era el comandante.

—¿Pero todos los días salían homicidios?

—Sí, casi diario. A veces la semana estaba mala y eran dos o tres veces no más que se mataba.

En las decenas de declaraciones que dio Guisao en Justicia y Paz, solo mencionó someramente los delitos cometidos en La Guajira. Reconoció una de las masacres en Barrancas y dos homicidios en Fonseca, entre esos, el de un periodista. Él ya me había anticipado que todo lo de La Guajira estaba oculto, que lo habían callado y que él tenía que explicarme por qué se había retractado en el juicio de Kiko Gómez.

Ya era mediodía y yo respiraba con impaciencia. Pasamos nuevamente a la sala para el almuerzo. El paisa había preparado arroz. Yo acepté, aunque no tenía hambre. Seguía con náuseas, así que comí unos pocos bocados y tomé mucha agua para prevenir un desmayo. El calor me debilitaba y me bajó aún más la presión.

Me asomé al balcón para tomar aire. Guisao me convidó a hacerme un recorrido por el patio. Me mostró el comedor comunitario y las mugrientas colchonetas en el piso donde algunos presos debían dormir. Los pasillos estaban atiborrados de gente. De regreso a la celda, había hombres apiñados de cada lado de la escalera. Guisao me tomó por la espalda y me condujo, apartándome de la romería que se agolpaba.

—No sea que le vayan a faltar el respeto —se disculpó en voz baja.

Me perturbaba la idea de que, pese a que estaba ante un asesino, era un hombre corriente. Volvimos a la celda: él siguió tumbado en la hamaca, y yo sentada en el borde de la cama. El alboroto de la iglesia había terminado. Por unos segundos hubo un silencio escalofriante entre los dos. No sabía por dónde empezar a hacerle la pregunta que me había llevado a ese lugar. Uno de los amigos presos tocó la puerta cuando preciso iba a lanzarme.

—Doctora, ¿quiere un Chococono?

—Muchas gracias, pero no. Prefiero agua.

Tomé aire para volver al relato de La Guajira. Noté que en la palma de su mano derecha había una gran cicatriz.

—¿Qué le pasó ahí? —pregunté.

—A mí me capturaron a mitad del 98 en Valledupar y estuve preso aquí en Barranquilla. Me rescataron en el 2000 por orden directa de los hermanos Castaño (…) De ahí me voy para San Ángel (Magdalena) para donde Jorge 40. Ahí me quité las huellas porque yo no quería volver a caer preso.

—¿Y cómo fue eso?

—Candela, mami, candela.

—¿Pero qué método usó?

—Con el soplete que usan para mochar hierro.

—¿Pero usted mismo?

—Claro, pero me la hice en una sola mano porque no

aguanté. Esto lo hemos hecho en Colombia dos personas no más —explicó orgulloso.

—¿Quiénes?

—Un narcotraficante que estaba en Venezuela, El Loco Barrera y yo —precisó.

—¿Cuándo llegó usted a La Guajira? —le pregunté a sabiendas de que la primera vez coincidía con la muerte de mi papá.

—Yo estuve tres veces en La Guajira. La primera a finales del 96. La segunda, a mediados del 97. Yo llegué a controlar una banda que había allá, que se hacían llamar paramilitares, pero que no estaban bajo las órdenes de los hermanos Castaño ni de Jorge 40. Estaban bajo las órdenes de Luis Ángel González, el Mocho, Bladimir y todo ese combo. Era una banda que estaba al servicio del narcotráfico. Entonces yo llegué a meterlos en cintura, porque esa gente mataba por plata. Yo maté en Maicao, Fonseca, Barrancas, Riohacha. Nos quedábamos en una finca y en todas las residencias y hoteles de Fonseca. Kiko Gómez nos colaboraba en todo.

—¿Cuándo vivió en la casa de Kiko Gómez?

—En el 2001 estoy recién salido de la cárcel. Kiko Gómez llamaba a diario a Jorge 40. Le decía "mándeme gente que esto está llenándose de guerrilla". Kiko Gómez tenía al viejo 40 hasta aquí —dijo pasando la mano sobre la frente—. Entonces, Jorge 40 me llamó y me dijo: "necesito que me prepare seis o siete hombres y se vaya para La Guajira". Yo le dije: "señor, pero yo acabo de salir de la cárcel ¿Usted quiere que vuelva a caer preso? Vea yo prefiero que me maten". Él me dijo "no, no va a tener ningún problema, no se preocupe. Llévese las armas que quiera. Kiko Gómez dice que los urbanos que hay allá no le sirven para nada. Vaya usted a trabajar, organícese, haga lo que tenga que hacer". Entonces yo arranqué para allá.

Guisao sacó una hoja de papel y dibujó un mapa de los lugares donde había estado, entre ellos de la casa de Kiko Gómez, quien en esa época era alcalde de Barrancas por segunda vez.

—¿Cómo fueron sus días allá?

—Nosotros llegamos directamente a la casa de él. De ahí salíamos a matar gente. Él nos tenía cocinera y todo. Dormíamos, comíamos y ahí teníamos reuniones. Todos los homicidios que mandó hacer Kiko Gómez fue para su beneficio personal, no para la organización.

—¿Con cuántos hombres llegó?

—Con siete. Los sicarios más ásperos que tenía el bloque norte. Llegamos con fusiles, pistolas, granadas. En Barrancas duré como un año. Un día, Kiko Gómez me dijo "voy a traer a mi familia" y yo le dije "no hay ningún problema, nos vamos". Y él dijo "no, yo les consigo una casa cerquita". Sacó la familia que vivía por detrás de la casa de él, no sé cómo hizo, y nosotros pasábamos por una escalera a la casa de él. Nosotros manteníamos allá.

—¿A usted le pagó Kiko Gómez para que se retractara?

—Me amenazó a mis hijos. Me llegaron dos abogados a ofrecerme plata para que colaborara. Me ofrecieron doscientos, trescientos hasta quinientos millones de pesos. Yo le dije: "no cambio mi libertad por ninguna plata del mundo". Como no acepté, les tomaron fotos a mis hijos y yo pongo el pecho por mis hijos. El abogado me dijo: "piense en su familia, piense en su mujer". Cuando los abogados entran a la cárcel tienen que dejar una nota y no quedó nada registrado, entraron pirateados. Por eso le he preguntado, ¿usted sabe el terreno que está pisando?

—Sí.

—Eso me gusta. Porque Kiko Gómez es un cobarde peligroso, un cobarde con plata y peligroso. Y si yo no freno, me matan a mis hijos. Yo no podía arriesgarlos. Preferí que me sacaran de Justicia y Paz.

Ya eran casi las tres de la tarde. A las cuatro debía irme.

—Mi papá fue mandado asesinar por Kiko Gómez —carraspeé al hablar.

Él me miró fijamente y se encogió de hombros. El semblante le cambió de golpe.

—¿Cómo se llamaba su papá? —me preguntó.

—Luis López Peralta —respondí.

—¿En qué año?

—En el 97. Yo quisiera saber si usted tuvo que ver ahí —tartamudeé—. Le voy a ser sincera: a mí lo que me interesa es la verdad. Yo tenía diez años. Eso fue en el 97 —le expliqué.

Guisao abrió otra vez la agenda y comenzó a hojearla. Recorría con el dedo índice los renglones y se detuvo en una de las páginas. Yo lo miraba abrumada. El silencio de él me resultaba agobiante.

—¿Su papá tenía un hotel ahí en Barrancas?

Entré en pánico. Pensé que estaba a punto de confesármelo.

—Sí. Se llamaba Iparú —repuse—. ¿Usted no fue el que se quedó afuera del hotel mientras el sicario le disparó?

—¿Yoooo? —preguntó haciendo énfasis—. Aquí lo encontré: Luis López Peralta, concejal de Barrancas, 22 de febrero de 1997 —el nombre de mi papá aparecía remarcado con resaltador—. Póngale cuidado: yo apunté estos datos hace años porque a mí un fiscal estuvo preguntándome por ese señor. Kiko quiere zafarse de ese homicidio y mínimo los que lo mataron están muertos —prosiguió.

Resoplé resignada, pensando que perdía las esperanzas de que me contara la verdad. Entonces, abrí la mitad de mi cuaderno y le alargué la foto. Es la imagen de la última vez que me vi con mi papá, en la que me tiene abrazada. Guisao negó con la cabeza.

—Una de mis hermanas vio al sicario y lo describe tal como usted describió a Camilo —le dije. Camilo Carevieja era el sicario inseparable de Jesús Albeiro.

—¿Cómo lo describe ella? —preguntó.

—Moreno, acuerpado, pelo crespo. Vestía una camisa de cuadros —repliqué.

—Si fue Camilo, fue ordenado por Jorge 40, cumpliéndole órdenes a Kiko Gómez. Si yo hubiera estado ahí, se lo digo.

—Pero, ¿quién pudo ser con esas características? Él andaba con alguien de piel clara que se quedó afuera. Él dio un disparo y se fue.

—¿A él lo matan de un solo tiro?

—Sí.

—¿Usted sabe la plomera que boleábamos Camilo y yo? Camilo cuando llegaba no bajaba de cinco o seis tiros. Eso no era un solo tiro ¡Nunca! —explicó con desparpajo y volvió a revisar la agenda—. El 22 de febrero de 1997 yo no estaba allá —concluyó.

Era probable que Camilo, el otro sicario que andaba con él, hubiera sido el pistolero que le disparó a mi papá. Pero Camilo, también apodado Carevieja, estaba muerto. Guisao prometió ayudarme a conseguir una foto de él para mostrársela a mi hermana Andrea y determinar si lo reconocía. Además, él indagaría con otros paramilitares que estuvieron para la época en La Guajira.

Yo, por mi parte, fui a los archivos de los periódicos del Cesar y busqué la noticia de cuando Guisao y Camilo fueron capturados en 1998. En la foto en blanco y negro, ambos aparecían con la cabeza agachada, lo que hacía difícil que mi hermana pudiera identificarlo. Ni la exmujer ni los parientes de Camilo guardaban alguna imagen de él.

—En su conciencia, ¿cómo pesa haber matado a tantas personas? —le pregunté a Guisao.

—Mire, yo en ese tiempo no pensaba en eso. Es más, sinceramente yo no tengo culpa porque estaba engañado de la vida, porque fue un error muy grande haber hecho justicia con mi propia mano. Yo estaba tan lleno de odio con el gobierno, con la guerrilla. Porque el gobierno no hizo nada cuando mataron a los hermanos míos. Entonces, si yo no me armo a defender a mi familia, ¿qué sería de ellos? Y yo estaba convencido de que estaba haciendo algo justo. Hoy en día el golpe contra la vida es que todo eso estaba súper mal y me tocó pagarlo.

—¿Pero usted está arrepentido?

—Claro, uno se arrepiente porque uno hizo mucho

daño. Pero si sigo vivo es porque Dios me tiene para algo grande.

Un mes después volví a la cárcel. Era noviembre de 2018. Guisao me relató decenas de homicidios y masacres, me habló de empresas que colaboraron voluntariamente con las Autodefensas, y militares y políticos que ordenaron asesinatos. La mayoría de esos crímenes están en la impunidad. Él no los confesará ni revelará las fosas de desaparecidos hasta que tenga las garantías de que no lo vayan a matar, como ha pasado con otros paramilitares. Cambiaría verdad por rebaja de pena.

Con la entrevista a Guisao pude corroborar, una vez más, que el asesinato de mi papá no tuvo nada que ver con el conflicto armado ni con el paramilitarismo. Fue una venganza absurda y personal de Kiko Gómez. Una prueba de su vileza y esa obsesión de macho guajiro brioso, ambicioso y poderoso que intimida con su abrazo de Judas, mientras en su cinto destella el pomo de su puñal.

36

Siempre me he preguntado si Juan Francisco Gómez Cerchar habría sentido culpa por haber mandado matar a mi papá, dejar ocho huérfanos y destruir una familia. La reacción normal de una persona, incluso, si el daño que causara fuera involuntario, es sentir culpa. Como Raskólnikov, el personaje atormentado de Dostoievski, en *Crimen y castigo*.

Me pregunto si Gómez Cerchar creyó legítimo matarlo. Me pregunto por qué no lo enfrentó en un debate en el Concejo, por qué fue despiadado y tan cínico de ir al funeral. Me pregunto cuál fue el odio que se forjó en su corazón para que decidiera que matar era la única salida. Me pregunto con qué catadura, valor o condición humana se atreve a celebrar la muerte de una persona. ¿Cuánto tiempo necesitan los guajiros para despertar, dejar de aplaudir y de gritar "vivas" a ese asesino?

"Todo indica que Kiko Gómez es psicópata", concluye el psiquiatra Ricardo Angarita. "Ellos, los psicópatas, no sienten culpa y no les importa qué se sacrifica con tal de lograr un objetivo de título personal por encima de los derechos comunitarios o los derechos del otro", agrega.

El doctor Angarita tiene veintinueve años de experiencia profesional y ha atendido alrededor de 37.000 pacientes psiquiátricos a lo largo de su carrera. Ha trabajado en salud pública y realizado programas de búsqueda de conciencia con presos. Ahora atiende consultas particulares. Tiempo atrás le había escrito para preguntarle si él podía analizar el comportamiento de un hombre sin haberlo tratado directamente. Le dejé con la secretaria copias de unos videos de Gómez Cerchar para que analizara su comportamiento. Regresé unas semanas después.

La atmósfera de su consultorio, en el norte de Bogotá, es apacible: un ventanal grande donde se divisan árboles verdes y frondosos, una campana de viento y el silencio de una calle poco transitada. El doctor Angarita tiene los ojos cafés, el cabello entrecano, surcos en la frente y una línea marcada en el entrecejo. Habla haciendo énfasis en las palabras y gesticula con las manos.

—¿Cómo se da cuenta de que una persona es psicópata? —le pregunté.

—Un psicópata se identifica porque prioritariamente actúa movido por sus intereses sin importar los intereses comunitarios o de las otras personas. Aunque hay gente que comete actos psicopáticos sin ser propiamente psicópata: el que se cuela en la fila del cine, el que no respeta las normas de tránsito.

—Una persona con un rasgo de personalidad normal no mataría…

—Alguien que tenga un orden moral, un orden ético y que entienda la interacción social dentro de una normatividad no vulneraría el derecho del otro ni siquiera en autodefensa, pero los psicópatas sí. Entonces, lo que lo diferencia de los otros son esos comportamientos reiterativos que no estiman el derecho de los demás con tal de obtener beneficios loables o no. Solamente sus derechos son válidos.

—En el caso de Gómez, ¿hay culpa?

—El cinismo manifiesto en ir a la misa y hablar bien de su contrincante a quien él mismo había mandado asesinar, me permite inferir que Kiko Gómez no tiene culpa. El individuo cínico no tiene culpa y eso configura la personalidad psicopática. Por eso hizo un Estado aparte del Estado. Los psicópatas saben que lo que están haciendo está mal, comprenden las normas y saben todo lo que produce su conducta, por eso son punibles. Cuando yo tengo estructurado todo el orden de funcionamiento personal no me adjudico el derecho de quitarle la vida a alguien, y prefiero que me maten antes de hacerlo yo. Aunque la compasión por el otro no es una constante siempre. Hasta el cura o el monje más divino son capaces de un acto violento, pero cuando eso es sistemático y hay justificaciones por fuera de una lógica formal dentro de unas normas de convivencia, entonces ahí sí hay una personalidad psicopática.

—¿Hay algún marcador para saber que se está frente a un psicópata?

—Uno se da cuenta porque son encantadores, pero uno siente que ese encanto siempre tiene algo que a uno no lo deja tranquilo. También por la tendencia manipuladora y la falsedad en su tono emocional. Los psicópatas culpan al otro de sus desatinos y no entienden ni aceptan los correctivos que la sociedad les impone. Exhiben un comportamiento de desprecio, desconsideración y desentendimiento de los demás. Carecen de la comprensión de las normas sociales y, con muy poco sentimiento de culpa, cometen actos delictivos sobre los que no presentan remordimiento ni intención de reparación. Con frecuencia se excusan con racionalizaciones creíbles que desvían la atención hacia otras personas, generalmente sus contradictores.

Aunque Gómez Cerchar no ha sido valorado clínicamente, la posible calificación como psicópata no lo exculpa de los crímenes cometidos. Él distinguía entre el bien y el mal y, pese a ello, eligió hacer daño.

***

Buscar justicia no es odiar, es vencer la resignación. Haber llegado a la verdad y esclarecido, por mis propios medios, el asesinato de mi padre es, incluso, más importante que la condena de cuarenta años. La verdad ha logrado resarcirme, aunque ello haya implicado revivir todo nuevamente y lacerarme aún más.

A lo largo de los años, una de las cosas que más me dolía era saber que el asesino ostentara tantas condecoraciones oficiales. Después de la condena, le solicité a la Cámara de Representantes que le retirara públicamente el reconocimiento Orden a la Democracia Simón Bolívar, otorgado el mismo año en que mi papá había sido asesinado. La Cámara accedió a la solicitud y se lo revocó en septiembre de 2017. La Universidad de La Guajira, en una petición similar que le hice, también le revocó el título Administrador de Empresas *Honoris Causa*. A los asesinos no se les puede enaltecer, aplaudir ni homenajear.

El obispo de Riohacha, Héctor Salah, negó haber condecorado a Gómez Cerchar y sugirió la posibilidad de que el párroco de Barrancas haya utilizado fraudulentamente el nombre de la Diócesis para expedir una mención honorífica. Salah rechazó tajantemente otorgar condecoraciones a personajes de esa naturaleza.

***

En la búsqueda de voces y testimonios que me llevaran a desenredar la historia, es quizá la extensa entrevista con Jesús Albeiro Guisao la que más me ha impactado como periodista. Descubrí, por un momento, al humano, y no solo al criminal, y me cuestioné cómo un ser, supuestamente racional, puede tener tan trastocado los valores y ufanarse de que los trasgrede. Sin asomo de conmiseración, sin remordimiento por la culpa. Pero también sentí compasión por él porque no sé si la fuerza de las circunstancias lo llevaron a cometer los crímenes.

Constantemente me pregunto cómo podría sanarme de todo lo que viví y si es posible perdonar. También me pregunto qué implicaciones tiene perdonar a alguien que todavía mantiene su poder, ha ordenado cometer crímenes desde la cárcel y pide asesinatos como regalo de cumpleaños. Cómo considerar el perdón cuando el victimario no emite siquiera una señal de culpa, de arrepentimiento y que, por el contrario, pontifica de su buen nombre por encima de ese rastro de dolor interminable que ha dejado en tantos caminos, en tantos lugares. En tantos años.

"El perdón es como cuando uno está ahogándose y tiene que salir a buscar aire. El perdón es un proceso y tiene varias facetas", me dice Ingrid Betancourt desde Francia.

Betancourt es una escritora, política, exsenadora y excandidata presidencial que estuvo secuestrada siete años por las FARC. Durante su cautiverio en la selva fue sometida a humillaciones y vejámenes. No obstante, logró —después de un largo proceso— perdonar. La busqué porque es una de las mujeres más admirables que he conocido.

—Hay una fase que es mental o intelectual, otra que es de la voluntad y otra que es de mirar las emociones que a uno le van surgiendo, porque las emociones no siempre están en acuerdo con la voluntad de uno. Hay que buscar el perdón también como un regalo y sentir la gratitud de estar vivo —reflexiona Ingrid.

Pero también aclara que no se debe confundir el perdón moral con el perdón legal.

—Uno necesita de la justicia. El perdón íntimo, dentro del alma de uno, va por su camino, pero uno como ser social necesita la justicia porque en el fondo uno sabe que si no hay justicia lo que le pasó a uno se va a volver a repetir. (…) No porque uno haya perdonado en su fuero interno quiere eso decir que uno esté conforme con la impunidad: para nada. Yo creo que entre más perdone uno, más tiene que exigir justicia porque se tienen que dar los instrumentos sociales, psicológicos, políticos y económicos para resarcir el daño.

—¿Qué significa para ti perdonar? —le pregunto.

—Perdonar significa entender que la persona que cometió contra uno crímenes que ni siquiera puede hablar de ellos, sigue siendo un ser humano. El problema es que uno tiene tendencia a transformar a la gente, a verla como monstruos. La voluntad de perdonar no se da sino contra una persona que uno considere que, por ser humana, tiene una lógica que la haya llevado a esa bestialidad: sufrimiento propio, humillaciones. Pero eso no es justificar la maldad ni la violencia. Es poder sentir compasión, no dejar que el daño que le hayan hecho a uno le endurezca el corazón. Perdonar es alivianarse, es decir, quitarse pesos de encima, caminar más liviano.

Pasé de ser una niña huidiza y miedosa, y aún con miedo, fui temeraria. Me nutrí de una fuerza que no imaginaba porque su ausencia me dio el ímpetu, pero todavía no hallo cómo encontrar ese aliento para perdonar.

La muerte de mi padre marcó el fin de mi infancia y el comienzo fragmentado de una adolescencia llena de profundos miedos. Acabó con muchas cosas: sus ojos negros y relampagueantes al verme, sus visitas inesperadas, sus cálidos abrazos, la espera del regalo navideño, las clases de guitarra. ¿Para quién la serenata?

Sucumbo, entonces, a la misma melancolía y soledad que siempre han sido parte de mi vida. Porque así haya crecido al lado del amor de mi madre, mi papá representaba la fuerza, la valentía, la esperanza. Todavía lo lloro como si no hubieran pasado los años.

Nada ha mitigado el dolor ni confortado mi espíritu. Ni los versículos bíblicos, ni los sermones, ni las terapias, ni las pastillas antidepresivas, ni la homeopatía, ni el alcohol, ni los novios que un día esperé que llenaran el vacío. Ni dormir, ni el llanto, ni el tiempo, ni la condena judicial, ni escribir este libro.

Estuve dieciséis años amedrentada y adolorida por el asesinato de mi papá, y preguntándome si alguna vez Gómez Cerchar iría preso. Hoy, veintitrés años después de la muerte, cuando ya he perdido el miedo, vivo con la zozobra de que vaya a quedar libre.

Me sobrecoge el solo hecho de pensar que puedan matar a alguien cercano. Me empavorecen los ataúdes, las coronas fúnebres, el repique afanoso de las campanas de la iglesia que anuncian un sepelio, el silencio y el negro del luto, el alma desvaída, el intento desesperado por atesorar los recuerdos rotos…

Mis abuelos no pudieron ver el declive de Gómez Cerchar. Mi abuelo Álvaro no vivió para ver la condena del asesino de su hijo. En 2008 murió de un infarto a los ochenta años.

Mi abuela Gala, de ochenta y seis, fue perdiendo la memoria después de su declaración en la Fiscalía. El día que Gómez Cerchar fue condenado, ella vio la noticia en la televisión. Dio un respingo y estremecida se sentó en la hamaca.

—¡Qué habrá hecho ese hombre para que le dieran tantos años de cárcel! —exclamó aterrada.

Cuando me preguntan por mi fecha de nacimiento suelo responder: 22 de febrero de 1997. Es una paradoja. Lo hago sin voluntad, pues ese día, soleado y caliente, grisáceo y sombrío, fue una suerte de final.

A veces, sin estar consciente, de repente me sorprendo buscando a mi papá entre los transeúntes, en algún supermercado o en los corredores de un centro comercial. Busco su rostro como si pudiera hallarlo. Me he ido tras alguien porque lo veo a él transfigurado. Me he dejado llevar al punto de pensar tocarlo por la espalda y decirle "Papá, ¿dónde estabas?". He tenido esos desaciertos que traicionan mi razón.

Me doy cuenta de que todo el tiempo lo he estado buscando y me lo he tenido que inventar. Doy la vuelta y sigo el camino, pero sé que la escena volverá a repetirse.

Y en el camino, tu memoria, papá.

AGRADECIMIENTOS

A mi mamá, porque sin sus recuerdos no hubiera podido reconstruir muchas partes de esta historia. Por su amor infinito, esfuerzo y ejemplo de rectitud.

A Gonzalo Guillén, por su apoyo incondicional desde que nos conocimos, por enseñarme el camino a la valentía y por no dejarme sola nunca, incluso en los días más oscuros.

A los abogados penalistas Carlos Toro y su hijo Alejandro Toro, por asistirme gratuitamente con toda su sabiduría y entrega, de principio a fin, durante el proceso judicial.

A mi tía Gloria, mi abuela Gala, mis tíos Álvaro y William, y a mis hermanos Andrea, Loli, Jorge, Marlon, José Félix, Linda y Ángel David por tantas anécdotas.

A Pedro Badrán, por la asesoría y edición del texto.

A Andrés Grillo, editor de Planeta, por interesarse en mi historia.

A Margarita Rosa de Francisco, por haberse intrigado con mi historia, haberla examinado y por haber escrito el bello y honroso prólogo que lleva este libro.

A la Fundación para la Libertad de Prensa, que intercedió por mi seguridad personal, litigó en mi causa y me enseñó a luchar por el acceso a la información.

A la valerosa periodista Claudia Julieta Duque, y a Liliana Ramírez y Diana Losada, de la Oficina del Alto Comisionado de la ONU para los Derechos Humanos.

A Alberto Salcedo, por orientarme en el inicio del libro.

A Carolina Sanín, por sus consejos magistrales en dos talleres de Escritura Creativa en los que fui su alumna.

Al arquitecto Jorge Lasso, por asesorarme en las descripciones de muchos lugares.

A César Muñoz Vargas, por leer el primer manuscrito y pescar errores que nadie había visto.

A mis amigas María Mercedes Segura y Liz Maldonado Macías por su amistad y recomendaciones para el texto.

A mis primas Martha Patricia, Anny, María Andrea, Janeth, Martha Belisa y Armandito. A mis tías Yadira, Martha Cecilia, Nury, Bernardo, José Guillermo y Juan José por responder con paciencia a cada pregunta.

A los periodistas Andrés Molina y Katia Ospino, la abogada Carolina Sáchica y el escritor John Jairo Junieles.

A los amigos que leyeron este libro antes de su publicación y me dieron sugerencias: Daniel Mendoza, Javier Zamudio y Laura Oliveros.

A mis amigas del colegio por ayudarme a rememorar tantas anécdotas que había olvidado.

A todos los entrevistados que aparecen mencionados en este libro.

A todas las víctimas y fuentes que entrevisté, pero que prefieren no ser mencionadas por el peligro que ello les representaría. Sus detalles, esclarecedores y formidables, me ayudaron a recrear varias escenas y enriquecieron este libro.

NOTA DE LA AUTORA

Para la escritura de este libro escuché ciento veintisiete horas de grabación (entre testimonios y audiencias), leí más de siete mil páginas del expediente judicial y revisé más de dos mil noticias y comentarios de periódicos. También realicé más de noventa entrevistas y elevé treinta derechos de petición a autoridades públicas.